KB061272

도
모

유
키

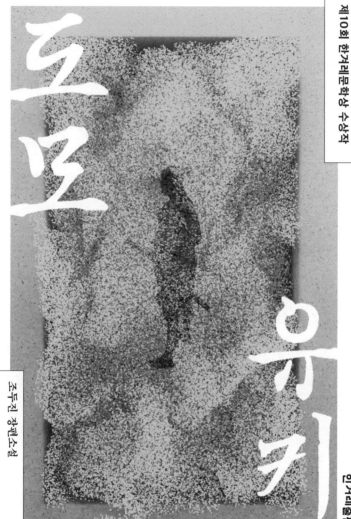

제10회 한겨레문학상 수상작

호모 히키

조두진 장편소설

한겨레출판

차례

프롤로그

1597년 정유재란 때 일본군 병력은 14만 1500명이었다. 일본의 간파쿠* 도요토미 히데요시(豐臣秀吉)는 임진년의 실패를 거듭하지 않기 위해 수군(水軍)을 강화했다. 또 임진년과 달리 경상·충청·전라도를 완전히 점령한 후 북진한다는 계획을 세웠다.

임진년 첫 침공 때 일본군은 주요 성을 점령하면 조선 전체가 항복할 것으로 예상했다. 그러나 사정이 달랐다. 조선 임금이 한양성을 버리고 도망쳤지만 조선인들은 항복하지 않았다. 대부분의 성을 점령했지만 성 밖은 어디나 적지였다. 곳곳에서 의병이

---

* 간파쿠(關白)는 옛 일본에서 천황을 보좌해 나라를 다스리던 최고 직책으로, 여기서는 1585년부터 이 칭호를 사용한 도요토미 히데요시를 가리킨다.

일어나 일본군을 괴롭혔다. 일본군 점령 구역은 돌담으로 둘러싸인 성안의 좁은 땅뿐이었다.

도요토미는 불같이 화를 냈다. 그는 재침을 명령했고, 대신들은 머리를 조아렸다. 1597년 7월 말부터 좌군은 남해·사천·고성·하동 방면에서, 우군은 광양·순천·김해·창원 방면에서, 가토 기요마사(加藤淸正)는 밀양·초계·거창 등을 거쳐 전주로 향했다. 막힘이 없었다. 엎드려 총을 쏠 일도 많지 않았다. 어쩌다 만나는 적도 힘들이지 않고 무너뜨렸다. 황석산성(黃石山城) 싸움에서 고전 끝에 승리했다.

걸어서 강을 건너고 산을 넘던 일본군은 고령에서 조선의 상주 목사 정기룡(鄭起龍)의 군대에 패했다. 북진하던 일본 육군은 그해 9월 직산(稷山) 싸움에서 크게 패했다. 주춤대던 육군은 허우적거렸고, 퇴각하기 시작했다.

칠천량(漆川梁) 해전의 승리를 바탕으로 거침없이 서진하던 일본 수군도 9월 16일 명량(鳴梁)에서 무너졌다. 조선의 서해를 향해 출렁출렁 나아가던 수군이 포구에 들어앉아 움직이지 못했다. 육군과 수군은 서해에서 만날 수 없었다. 퇴각을 거듭하던 일본 육군은 순천과 울산을 잇는 남해 연안에 성을 쌓고 1598년 11월 18일 철수 때까지 주둔했다. 고니시 유키나가(小西行長) 휘하의 1만 3000여 병졸과 역부들은 순천 인근 해안에 산성을 쌓았다. 바다와 맞닿은 구릉이었다.

1

회오리

말굽 소리에 기요이는 잠에서 깼다. 말들이 새벽 대지를 깨우며 달려왔다. 다이묘*의 성에서 나온 무사들이었다. 산허리를 돌아 말을 달려온 무사들은 마을 앞으로 난 길을 따라 곧장 나루로 향했다. 마을에는 더 이상 볼일이 남아 있지 않았다. 무사들은 이른 봄부터 여름이 지날 때까지 쉬지 않고 박차를 가했다. 말 옆구리의 피멍이 아물 날이 없었다. 이제 말굽 소리에 익숙해질 만도

---

* 일본 전국 시대의 다이묘(大名, 지방 장군)는 토착 사무라이를 가신으로 하고 농민을 직접 지배하는 독자적인 봉건 체제를 갖추었다. 이러한 전국 다이묘들이 쇼군(將軍) 자리를 두고 패권 다툼을 벌였다. 다이묘는 또한 일본의 막부(幕府) 정권 시대에 1만 석 이상의 독립된 영지를 소유한 영주(領主)를 말하기도 한다. 이들은 막부와의 친소에 따라 신판(親藩)·후다이(譜代)·도자마(外樣) 세 부류로 나뉘었다.

했지만 기요이는 새벽마다 잠에서 깼다. 등에는 식은땀이 맺혀 있었고 얇은 요는 눅눅했다.

　무사들은 강을 건너 먼 마을로 달려갔다. 마을 뒤를 돌아 흐르는 요도가와(강)의 지류가 본류와 만나는 요도까지 가는 것인지도 몰랐다. 100리가 넘는 길이었다. 그보다 더 먼 곳까지 간다고 말하는 사람들도 있었다. 이른 새벽 강을 건너간 무사들은 밤이 이슥해서야 강 건너 나루로 돌아와 사공을 불러냈다. 밤길을 재촉해 성으로 돌아가야 하는 무사들이었다. 강 건너편에서 무사들이 배를 불러내는 때는 갈수록 늦어졌다. 갈수록 더 먼 데까지 달려가야 했기 때문이었다.

　사공 이누는 투덜거렸다. 무사들이 나루터에 나타난 뒤로 그는 하루도 깊은 잠을 이룰 수 없었다.

　"육시랄 놈들, 잠도 없는 가비유. 시도 때도 없시유."

　이누는 해 뜰 무렵 장꾼들이 나루에 몰려들면 이물에 걸터앉아 불평을 터뜨렸다. 한 뼘 해가 아쉬운 장꾼들이 배를 띄우라고 재촉했지만 이누는 마지막 장꾼이 도착할 때까지 기다렸다.

　늙은 사공은 40년 동안 하루에 두 번, 이른 아침과 늦은 아침에 장꾼들을 강 건너편으로 날랐다. 두 번 강을 건넨 다음 늦은 아침을 먹었고, 아침을 먹은 후에는 대장간에서 나온 쇠를 싣고 강을 오르내렸다. 무사들이 시도 때도 없이 배를 불러내기 전까지는 그랬다. 하지만 무사들이 나루에 나타난 후 장꾼들은 일찍 도착하나 늦게 도착하나 한 배를 타야 했다.

"참 나, 늙은 몸이 무슨 쇳덩이도 아니고. 밤새 한숨도 못 잤구마는……."

장꾼들은 투덜거릴 뿐 허리가 구부러지고 백발이 성성한 이누를 어쩌지 못했다. 마지막 장꾼이 도착하고 나서야 이누는 느릿느릿 노를 저었다. 배가 강을 건너는 동안에도 "하이고 내 팔자야, 하이고" 하는 한숨 소리가 끊이지 않았다.

늦은 밤 강 건너로 돌아온 무사들 뒤에는 어디서부터 끌려왔는지 알 수 없는 남자들이 주검처럼 따르고 있었다. 제 발로 걸어오는 자들과 두 팔을 뒤로 묶인 채 끌려오는 자들이 섞여 있었다. 무사들을 피해 도망치다가 두들겨 맞은 자도 있었다. 한 번에 겨우 열대여섯 명을 태울 수 있는 이누의 작은 배는 무사들이 잡아온 사람들을 건네느라 하룻밤에 세 번, 네 번씩 이쪽 나루와 저쪽 나루를 오갔다. 배가 강을 건너는 동안 붙잡힌 자들은 강 건너편 모래밭에 퍼질러 앉아 훌쩍였다.

논일을 하다가 붙잡혀 온 남자의 종아리에는 흙이 말라붙어 있었다. 아픈 노모를 보살피다가 붙들려 온 자도 있었고, 처자식을 데리고 처갓집에 다녀오던 길에 끌려온 자도 있었다. 강 건너 나루까지 먼 길을 따라온 처와 자식들은 남편과 아비 옆에 주저앉아 울었다. 남자는 무사의 말굽 아래 꿇어앉아 빌었다. 남자는 아내와 어린아이들이 집으로 돌아가지 못할 것이라고 했다.

"처자식이라도 집에 데려다 놓고 오게 해주이소. 꼭 돌아오겠십니더. 약속하겠십니더. 무사님, 꼭 돌아오겠십니더."

무사가 가당찮다는 표정을 지었고, 말이 푸르륵 콧김을 뿜었다. 아직 아이티를 벗지 못한 열대여섯 살짜리의 눈두덩이 벌겠다. 끌려오는 내내 울었을 게 분명했다.

근래에 기요이는 늘 피로했다. 말굽 소리에 새벽마다 잠을 설치는 탓이기도 했지만 아들 도네 때문이었다. 심약한 아이였다.

"도네. 네 이름을 도네로 지어주마. 일본에서 가장 넓은 강이다. 도네강처럼 넓고 깊은 사람이 돼라."

마흔을 넘어 얻은 자식이었다. 역시 마흔을 넘은 아내는 저세상과 이 세상을 오락가락한 뒤에야 아이를 낳았다. 아이의 불그스름한 머리통이 쭈글쭈글한 아내의 가랑이 사이로 빠져나왔을 때 기요이는 눈물을 질금거렸다. 검은 얼굴과 덥수룩한 수염에 어울리지 않는 눈물이었다.

아버지의 바람과 달리 도네는 넓고 깊은 사람으로 자라지 못했다. 도네는 마을의 또래 아이들 중에서 가장 늦게 기었고 가장 오래 기었다. 말문도 가장 늦게 터졌다. 몸집도 다른 집 아이들보다 작았다. 일곱 살 때는 옆집의 꽉 찬 네 살배기 계집아이보다도 키가 반 뼘이나 작았다. 열여섯 살이 됐지만 여전히 열두세 살 먹은 아이 같았다. 기요이의 못마땅한 눈이 도네의 좁은 어깨에 꽂힐 때마다 기미코는 미안한 눈으로 남편을 보았다. 그녀는 도네가 유달리 작고 늦되는 것이 자신이 너무 늙어 낳았기 때문이라고 생각했다. 기미코가 끼니때마다 제 밥을 푹푹 퍼서 먹였지만 도네의 마른 몸에는 살이 오르지 않았다.

제 자식이지만 기요이는 도네가 잘생겼다고 생각하지 않았다. 빈말이라도 아들이 잘생겼다고 말해주는 사람도 없었다. 또래 계집아이들도 도네를 멀리했다. 무사들이 마을을 헤집고 다니기 전까지 아이들은 밤이 이슥하도록 어울려 놀았다. 남자아이들과 여자아이들은 모두 제 짝이 있었다. 아이들마다 짝이 생기고 없어지기를 거듭했지만 도네에게는 짝이 없었다. 마을에서 가장 못생기고 지저분한 계집아이조차 도네와 짝이 되려고 하지는 않았다. 집에만 틀어박혀 있는 아들을 보며 기미코는 자주 한숨을 쉬었다.

무사들을 태운 말굽 소리가 멀어져 사라졌다. 묵직한 어깨를 툭툭 치던 기요이는 다시 누웠다. 잠이 오지 않았다. 머리가 허연 기미코는 이불을 걷어찬 채 고른 숨을 내쉬었다. 부엉이는 울지 않았다. 거적으로 가린 옆방에서 도네가 잠결에 신음 소리를 냈다. 무서운 꿈이라도 꾸는 모양이었다.

마을의 젊은 남자들이 하나둘 다시 성으로 끌려가기 시작한 것은 밭갈이가 한창이던 이른 봄부터였다. 떠난 자들은 돌아오지 않았다. 쌀이나 땔감을 지고 다이묘의 성으로 들어간 자들도 돌아오지 않았다. 논밭을 일구던 남자들도 성으로 잡혀갔다. 붙잡혀 간 자들은 돌아오지 않았고, 잡혀간 사람들이 나고야*로 떠났다는 소문만 돌아왔다. 조선으로 출병할 것이라고 했다.

대장장이와 뱃사공, 늙은이와 어린아이를 빼면 남자들은 모두 전장으로 나아갔다. 기요이가 아직 팔이 가느다란 도네를 대장간으로 불러내려고 마음먹은 것이 그 무렵이었다.

쇠 다루는 일은 고단했다. 기요이는 대장간 일을 자식에게 물려주고 싶은 마음이 없었다. 아들의 이름을 일본에서 가장 큰 강 이름을 따 도네로 지은 것도 불 앞에서 쇠붙이나 두드리며 살지 말라는 마음에서였다. 하지만 다시 전쟁이 났고, 무엇이든 기술을 익혀야 했다. 다이묘는 기술 있는 자는 전장으로 내몰지 않았다.

성에서 나온 무사들이 열대여섯 살 먹은 동네 아이들까지 잡아가던 날, 기요이는 도네를 강가의 화로 앞에 불러 앉혔다. 도네가 끌려가지 않은 것은 나이보다 유달리 작은 몸집 덕분이었다. 그날 기요이는 아들의 희멀건 얼굴과 좁은 어깨를 다행으로 여겼다.

"도네, 도네! 꾸물대지 마라!"

세수를 끝낸 기요이가 여태 방에서 꾸물거리는 도네를 다그쳤다. 도네는 피로한 얼굴로 방에서 나왔다. 아이의 허약한 몸은 쇠 다루는 일에 좀처럼 익숙해지지 않았다. 그래도 거멓게 타기 시작한 얼굴이 제법 일꾼처럼 보이기는 했다.

---

* 일본 사가현(佐賀縣)의 옛 나고야.

화로 앞에 앉은 지 두 달이 지났지만 도네는 여전히 불을 이해하지 못했다. 풍로를 돌리는 가느다란 팔은 아무 때나 멈추었고, 하얗게 타오르던 불은 붉게 사그라지다가 거멓게 식었다. 가르치고 나무라기를 거듭했지만 도네는 좀처럼 불을 제 몸에 당겨 잡지 못했다. 숯을 굽게 했지만 그 역시 시원치 않았다. 도네가 구워 낸 숯은 들쭉날쭉했다. 어떤 숯은 덜 타서 빨리 달아오르지 않았고, 어떤 숯은 너무 타서 불이 붙는가 싶으면 허옇게 식었다.

아침밥을 먹고 기요이와 도네가 강가 대장간으로 내려가니 나이 든 일꾼들이 먼저 나와 가마에 불을 넣고 있었다. 밤에는 가마가 식지 않을 정도로만 장작을 땠다. 사공 이누는 고물에 앉아 아침 해가 벌겋게 비치는 강물을 보고 있었다.

"아침은 드셨는가유?"

기요이가 이누에게 인사를 건넸다. 여느 때 같으면 집에서 아침을 먹고 있어야 할 시간이었다.

"장꾼들이 여태 안 오네. 거지 아이들도 안 보이고……."

이누의 눈이 강가 버드나무 아래 웅크리고 앉은 거지의 움막을 향했다. 그러고 보니 아침부터 종일 강가에 나와 놀던 거지의 아이들이 보이지 않았다. 제 어미와 아비가 밥을 얻으러 마을로 나가면 아이들은 모래를 파며 놀았다. 강가의 버드나무 아래에 움막을 짓고 3년째 눌러앉은 거지들이었다. 이틀 전 기요이의 집으로 밥을 얻으러 온 남자는 마을마다 사람들이 떠나고 인심도 예

15

전 같지 않다고 말했다. 거지 가족이 밥 인심을 찾아 떠난 것인지, 사람을 잡아가는 무사들을 피해 달아난 것인지 알 수 없었다.

기요이는 평생 갑옷과 창을 만들었다. 때때로 투구를 만들기도 했지만 모두 하급 병졸의 투구였다. 상급 무사의 칼이나 뿔 달린 투구를 기요이에게 부탁하는 무사는 없었다. 30년 넘게 쇠를 만졌지만 그만한 명성을 얻지는 못했다. 기요이의 뭉툭한 손은 칼날에 멋을 낼 줄 몰랐고, 투구에 위엄 있게 뿔을 달지도 못했다. 싸움이 뜸했던 근래 몇 해 동안은 좋았다. 성에서 나온 사람들은 갑옷과 창 대신 괭이와 도끼를 주문했다. 단단하기로 치자면 사방 100리 안에 기요이를 능가할 사람이 없었다. 좋은 세월은 짧았다. 나고야성은 끝내 조선 출병을 결정했고, 괭이와 도끼를 찾던 이들이 다시 창과 갑옷을 찾았다. 대장간 한쪽에 말굽에 박을 편자가 수북했다.

다이묘의 성으로 끌려간 자들은 가슴과 등판을 겨우 가리는 엉성한 갑옷과 창을 받았다. 그리고 하루나 이틀 동안 훈련을 받았다. 운이 좋은 자는 열흘이나 보름 동안 훈련을 받기도 했다. 짧은 훈련이 끝나면 나고야를 향해 먼 길을 걸어서 갔다. 나고야에 모인 병졸들은 조선으로 떠나는 배를 탔다.

여름 햇볕 아래에서 도네는 땀을 비처럼 흘렸다. 다른 일꾼들은 장막 아래에서 일했지만 숯을 굽는 도네에게는 해를 가릴 그늘이 없었다. 뒤에 서 있던 기요이가 못마땅해 혀를 찼다. 윗도리를 벗고 아래 속옷만 걸친 도네의 몸뚱이는 앙상했다. 도드라진 갈비뼈와 등뼈는 가죽만 남은 늙은이의 몸 같았다.

쇠를 얻으려면 종일 불을 때야 했다. 아침부터 불을 받은 불가마는 해가 중천을 지나서야 벌건 쇳물을 찔끔찔끔 토해냈다. 숯을 구워내던 도네는 쇳물이 흘러나오기 시작하면 풍로를 돌렸다. 일꾼들은 작대기를 들고 쇳물을 긁어냈다. 불기운이 약해진다 싶으면 기요이가 호통을 쳤다. 여름 낮은 길고 피로했다.

저녁을 먹고 한참이 지났지만 망치 소리는 끊이지 않았다. 뜨겁게 달아오른 불가마는 빠르게 쇳물을 짜냈고, 일꾼들의 몸놀림은 갈수록 바빠졌다. 쇠를 두들기는 일꾼이 쇠에 바람이 많이 들었다고 자주 불평했다. 불가마의 온도가 일정하지 못한 탓이었다. 쇠에 바람이 잔뜩 들었다는 말에 도네는 아버지의 눈치를 살폈다. 기요이는 얼굴을 찌푸릴 뿐 도네를 나무라지 않았다. 밤이 늦도록 무사들이 돌아오지 않았다. 사공은 불가마 앞에 쪼그리고 앉아 연신 하품을 해댔다. 하품하는 사이사이에 손바닥으로 자주 제 몸뚱이를 찰싹찰싹 때렸다. 모기들이 달려들었다.

강 건너 어둠 속에서 무사들이 사공을 불렀다.
"갑니다유, 갑니다아."
이누는 큰 소리로 대답하고 서둘러 배를 밀었다. 성미 급한 무사들은 걸핏하면 주먹을 휘둘렀다.

배에서 내린 무사들이 붙잡아 온 사람들을 나루터 바닥에 앉혔다. 붙잡힌 자들은 나무껍질을 꼬아 만든 줄에 목이 줄줄이 엮여 있었다. 무사 하나가 대장간으로 걸어와 말도 없이 횃불을 뽑아 갔다. 기요이는 토를 달지 못했다. 무사는 땅바닥에 엉덩이를 대고 앉은 남자의 손에 횃불을 맡겼다.

"똑바로 들어!"

무사들은 화가 난 듯했다. 땅바닥에 쭈그리고 앉은 남자들의 얼굴에는 표정이 없었다. 이누의 배가 다시 강을 건너갔다. 삐걱삐걱 노 젓는 소리가 고단했다. 횃불을 빼 들고 갔던 무사가 다시 대장간으로 와서 마실 물을 달라고 했다. 기요이가 도네를 불렀다.

"도네! 물 한 바가지 떠 오너라."

실수였다. 기요이가 황급히 물통 쪽으로 발걸음을 뗐지만 도네가 먼저 물바가지를 들고 걸어왔다. 무사는 도네가 건네는 물바가지를 받아 들었다. 기요이는 조마조마한 마음을 억누르며 무사를 보았다. 무사는 물바가지에 얼굴을 처박는 대신 도네를 노려보았다. 횃불에 비친 무사의 얼굴은 붉었다. 고개를 반쯤 숙인 무사는 눈을 치켜뜨고 물었다.

"너, 몇 살이야?"

"열여섯인디유."

기요이가 쇠집게를 든 채 무사 앞으로 다가섰다.

"아직 애입니다유. 말이 열여섯이지, 덩치를 보십쇼. 열세 살을

18

겨우 넘긴 아이…….”

“영감, 입 닥치고 있어!”

“하지만 무사 나리, 이 아이가 없으면 대장간이 돌아가지 않습니다유……. 성으로 들어가야 할 병장기가 태산같이 밀려 있는디…….”

“입 닥치라고 하지 않았나!”

강을 건너갔던 이누의 배가 나루에 닿았다. 이누가 강물 속으로 뛰어들어 배를 강가로 밀어 올렸다. 배는 두 번밖에 강을 건너지 않았다. 오늘 끌려온 자들은 어제보다 훨씬 적었다. 도네를 유심히 보던 무사가 두 번째로 강을 건너온 무사 쪽으로 걸어갔다. 시커먼 투구 위에 솟은 뿔이 우뚝했다.

무사가 도네의 머리채를 잡아끌었다. 불가마 옆에서 풍로를 돌리던 도네는 윗옷도 입지 못한 채 끌려갔다. 기요이가 무사의 앞을 막고 엎드려 빌었지만 무사는 듣지 않았다.

“나리, 무사 나리, 제발 비옵니다유. 아직 애입니다유, 제 앞가림도 못하는 모자라는 애입니다유. 나리…….”

무사는 엎드려 비는 기요이의 어깨를 발로 밀었다. 도네는 끌려가면서 아버지를 불렀다. 기요이가 무사를 따라가며 빌었고 도네가 울부짖었다.

“이 새끼, 아가리 안 닥쳐?”

무사가 고함쳤지만 도네는 울부짖기를 멈추지 않았다.

"아버지, 살려줘유, 아버지……."

"개새끼, 아가리 닥치라니까."

무사가 칼집으로 도네의 목을 후려쳤다. 도네는 캑 소리를 내며 고꾸라졌다. 무사의 억센 팔이 도네의 머리채를 잡아 일으켰다. 정신을 잃고 허우적거리던 기요이가 도네의 윗옷을 들고 멀어지는 무사들을 쫓아갔다.

"옷이라도, 무사 나리, 애 옷이라도 입혀서……."

무사는 도네의 옷을 홱 낚아채고 말 옆구리를 찼다. 무사들을 태운 말들이 뛰기 시작했고, 목이 줄줄이 엮인 사람들이 뛰었다. 기요이는 어둠 속에서 무릎을 꿇고 앉아 꺽꺽 소리 내어 울었다.

2

적의 땅

성으로 돌아가는 길은 멀었다. 해는 하루가 다르게 짧아졌고 산속은 점점 빨리 어두워졌다. 조총병의 허리춤에 달린 화약통이 덜그럭거렸다. 대나무를 한 마디씩 잘라 만든 통이었다. 성 바깥에서 병졸들은 자주 조선군의 습격을 받았다. 어둠 속에서 적들은 보이지 않았다. 병졸들은 보이지 않는 적을 향해 화살을 날렸고, 잡을 수 없는 바람을 향해 창을 질렀다. 아군의 창과 화살이 허공에서 허우적대는 동안 적의 화살은 살을 푹푹 파고들었다. 성안은 노역이 힘들었지만 병졸들은 차라리 성에 남고 싶어 했다.

성 밖으로 나가 돌아오지 않은 자가 갈수록 늘었다. 많은 병졸들이 조선군의 습격을 받아 죽었고, 몇몇은 동료의 목을 베어 그

수급을 들고 조선군 진영으로 도망쳤다. 병졸들은 굶주림과 노역을 이기지 못했다. 투항한 병졸들은 아군의 길목으로 조선군과 명나라군을 인도했다. 그들 중에는 조총을 만들 줄 아는 자들도 섞여 있었다. 성 아래까지 진격해 온 조선과 명나라 연합군의 선두에는 투항한 병졸들이 서 있었다. 투항자들은 술과 고기가 넘친다고 쓰인 깃발을 등에 매단 채 말을 달렸다. 말들은 이쪽에서 저쪽으로, 저쪽에서 이쪽으로 쉬지 않고 달렸다. 성안의 조총병들은 말에 탄 투항자를 떨어뜨리지 못했다. 병졸들은 적진에 넘쳐나는 고기와 술을 깃발 속에서 질리도록 보았다. 적진에는 술과 밥이 넘친다고 넋두리하던 병졸이 참수됐다.

성주 고니시 유키나가는 성 밖 작업을 제한했다. 특별한 경우가 아니면 야간 작업을 금지했고 성 밖 작업에는 항상 조총 부대가 따르도록 했다. 산속에서 조총 부대의 작전은 효과적이지 못했다. 보이지 않는 적을 향해 총을 쏘아대는 일은 무의미했다. 조선의 군사들은 바람처럼 숲속을 날아다녔고 조총으로는 조선군을 잡지 못했다. 그럼에도 조총 부대의 합류는 절실했다. 요란한 조총 소리는 병졸들이 처한 위험을 알리는 가장 빠른 발이었다. 성 바깥에서 총소리가 들리면 인근의 지원군이 달려갔고, 조선군은 서둘러 물러갔다. 조총병은 적의 대오를 깨뜨리는 선봉이 아니라 부대의 위험을 알리는 연락병이었다.

땔감을 모아 성으로 돌아가는 길에서조차 척후병을 보내야 했다. 적들은 예상하기 어려운 곳에서 예상하기 힘든 시각에 습격해왔다. 100보쯤 앞서갔던 다다오키가 가쁜 숨을 몰아쉬며 달려왔다.

"쥐새끼 한 마리 없습니다."

도모유키는 다다오키를 믿었다. 그러나 어둠을 믿을 수 없었고, 어둠 속에 엎드린 조선군을 가늠할 수 없었다. 조선의 군사들은 숲속에서 어둠과 함께 살아가는 존재 같았다. 구름처럼 떠다니는 적들은 막힘이 없었고 지치지도 않았다. 적들은 어둠 속에서도 이쪽을 분명하게 보았고, 정확하게 깨뜨렸다. 어디에서 화살이 날아들지 알 수 없었다. 앞에서 걷던 이치루가 갑자기 걸음을 멈췄다. 놈은 움직이는 검은 물체를 보았다고 했다. 겁에 질린 놈이 헛것을 본 게 틀림없었다. 적들은 모습을 먼저 드러내지 않았다. 적들을 발견하기 전에 언제나 수십 발의 화살을 먼저 받았다.

"정신 차려라. 성이 멀지 않았다."

미적거리던 이치루는 마지못해 앞섰다. 겁에 질린 걸음이었다. 병졸들과 조선인 역부들이 지치고 느린 걸음으로 뒤를 따랐다.

"서둘러라. 서둘러!"

소고삐를 잡은 조선인이 종종걸음 쳤다. 빠른 발을 가진 다다오키를 대열의 뒤로 보냈다. 성이 가까워질수록 뒤를 조심해야 했다. 성 근처라면 조선군들이 앞을 막고 공격하기보다 배후를 습격할 가능성이 높았다.

도모유키 뒤를 따르는 말이 뜨거운 입김을 쉭쉭 뿜어냈다. 말라비틀어진 늙은 말이 용케도 쓰러지지 않고 걸었다. 아침에 마부는 편자를 갈아주어야 한다고 했다. 대장장이는 창검을 만들 쇠도 부족하다고 맞받았다. 망치질하던 대장장이는 고개를 들지도 않았다. 대장간에 배치된 조선 역부들이 구부러지거나 부러진 화살에서 화살촉을 빼내고 있었다. 죽은 일본군과 조선군의 몸뚱이에서 뽑아 온 화살이었다. 잡쇠를 모조리 긁어모아 녹였지만 쇠는 부족했다.

말은 너덜너덜한 편자를 벗고 맨발굽으로 성을 나섰다. 늙은 말에게도 젊은 시절이 있었을 것이다. 젊고 날렵했던 시절, 말은 무사를 태우고 벌판을 달렸을 것이다. 새로 박은 편자 뒤로 흙먼지가 치솟았을 것이다. 말은 수많은 전장을 죽지 않고 달려와 늙고 마른 몸으로 땔감을 나르고 있었다. 닳아빠진 늙은 말의 편자는 죽은 병졸들의 몸에서 뽑아낸 화살촉과 함께 제련로의 붉은 아가리로 들어갔다. 오늘 새벽의 일이었다.

대열의 뒤에서 다다오키가 조선인들을 밀치며 급하게 달려왔다.

"무슨 일인가?"

"말 한 마리가 아래로 굴렀습니다. 발을 헛디딘 모양인데 다행히 부러진 데는 없는 것 같습니다. 조선인 역부들이 떨어진 땔감을 다시 싣고 있습니다."

"그런데?"

도모유키는 무심한 눈으로 다다오키의 말을 받았다.

"말을 끌던 늙은 조선인이 함께 굴렀는데 다리를 심하게 다쳤습니다."

다친 조선인이라면 베면 그만이었다. 그러나 께름칙했다. 도모유키는 다친 조선인이 누구인지 제 눈으로 확인하고 싶었다.

"앞서라."

굴렀던 말은 산등성이로 올라와 있었다. 젊은 조선인이 새끼줄로 다시 땔감을 묶는 중이었다. 다리를 다친 사람은 조선 여자 명외의 아비였다.

"걸을 수 있겠나?"

영감은 대답하지 않았다.

"벨까요?"

다다오키의 손이 장검을 잡고 있었다. 명외의 아비는 체념한 얼굴이었다. 그는 살려달라고 빌지 않았다. 벨 수 없었다. 그를 베고 조선군의 습격을 받았노라고 말할 수도 있었다. 그러나 자신의 손으로 벤 건 조선 복병의 손에 죽건 명외에게 아비의 죽음은 하나의 죽음이었다. 도모유키는 영감을 죽일 수 없었다.

"어두워지고 있습니다."

재촉하는 다다오키의 목소리가 가늘게 떨렸다. 놈은 어둠을 두려워하기보다 피를 원했다.

"부목을 대줘라. 잠시 휴식이다. 경계를 늦추지 말라."

조선 남자 하나가 영감의 다리에 부목을 대고 새끼줄을 감았다. 명외의 아비는 그제야 끄응 하고 아픈 소리를 냈다. 부목을 대는 조선인의 손은 민첩했다. 행여 도모유키의 생각이 변하지 않을까 하는 걱정에 서두르는 기색이 역력했다.

다다오키의 말이 아니더라도 날이 이미 어두워지고 있었다. 어두워지면 적들은 어디에서나 나타났다. 마을을 불태우고 젊은 남자들을 모조리 잡아들이거나 죽였지만 습격은 줄어들지 않았다. 조선군은 현지인과 투항한 일본 병졸의 안내를 받으며 능선과 계곡을 뛰어다녔다.

일단 습격을 시작한 조선의 군사들은 멀리 달아나지 않았다. 첫 번째 공격을 끝내고 어둠 속으로 사라진 적들이 다시 길을 막기 일쑤였다. 두 번, 세 번, 많을 땐 다섯 번 잇따라 공격을 해왔다. 성 밖 작업에 나선 병졸들과 조선인 역부들은 그렇게 죽어갔다. 습격받았던 장소에는 머리가 없는 주검만 자빠져 나뒹굴었다. 적들은 일본인이냐 조선인이냐를 가리지 않고 목을 베어 갔다. 적들이 원하는 것은 일본군의 목이 아니라 사람의 목이었다.

젖먹이 딸을 고향에 두고 온 히로시는 눈에 띄게 성 밖 작업을 피했다. 히로시는 젖이 나오지 않는 마누라 때문에 젖동냥을 다녔다고 했다. 젖먹이 이야기를 하며 히로시는 울었다. 히로시는 자주 울었다. 군막의 붉은 화롯불 아래 웅크리고 앉아 울었고, 검은 바다를 바라보며 울었다. 그는 늘 처음 우는 사람처럼 울었

26

고, 그의 울음에는 내성이란 게 없었다. 그가 훌쩍거리기 시작하면 군막 안은 금세 침울해졌다. 히로시가 울고, 노모를 홀로 두고 온 지에몬이 울었다. 아직 아이티를 벗지 못한 도네는 눈물만 줄줄 흘렸다.

병졸들과 역부들이 쉬는 동안 앞으로 달려갔던 다다오키가 돌아왔다.

"아무것도 보이지 않습니다."

"출발한다. 조선인들 사이에 하나둘 섞여서 움직여라."

솔가지 사이로 바다 저편의 노루섬이 보였다. 저녁 안개가 오르고 있었다. 조선 수군의 진이 들어앉은 섬이었다. 노루섬의 조선 수군이 바다를, 검단산성의 명나라군이 육로를 막고 있었다. 멀리 왼쪽으로 명나라군의 검단산성이 보이기 시작하면 성은 10리 남짓한 거리였다. 산길 10리는 만만한 길이 아니었다. 도모유키는 한숨을 내쉬었다. 피로라기보다 긴장한 탓에 터져 나온 한숨이었다.

명외의 아비는 부러진 다리를 끌면서도 말고삐를 놓지 않았다. 그가 다다오키의 칼을 두려워하는 것인지, 어둠 속에 홀로 버려질 것을 염려하는 것인지 알 수 없었다. 그를 베지 않고 남겨둔다고 해도 살아남기는 어려울 것이다. 명나라군과 조선군은 일본군에 부역한 조선인을 살려주지 않았다. 조선 수군에 붙잡혔다가 도망쳐 온 무사는 적들이 일본군에 부역한 조선인들을 모두 처형

했다고 했다. 명외의 아비를 산속에 홀로 둔다면 산짐승의 먹이가

되거나 조선 병졸의 먹이가 될 것이 분명했다.

도모유키의 17군막은 별이 총총하게 뜬 후에야 성 앞에 도착

했다. 환하게 불을 밝힌 대나무 장막 뒤로 초병의 깃발이 올랐다.

성으로 접근하는 군사들을 발견한 것이리라.

해가 떨어지고 어둠이 내렸지만 성벽 보수 작업은 멈추지 않았

다. 조선과 명나라 군대가 깨뜨린 성곽을 다시 쌓고, 무너진 참호

를 다시 파느라 병졸들과 역부들은 쉴 틈이 없었다. 하급 병졸과

역부는 누구나 성 쌓기에 동원됐다. 예외는 없었다. 앓는 이들은

식은땀을 흘리며 돌을 쌓았다. 무사들이 채찍을 휘두르며 횃불

아래를 뛰어다녔다.

다다오키가 목책 앞에 꽂아둔 횃불을 뽑아 크게 동그라미를

그렸다. 습격을 받지 않았으며, 위험이 없다는 신호였다. 방책 아

래 참호에서 병졸 두 명이 걸어 나왔다. 병졸이 든 검은 창이 횃

불의 붉은빛을 밀어내고 있었다. 땔감 작업조를 꼼꼼히 확인한

병졸이 망루 아래로 달려갔다.

해자에 검은 바닷물이 넘실거렸다. 밀물이었다. 깊고 넓은 해

자가 성을 휘감고 바다로 이어졌다. 밀물 때 해자는 넘쳤고, 썰물

때 해자는 뻘이 됐다. 해자 바깥쪽에는 목책을 박았다. 뾰족한 말

뚝 머리가 벌판을 향해 솟아 있었다. 천지를 흔들며 달려온 적의

기병도 목책을 넘지 못했다. 목책 앞에서 주춤거리는 적의 기병을

조총과 활이 무너뜨렸다. 싸움이 시작되면 명나라 군대는 기병으로 아군의 대오를 무너뜨리려 했다. 그러나 목책에 막힌 적의 기병은 허우적거렸고, 목책 뒤에 숨어 있던 조총병들이 말 탄 적을 낙엽처럼 떨어뜨렸다. 기병이 깨지면 적의 보병은 접근하지 못했다. 목책과 물이 넘실대는 해자가 적의 속도를 떨어뜨렸다.

사사키 부장은 바다를 등에 지고 내륙을 향해 높은 성을 쌓았다. 깎아지른 해안 절벽이 조선 수군을 막았고, 높고 견고한 성루가 적의 육군을 감시했다. 전군이 밤낮없이 성을 쌓았다. 돌무더기와 통나무가 굴렀고 병졸들과 조선인 잡역부들이 깔려 죽었다. 작업 감독 무사들은 게으름 피우는 자를 닥치는 대로 두들겨 팼다. 쓰러져서 일어나지 못하는 자는 베었다. 성을 쌓는 동안 조선인들은 하루에 수십 명씩 죽었다.

작년 가을에 시작한 성곽 공사는 겨울에 끝이 났다. 성을 완성하는 데는 넉 달도 채 걸리지 않았다. 성이 완성됐지만 노역은 계속됐다. 적들이 무시로 대포를 끌고 와 쌓아놓은 성곽을 무너뜨렸기 때문이다. 적군은 장난치듯 성벽을 무너뜨렸고 아군은 피땀으로 고쳐 쌓았다.

17군막에 이어 13군막과 14군막 병졸들이 성으로 돌아오고 있었다. 아침에 북쪽으로 돌을 캐러 떠났던 병졸들이었다. 300명이 넘는 무사와 역부들이 소달구지를 밀었다. 달구지의 무게에 해자 다리가 비틀리는 소리를 토했다. 소달구지는 외성과 내성 사이의 비탈을 오르지 못했다. 소고삐를 잡은 역부가 안간힘을 썼다. 소는 몸부림치다가 주저앉았다. 역부가 채찍을 휘둘렀지만 주저앉은 소는 일어서지 못했다. 역부가 소 궁둥이를 횃불로 지졌다. 소는 펄쩍 놀라 일어섰지만 힘을 쓰지 못했다. 뒤따르는 소달구지에서 풀어낸 소가 달구지를 겨우 언덕 위로 끌어 올렸다.

도모유키는 군막 앞에 앉아 단검으로 나무를 깎았다. 땔감에서 골라낸 것이었다. 칼을 스치듯 놀려가며 잔가지를 치고 옹이를 깎았다. 성으로 돌아온 병졸들이 저녁 식사를 끝냈지만 성 밖에서 땔감 작업을 하는 대신 성곽 공사장에 나간 히로시는 돌아오지 않았다.

"저는 성에 남았으면 좋겠습니다."

이른 아침 성 밖 작업에 나설 때 히로시가 어렵게 말을 꺼냈다. 난처하고 미안한 얼굴이었다. 그는 15군막 병졸들과 함께 성곽 공사장으로 나갔다. 도모유키가 15군막장에게 그를 특별히 부탁했다.

도모유키가 깎은 나무 두 개를 툭툭 치며 일어섰다. 바람이 끈적끈적했다. 거적을 늘어뜨린 조선인 움막은 17군막 뒤에 자리 잡고 있었다. 도모유키가 움막 안으로 쑥 들어가자 제 아비의 다리를 살피던 명외가 놀라서 일어났다. 영감이 겨우 일어나 앉았다.

"됐다, 누워 있어라."

조선 영감은 앉아 있었다. 도모유키는 명외를 내려다보았다. 명외는 고개를 들지 않았다. 도모유키가 깎은 막대기 두 개를 바닥에 내려놓았다.

"다리에 대고 묶어라. 기회를 봐서 다리가 부러졌는지 알아보겠다. 당장은 어쩔 도리가 없다."

군승 오시마가 군막에 들를 때를 기다릴 수밖에 없었다. 성안에는 불교 승려이자 군의관인 자들이 있었다. 이름난 가문의 무장을 따라온 승려들이었다. 승려들은 무장의 건강과 무운을 빌었고 다친 병졸을 치료했다. 하루에 두세 개 군막을 살피는 오시마가 17군막에 들르면 영감의 다리를 보여줄 생각이었다. '저 조선 영감 다리는 부러진 거야, 어떤 거야?' 하고 지나가는 말처럼 물어볼 참이었다. 치료약은 부족했다. 농민병은 물론이고 무사들도 치료를 받지 못하고 죽기 일쑤였다. 다치거나 병든 조선인을 치료하는 일은 없었다. 다친 조선인을 살려뒀다가 사사키 부장에게 발각되면 처벌받을 게 분명했다. 사사키는 어디가 부러지거나 아픈 조선인을 모조리 죽였다. 아픈 조선인들은 오한으로 덜덜 떠는 몸뚱이를 끌고 작업에 나섰다. 아프거나 다친 티를 내는 조선인은 없었다.

도모유키는 허리춤에 끼워두었던 끈을 명외 앞에 내려놓고 움막을 나왔다. 영감이 무엇인가 말을 하려고 했다. 도모유키는 듣지 않았다. 조선말을 알아들을 수도 없었고, 감사 인사를 듣고 싶지도 않았다. 명외는 눈을 떨구어 도모유키가 내려놓은 막대기를 보았지만 입을 열지는 않았다.

도모유키는 조선인 움막을 지나 해안 쪽으로 걸었다. 바다는 평화로웠다. 공사장 소리는 들리지 않았다. 힘을 쓰는 역부들의 소리도, 감독 무사의 욕지거리도, 돌을 깨는 정 소리도 들리지 않았다. 단애를 때리는 파도 소리만 높았다. 시체를 태운 냄새가 해풍에 섞여 날아다녔다. 낮에 시체를 태웠지만 냄새는 그대로 남아 소각장의 일부가 됐다. 성 맨 뒤쪽이었다. 농성을 시작한 후 다쳐 죽거나 병들어 죽은 병졸의 시체는 모조리 태웠다. 노역 중에 다치거나 병든 조선인들 역시 죽여서 태웠다.

조선인 잡역부들이 타고 남은 뼈를 추려 한쪽에 쌓는 중이었다. 단단한 뼈는 골라서 화살촉을 만들었다. 구리나 쇠는 부족했고 돌은 깎는 데 시간이 많이 걸렸다. 쏘아버린 화살을 일일이 찾을 수도 없었다. 성주 고니시 유키나가는 모든 쇠는 조총을 만들거나 조총 탄환을 만드는 데만 쓰라고 명령했다. 성주의 명령이 있은 후 화살촉을 만드는 데는 구리나 뼈를 썼다. 뼈는 날카롭게 깎기 쉬웠다. 쇠처럼 녹이고 다듬을 필요도 없었다. 다리뼈는 잘 깎기만 하면 쇠에 못지않을 만큼 단단했다.

도모유키는 어둠 속에 앉아 바다를 보았다. 바다 건너 고향에서 불어온 바람이 이마를 감싸며 스쳤다. 눈앞의 바다는 본국의 바다와 다르지 않았다. 그러나 고향으로 가는 길목에는 조선 수

군이 괴물처럼 버티고 있었다. 검은 괴물이었다. 괴물은 대포에
꿈쩍하지 않았다. 오랜 전쟁으로 단련된 무사들의 백병전으로도
무너뜨릴 수 없었다. 조선 수군이 버티고 있는 한 바다로 나아갈
수 없었다. 수군이 배를 띄우면 안개 속에 숨어 있던 조선의 병선
들이 어김없이 나타났다. 배 천장에 주렁주렁 매달린 아군의 포
는 멀리 떨어진 적선을 깨뜨릴 수 없었다. 적선은 먼 거리에서 대
포를 쏘았다. 조선 수군을 만난 아군 병선들은 포구로 도망치기
바빴다. 군대는 성에 주둔한 채 움직이지 못했다. 적군에 막혀 진
군할 수 없었고 간파쿠 도요토미 히데요시에 밀려 철군할 수 없
었다. 앞으로 얼마나 더 성에 머물러야 하는지 아무도 말해주지
않았다.

　적의 배에는 갈고리를 걸 수도 없었다. 백병전을 생각하고 갈고
리를 거는 순간 조선 수군의 육중한 배가 덤벼들었고, 아군의 배
는 깨졌다. 바다는 시퍼런 아가리를 벌려 깨진 배를 삼켰다. 바다
에서 조총은 쓸모가 없었다. 흔들리는 배 위에서 화약을 장전하
는 일은 힘들었고 애써 장전한 탄환도 허공으로 사라졌다. 조총
병이 덤벙대는 동안 조선 수군의 불화살은 아군의 배에 정확하
게 꽂혔다. 적은 높은 판옥선 위에서 불붙은 짚단을 던졌다. 아군
의 긴 창도 조선 수군의 높은 판옥선에는 닿지 못했다. 전투가 시
작되면 아군의 배는 노를 젓는 격군과 조총병이 뒤엉켜 아수라장
이 됐다. 조선의 병선은 달랐다. 2층으로 된 적의 판옥선은 격군

을 아래쪽에 배치했다. 그들의 격군은 싸움과 무관했고 오직 노를 젓는 데 집중했다. 격군의 팔다리가 자유로운 조선 수군의 배는 무섭게 덮치고 빠르게 물러났다.

일본 수군의 배는 해안을 따라 조심스럽게 움직였다. 해안선을 따라 배치된 아군의 함포와 토굴 속에 숨은 조총병들의 지원 영역을 벗어나면 금세 조선의 병선이 나타났다. 배는 먼바다로 나아가지 못했다.

3

명외

큰 더위는 물러갔지만 한낮의 해는 여전히 뜨거웠다. 더운 날
씨 속에서 성 보수 작업은 더뎠다. 사사키는 쇠가죽이 달린 지휘
봉으로 군막장들의 얼굴을 닥치는 대로 후려쳤다. 도모유키는 뺨
을 쓸었다. 사사키 부장의 채찍을 맞은 쪽이었다. 그날 도모유키
는 일 잘하는 일본인 역부 하나와 조선인 셋을 잃었다. 역부를 잃
은 것보다 반나절 동안 고쳐 쌓은 성곽을 잃은 것이 사사키 부장
의 화를 돋우었다.

"병신 같은 새끼들, 개새끼들, 군량미가 아까운 놈들……."

사사키 부장은 채찍을 휘두르는 동안 끊임없이 욕지거리를 뱉
었다. 그의 욕지거리는 매질과 함께 터져 나왔고 매질과 함께 잦

아들었다. 도모유키는 사사키 부장의 마음을 종잡을 수 없었다. 부장은 쉽게 화를 냈고 쉽게 웃었다. 껄껄껄 웃다가 옆에 선 무사의 뺨을 채찍으로 후려쳤다. 채찍에 뺨이 찢긴 무사는 자신이 맞아야 하는 이유를 몰랐고, 알려고 하지도 않았다. 오직 사사키만이 제 웃음과 매질의 뿌리를 알았다.

사사키 부장은 새로 조선인을 잡아 오는 날마다 활 실력을 뽐냈다. 그는 조총이 전투의 형세를 결정하기 이전의 무사였고 칼솜씨와 활 솜씨를 자랑으로 여겼다. 옛 무사들은 누구나 칼 솜씨와 활 솜씨를 무사의 자부심으로 여겼다. 사사키는 잡혀 온 조선인 중에서 젊고 빠른 자를 골라 30보 앞에서 달리게 했고 시위를 당겼다. 사거리를 벗어날 때까지 화살을 맞지 않고 달리는 자는 살려주겠다고 약속했다. "살려주마" 하고 말하는 사사키의 얼굴에는 부처님의 자비로운 미소가 묻어 있었다. 지목당한 조선인은 죽을힘을 다해 달렸고 사사키는 웃음 띤 얼굴로 살을 날렸다. 화살을 맞은 조선인은 비틀거리면서도 달리기를 포기하지 않았다. 그들은 등이나 목에 화살이 박힌 채 버둥거렸다. 살고 싶은 자들이었다. 사사키 부장은 재빨리 살을 먹여 버둥거리는 자를 거듭 쏘았다. 조선인들은 화살 두 대 혹은 세 대를 맞고 풀썩 먼지를 일으키며 엎어졌다. 조선인이 엎어지면 사사키는 큰 소리로 웃었다. 웃음이 그치고 나면 너그러운 목소리로 군막장들과 감독 무사들을 격려했다.

"너희들의 수고가 많다. 주군께서도 너희의 수고를 치하하셨다."

군막장들과 감독 무사들은 사사키의 활 솜씨에 다투어 탄성을 질렀고, 그의 격려 앞에 머리를 조아렸다.

사사키는 첫 살에 조선인을 맞히지 못하면 두 번, 세 번을 쏘았다. 조선인이 기어코 사거리를 벗어나면 불같이 화를 냈다. 작업 속도가 늦다며 군막장들과 감독 무사들을 후려쳤다. 눈에 띄는 역부들을 닥치는 대로 때리고 찼다. 시중들던 무사들의 뺨이 사사키의 채찍에 찢어졌다. 사사키 부장의 무사들과 군막장들은 조선인이 사사키의 화살에 고꾸라지기를 바랐다. 화살을 피해 달려온 조선인을 사사키의 무사들이 패서 죽였다. 무사들이 휘두르는 막대기에 조선인의 뼈 부러지는 소리가 요란했다.

성주 유키나가는 늘 사사키 부장의 노고를 치하했다. 우리가 고립무원의 적진에서 살아남을 수 있었던 것은 모두 사사키의 치밀한 작전 덕분이라고 말했다. 사사키는 병졸의 생명을 아끼지 않았다. 그는 병졸의 생명을 쇳덩어리로 바꾸어 계산할 줄 알았다.

병졸 한 명이 명나라 대포알 하나를 안고 죽을 수 있다면 우리는 승리할 것이다. 대포알 하나에 병졸 하나, 화살 백 개에 병졸 하나, 적의 조총 백 발에 병졸 하나, 적병 세 명에 우리 병졸 하나…….

사사키는 군막장들과 병졸들에게 살아남으라고 하지 않았다.

"죽어라. 죽되 제 몫만큼 적의 물자를 안고 죽어라."

사사키 부장은 유능한 장수였다. 그는 전투에서 승리했고, 승리한 전투에서 그가 기준으로 삼던 계산은 성안의 노역에도 고스란히 적용됐다.

돌멩이 백 소달구지에 병졸 하나, 흙 백 소달구지에 병졸 하나, 물 백 소달구지에 병졸 하나…….

병졸들은 사사키 부장의 기대에 부응하고 죽어야 했다. 그의 기준에 닿지 못하고 병졸을 잃은 군막장들은 매를 맞았다. 사사키 부장은 군막장들의 잘잘못을 나무 팻말에 하나도 빠뜨리지 않고 기록했다. 사사키의 손에는 직속 무사와 군막장들의 공과를 써놓은 팻말이 있었고, 시중을 드는 무사가 작은 칼로 매일 무사들의 공과를 새겨 넣었다.

병졸들과 조선인들이 군막 앞에 대오를 갖추고 기다리고 있었다. 날이 밝으려면 아직 이른 시간이었고 흔들리는 횃불 아래에서 병졸들의 얼굴은 불안해 보였다. 도모유키는 맨 뒤에 서 있는 조선인들 사이에서 명외의 아비를 찾아냈다. 영감은 한쪽 팔을 명외에게 의지한 채 엉거주춤하게 서 있었다.

"오늘은 성곽 보수 작업이다. 도네, 너는 군막 당번이다."

도네는 며칠째 끙끙 앓았다. 열이 많다고 했다. 큰바람이 불던 날 병선을 뭍으로 끌어 올리고 난 뒤 몸살에 걸렸다. 바닷물 속에서 몇 시간 떨었다고 몸살이라니……. 도모유키는 혀를 찼을 뿐 도네를 나무라지 않았다. 아직 아이티를 벗지 못한 놈이었다. 어깨가 유난히 좁고 몸집이 작은 도네는 전장에 나서기에는 허약한 아이였다. 그에게 창은 너무 크고 무거웠다.

군막에 남는 자들은 점심 식사와 저녁 식사를 준비하는 일 외엔 특별히 할 일이 없었다. 고된 노역에 비하면 휴식이나 다름없었다.

"도네, 조선인 두 명을 군막에 남기겠다. 군막 뒤에 쌓아놓은 뼈로 화살촉을 깎아라. 오늘 안으로 백 개는 만들어야 할 것이다."

"……."

"알아들었나! 화살촉 백 개다. 백 개를 오늘 중으로 깎아야 한다. 중간에 밥을 준비하는 것도 잊어서는 안 된다."

"알…… 알겠습니다."

도네에게 말을 할 때 도모유키는 두 번, 세 번 당부했다. 한 번 말해서는 미덥지 않았다. 놈은 조선 여자 해문의 꼬드김에 넘어가 제 밥을 갖다 바치고 굶기도 했다.

"해문이 저보고 잘생겼다고 말했어유. 배가 고파 죽겠다며 울었어유."

도네는 조선 여자가 잘생겼다며 치켜세우는 말을 믿었고 여자가 굶주리는 것이 안쓰러웠다. 다다오키의 눈에 띄지 않았다면 굶어 죽는 날까지 제 밥을 조선 여자에게 주었을지 모를 놈이었다. 다다오키에게 발각됐을 때 도네의 헐렁해진 각반은 이미 땅바닥으로 흘러내리고 있었다.

"어리석은 놈!"

도모유키는 도네를 벌하지 않았다. 그날 마쓰히데가 조선 여자 해문을 묶어놓고 매질을 했다. 여자는 그다지 많이 맞지 않고 죽었다. 어차피 마쓰히데의 매질에 죽어야 할 여자였고, 허약한 몸뚱이가 여자에게는 오히려 다행이었다.

내일이나 모레쯤 성 바깥 작업 때 병졸 몇몇을 풀어 사냥을 할 생각이었다. 식량 배급은 갈수록 줄었다. 군막장들은 부족한 식량을 보충하려고 바깥 작업 때마다 들짐승이나 날짐승을 잡았다. 군막장들은 사냥을 쉬쉬했지만 누구나 알고 있었다.

"사사키는 작업조의 사냥을 금지할 수도, 격려할 수도 없다. 병졸들을 굶길 수도 없고, 작업조의 군기 위반을 장려할 수도 없다. 사사키로서도 대책이 없는 것이다. 모두 배가 고파 죽겠다고 아우성이다. 겉으로 금지하고 있을 뿐 사사키 부장은 사냥을 모른 척 내버려둔다."

14군막장 곤도는 성 바깥 작업과 안쪽 작업을 번갈아 하도록 하는 것이 사사키 나름의 전략이라고 했다. 곤도는 확신했다. 병졸들은 성안에서 주린 배를 바깥에서 채웠다. 그러나 도모유키는 바깥 작업 때 사냥을 하지 않았다. 공연히 말썽을 일으키고 싶지 않았다. 사냥을 생각한 것은 어쩌면 명외의 아비에게 화살촉 만드는 일을 시켜야 했기 때문일 것이다. 도모유키는 굶주리는 병졸들을 생각해서라고 스스로에게 변명했지만 사냥에 나서기로 한 것은 결국 명외의 아비 때문이었다.

영감의 다리는 부러진 것인지, 심한 타박상을 입은 것인지 알 수 없었다. 어쨌거나 부목을 대고 절룩거리는 발로는 노역을 감당할 수 없었다. 비틀거리고 엉거주춤하는 상태로 돌아다니다가 감독 무사의 눈에 띄면 죽임을 당할 게 분명했다. 뼈가 부러지거나 아픈 자는 일할 수 없었고 일할 수 없는 자는 죽 한 그릇도 먹일 필요가 없었다. 사사키 부장의 계산은 분명했다. 예외는 패배를 부를 뿐이었다.

"영감!"

도모유키가 명외의 아비를 가리켰다. 도모유키는 명외와 아비를 번갈아 지적했다.

"영감과 여자는 군막에 남아서 화살촉을 만들어라. 오늘 중으로 백 개는 만들어야 한다. 게으름을 피우면 용서치 않겠다! 도네, 조선인들을 잘 감시해라!"

통역병 히노가 조선말로 떠듬거렸다. 고개를 숙이고 있던 명외가 고개를 들었다. 도모유키와 명외의 눈이 마주쳤다. 짧은 순간이었다. 명외가 도모유키의 눈을 피해 제 아비의 얼굴을 보았다. 밝은 얼굴이었다. 도모유키는 흐뭇했다.

"공사장으로 간다. 출발!"

경쾌한 목소리였다.

도모유키가 명외를 처음 만난 것은 여름이 막 시작될 무렵이었다. 조선인 마을을 들이덮친 병졸들은 눈에 띄는 모든 것을 죽이고 불태웠다. 성에서 북동쪽으로 50리쯤 떨어진 마을이었다. 소와 돼지, 닭을 잡았고, 숨어 있던 조선인을 끌어냈다. 허리춤에 대바구니를 찬 병졸이 이리저리 뛰어다녔다. 습격에 나서는 군막마다 산 채로 잡아들일 자와 베어 와야 할 조선인 코 개수가 할당됐다. 젊은 남자와 여자, 기술자는 잡아들였고, 늙은이와 아이는 죽여서 코를 베었다. 간파쿠에게 바칠 전리품이었다. 병졸들은 피가 철철 흐르는 코 바구니를 들지 않으려 했다. 17군막의 코 바구니는 가장 졸병인 도네의 몫이었다. 도네는 핏물이 뚝뚝 흐르는 바구니를 허리에 찬 채 고참 병졸들을 따라다녔다.

아기를 업고 도망치던 여자를 잡아서 발목을 잘랐다. 여자는 고통스럽게 울부짖으며 꿈틀거렸다.

"어디, 도망쳐봐."

병졸 둘이 발목 잘린 여자를 번갈아 겁탈하고 죽였다. 도망치던 사람들은 마을 뒤 벼랑 아래로 몸을 던져 죽었다. 마쓰히데는 겁에 질려 우는 아이를 붙잡아 산 채로 코를 잘랐다. 코가 잘린 아이는 미친 듯이 날뛰었다. 얼굴을 부여잡고 날뛰는 아이를 병졸들이 차고 팼다. 무수히 많은 발길질이 끝났을 때 아이는 움직이지 않았다.

병졸들이 집에 들이닥쳤을 때 명외는 그 자리에 얼어붙은 채 벌벌 떨고 있었다. 마을에 옹기종기 모인 집들 바깥쪽에 외따로 조금 떨어진 집이었다. 다다오키가 마당에서 새끼를 꼬던 명외의 아비를 내동댕이쳤고, 마쓰히데가 명외를 부엌에서 끌어내 옷을 벗겼다. 옷고름이 후드득 떨어졌고 병졸들은 몸부림치는 여자를 보며 키득거렸다. 까투리 여러 마리가 내는 울음소리 같았다. 반쯤 옷이 벗겨진 여자는 살려달라고 빌었다. 겁에 질린 여자와 도모유키의 눈이 마주쳤다. 눈이 마주쳤다고 생각한 것인지도 몰랐다. 도모유키는 여자의 눈을 바라보았지만 겁에 질린 여자는 어디에도 시선을 두지 않았을 것이다. 도모유키는 살려달라고 애원하는 여자의 얼굴에서 여동생 이치코를 보았다.

"그만하라!"

도모유키가 고함쳤다. 반반하게 생긴 여자의 알몸을 기대하던 병졸들이 실망한 눈으로 도모유키를 보았다. 마쓰히데는 여자의 옷을 벗기느라 고함 소리를 듣지 못했다.

"마쓰히데, 여자 몸에서 손을 떼라!"

마쓰히데는 그제야 물러났다. 다다오키가 여자의 머리채를 잡고 도모유키 앞으로 나섰다.

"군막장님, 안으로……."

"됐다."

도모유키의 싸늘한 대답에 다다오키가 멋쩍은 얼굴로 물러섰다.

"영감, 네 딸이냐?"

히노가 조선말을 떠듬거렸고, 땅바닥에 머리를 처박은 영감은 거듭거듭 머리를 조아렸다. 울먹이는 영감의 말을 히노는 잘 알아듣지 못했다.

"딸이라고 합니다."

도모유키는 영감을 시켜 여자에게 옷을 갖다주게 했다.

"이름이 뭐냐?"

"명외라고 합니다."

히노가 떠듬거렸고, 영감이 대꾸했다. 엎드리고 앉은 여자는 부들부들 떨 뿐 얼굴을 들지 못했다.

"명외……?"

"……."

"병졸들이 떠날 때까지 집에 숨어 있다가 마을을 떠나라. 붙잡히지 마라."

도모유키는 병졸들을 집 밖으로 쫓았다. 다다오키가 의아한 눈으로 도모유키를 살폈다.

"나가지 않고 뭣들 하나!"

"……."

"잡아가봐야 쓸모가 없다."

마을을 이 잡듯 뒤진 병졸들이 곡식과 땔나무를 달구지에 실었다. 소와 돼지는 물론, 닭 한 마리, 개 한 마리 남겨두지 않았다. 붙잡힌 조선인들은 줄줄이 목이 엮인 채 달구지를 따랐다. 도모유키는 검은 연기가 오르는 마을을 돌아보았다. 이치코를 떠올리게 하는 여자와 그 아비가 다시 잡히지 않으리란 보장은 없었다. 성으로 잡혀 온 조선인들은 일본에서 온 상인들에게 팔려 가거나 노역에 시달려야 했다. 굶주림과 노역에 시달리다가 다치거나 아프면 죽임을 면할 수 없었다.

 여동생 이치코는 밤꽃이 시들어 떨어지던 무렵 마을의 유부남 고타로와 놀아났다. 고타로의 아내가 아버지를 찾아와 딸 단속을 당부하고 돌아갔다. 보리밥 한 그릇을 얻어먹고 마당으로 들어서던 이치코는 아버지의 주먹에 짚단처럼 쓰러졌다. 이치코는 열여섯 살이었고 늘 배가 고프다고 말했다. 아이는 아버지의 발길질을 피해 마당을 엉금엉금 기었다. 늙고 쇠한 아버지는 갑자기 괴력이 솟아난 사람처럼 이치코의 머리채를 잡아 패대기쳤다. 패대기치는 것으로 분이 삭지 않은 아버지는 나무 작대기를 휘둘렀다.
 이치코가 남자를 그리워한 것이 아님을 아버지도 알고 어머니도 알았다. 그러나 아버지를 막을 수는 없었다. 배를 곯는 것은 아버지나 어머니나 도모유키도 마찬가지였다. 전쟁이 계속되고 가뭄이 3년째 이어졌다. 웬만해서는 소출에 지장이 없던 콩대마저 타들어갔다. 마을 사람들 누구나 배가 고팠다. 사람들은 도둑질을 일삼았고 짐승도 꺼릴 행동을 서슴지 않았다.
 살기 품은 막대기를 휘두르면서도 아버지는 보리밥 한 그릇에 몸을 팔았느냐고 묻지는 않았다. 아버지는 아직 어린 딸자식을 굶겨야 하는 자신을 용서할 수 없었다. 마을 사람들이 어린 자식을 강물에 던지고 늙은 부모를 산에 묻었지만, 아버지는 자식을 지켰다. 이치코가 되레 아버지를 버린 셈이었다. 도모유키도 이치코를 용서하지 않았다. 하필 아버지의 밭을 가로챈 고타로였다. 고타로는 다이묘의 무사에게 제 여동생을 바치고 아버지의 밭을 가로챘다. 젊은 아버지는 밭을 빼앗기던 날 갑자기 늙어버렸다. 고타로는 아버지의 밭을 빼앗고 이치코마저 빼앗았다.

아버지의 매질은 오래 계속됐다. 이치코의 눈이 정신을 잃고 퀭했다. 어머니가 두 팔을 벌린 채 엉거주춤 아버지를 막아섰다가 어쩌지 못하고 물러났다. 끝이 없을 것 같던 아버지의 매질은 기침이 쏟아지기 시작하자 끝이 났다. 기침이 한번 터지자 잇따라 쏟아졌다. 기침에 무너진 아버지는 거친 숨을 몰아쉬며 "저년, 저년……"이라고 중얼거렸다.

소문은 빠르고 정확했다. 보름도 지나지 않아 쌀자루를 진 장꾼들이 집으로 찾아왔다. 마을을 떠돌며 여자를 사고파는 자들이었다. 장꾼들은 쌀자루를 내려놓았다. 아버지는 거절하지 않았다. 어머니가 무릎을 꿇고 빌었지만 아버지는 돌아앉았다. 이치코는 춤도 악기도 모르는 아이였다. 아이는 춤도 노래도 아닌 몸을 팔았다. 장꾼들 손에 끌려가던 이치코가 고개를 돌려 도모유키를 보았다. 말하지 않았지만 여동생의 눈은 살려달라고 애원하고 있었다. 아버지를 말려달라고, 자신을 내쫓지 말아달라고 빌었다. 도모유키를 그림자처럼 따르던 아이였다. 도모유키는 제 눈에 물기가 돌자 고개를 돌렸다. 그것이 마지막이었다. 도모유키는 이치코의 절망적인 눈을 잊은 적이 없었다.

그날 아버지에게 이치코를 보내지 말라고 말했더라면……. 아버지는 어쩌면 도모유키가 말려주기를 기다렸는지도 몰랐다. 아버지가 먼저 이치코를 용서할 수는 없었겠지만 도모유키가 말을 꺼냈다면 이치코를 내쫓지 않았으리라. 이치코를 보내고 아버지는 얼마나 많은 눈물을 흘렸던가. 아버지는 자주 방문을 열고 먼데를 보았다.

다이묘가 농민병을 모집했을 때 도모유키는 마을의 젊은이들처럼 도망을 치거나 꾀병을 부리지 않았다. 무사들을 따라 떠나던 날 마을의 청년들은 이별의 눈물을 흘렸지만 도모유키는 회심의 미소를 지었다.

'돈을 벌어서 이치코를 집으로 데려오는 것이다. 다시는 이치코가 굶는 일도, 술 취하고 야비한 놈들 앞에서 옷을 벗는 일도 없을 것이다. 변변한 밭뙈기 하나 없는 농민보다 칼을 잡는 편이 낫다. 운이 좋으면 무공을 세우고 번듯한 무사가 될 수도 있다. 무사가 될 수 있다면 이치코를 집으로 데려오는 일은 어렵지 않을 것이다.'

도모유키는 주먹을 불끈 쥐고 마을을 떠났다. 긴 세월이 흘렀고 멀고 먼 조선 땅에서 이치코의 간절한 눈을 다시 보았다. 예상치 못한 일이었다.

날은 일찍부터 더웠다. 아침저녁으로 제법 선선한 바람이 불었지만 작업장은 염천 아래 그늘 한 뼘 없었다. 성 앞으로 대포를 끌고 온 조선과 명나라 군대는 쉬지 않고 성벽을 무너뜨렸고 성안의 병졸들은 죽을힘을 다해 고쳐 쌓았다. 병졸들은 굶주림과 노역에 지쳐 허물어졌다. 적은 성을 공략할 생각이 없었다. 다만 성을 허물고 허물어 아군을 지치게 했다.

병졸들과 역부들 모두 지쳤지만 사사키 부장은 지치지 않았다. 그는 허물어진 성곽을 쌓고 또 쌓았다. 사사키는 쌓기를 포기하지 않았고 적의 대포는 부수기를 멈추지 않았다.

잡역부들이 돌을 날랐고, 기술자들이 돌을 쌓았다. 돌 깨는 소리가 끊이지 않았다. 돌을 끌어 올리는 소들이 밧줄을 당기고 늘어뜨리기를 거듭했다. 이마에서 흐른 땀이 뺨을 타고 내려 턱에서 떨어졌다. 땀이 속눈썹 안으로 파고들어 눈이 따가웠다. 손바닥으로 훔쳐냈지만 땀은 금방 다시 눈으로 흘렀다. 휴식은 없었다. 돌을 들어 올리는 병졸들의 팔다리가 바르르 떨렸다.

히로시는 제 가슴패기만 한 돌을 안고 비틀거렸다. 그는 비틀거렸지만 넘어지거나 쉬지 않았다. 감독 무사의 매를 맞지도 않았다. 도모유키는 히로시가 성 밖 작업보다 성안에 남아 노역하길

원하는 이유를 알 것 같았다.

"히로시는 바깥 작업보다 성 쌓기가 훨씬 수월한 모양이지?"

"참말 죄송합니다만 저는 성 밖으로 나가고 싶지 않습니다. 놈들이 어디서 화살을 쏘아댈지 모르지 않습니까?"

히로시는 해자 너머 벌판을 두려운 눈으로 바라보았다. 거기 어디쯤 사나운 적이 숨어 있다고 확신하는 듯한 눈이었다. 그는 자주 딸아이가 보고 싶다고 말했다. 집을 떠날 때는 젖먹이였지만 지금쯤은 걸어 다닐 거라고 했다. 제 딸 이야기를 하는 동안에는 시커멓고 야윈 얼굴에서 미소가 떠나지 않았다. 그는 젊은 아내와 젖먹이가 기다리는 고향 집으로 살아서 돌아갈 것이라고 말했다. 다이묘로부터 받은 논에서는 벼가 착실하게 익어가고 있을 것이라며 웃었다.

젊어서 남편을 잃은 그의 어미는 자주 푸념했다.

"어린 자식을 두고 먼저 죽는 남정네가 세상에서 가장 몹쓸 남정네다. 젊은 마누라와 어린 자식을 두고 죽는 남정네는 도둑놈보다 더 나쁘다."

아직 철이 없던 히로시는 제 어미의 푸념을 이해하지 못했다. 끼니를 장난처럼 건너뛰고 멀건 풀죽을 먹어야 하는 것이 아비 없는 자식이기 때문임을 몰랐다. 제 어미가 이른 새벽부터 늦은 밤까지 궂은일이라도 마다할 수 없는 이유가 남편 없는 여편네이기 때문임을 몰랐다. 컴컴한 마당을 내다보며 밤늦도록 돌아오지 않는 어미를 눈물 훌쩍이며 기다려야 하는 이유를 몰랐다.

히로시는 나이 들고 장가들면서 젊은 아버지의 죽음이 남은 가족에게 무엇을 의미하는지 알게 되었다. 그에게는 처자식에게 남겨줄 논밭이 없었다. 자신이 죽으면 가족들은 굶주릴 수밖에 없었다. 그는 다만 오래 살아서 땀 흘려 일할 도리밖에 없다고 생각했다. 히로시는 세상 물정 모르는 아내와 늙은 어미에게 무거운 짐을 떠넘기고 죽는 나쁜 사내가 되지 않을 것이라고 자주 다짐했다.

"나는 마누라와 어린 자식을 두고 먼저 죽지 않겠습니다. 어머니, 저는 아버지처럼 나쁜 사내가 되지는 않겠습니다. 저는 절대로 도둑놈보다 못한 사내가 되지는 않을 것입니다."

히로시는 자주 다짐했고, 그의 어미는 고개를 돌리고 눈물을 닦았다.

히로시는 성 밖 작업이라면 일단 피하려고 했다. 땔감 모으는 작업조차 두려워했다. 성 밖 작업에서 빠질 수 있다면 어떤 일이든 마다하지 않았다. 반쯤 썩어 진물이 흐르는 시체에서 화살촉을 뽑아내는 일도, 시체를 태우고 뼈를 골라내는 일도 마다하지 않았다. 성 밖 작업을 피하다 보니 병졸들이 눈 벌겋게 뜨고 탐내는 조선 물건 하나 챙기지 못했다. 그에게는 전리품이 될 만한 조선 물건이 없었고 욕심을 내지도 않았다. 어쩌다 갖는 휴식 시간에도 히로시는 노름을 하거나 낮잠을 자지 않았다. 그는 잠시라도 틈이 생기면 나무 인형을 깎았다. 손바닥보다 작은 나무 인형을 깎고 또 깎고 만지고 또 만졌다. 그의 잠자리 옆에 놓인 나무 인형은 하나같이 곱고 매끈했다. 딸에게 줄 장난감이라고 했다.

"저는 오래오래 살아서 어머니와 제 마누라가 먼저 죽는 것을 볼 겁니다. 어머니와 마누라가 죽고 나면 그 뒷일까지 내 손으로 다 처리하고 죽을 겁니다. 딸자식을 반듯한 사내에게 시집보내서 손자까지 안아보고 죽을 겁니다."

후텁지근한 밤공기 탓에 잠을 이루지 못하던 날 히로시는 그렇게 말했다.

"히로시 눈에는 숨어 있는 적들이 보이나?"

히로시는 희미하게 웃었다. 바깥 작업 때마다 히로시를 다른 군막에 맡길 수는 없었다. 다른 군막장과 뜻이 통하는 경우가 많지 않았다. 군막장들은 저마다 한두 가지씩 실수를 저지르거나 엉뚱한 짓을 했다. 그러나 군막 안의 일이었고, 같은 군막에 속한 병졸들끼리만 아는 비밀이었다. 군막 내에서 일어난 실수나 잘못은 군막의 병졸들이 입을 열지 않는 한 아무도 모르게 묻혔다. 그러니 다른 군막의 병졸이 함께 있는 것을 군막장들이 달가워할 리 없었다. 사사키 부장의 쫑긋한 귀는 성의 후미진 곳에서 쥐들이 군량미를 갉아 먹는 소리도 놓치지 않았다. 사사키 부장은 부하들의 잘못을 그냥 넘기지 않았다. 숨겨진 잘못은 덮되 드러난 잘못은 반드시 처벌했다. 그가 군대를 통솔하는 방식이었다.

14군막장 곤도는 성곽 그늘 아래 비스듬히 누워 있었다. 곤도는 길쭉하게 자란 풀을 뽑아 입에 물었다. 감독 무사가 다가와 못마땅한 얼굴로 곤도를 보았지만 어쩌지 못하고 돌아섰다. 곤도는 흥얼거렸다. 타고난 싸움꾼인 곤도는 끊임없이 성곽을 고쳐 쌓아 가며 농성전을 펼치는 것을 못마땅하게 여겼다.

"명나라 군대든 조선 군대든 모조리 오합지졸인데 뭘 망설이나? 밀고 올라가서 끝장내야지, 무슨 지랄 같은 농성이야?"

곤도는 불평을 터뜨렸다. 무사는 칼을 잡을 뿐 돌을 들지 않는다고 했다. 돌을 나르는 것은 아시가루*들이나 하는 짓이라고 했다. 대대로 무사 집안 출신인 곤도는 자부심이 대단했고, 싸움을 두려워하지 않았다. 그는 전투 때마다 선봉에 나서기를 바랐다. 선봉에 서서 적의 예봉을 꺾는 것이 무사의 자랑이라고 버릇처럼 말했다.

도모유키는 곤도의 게으름이 자신의 17군막에 불똥으로 떨어지지 않을까 걱정했다. 공사 감독 무사가 누구는 열심히 일했고, 누구는 열심히 하지 않았다고 구분해서 보고할 것 같지 않았다. 속도가 더디다고 추궁받은 감독 무사는 군막장들과 병졸들이 너

---

* 일본 전국 시대부터 임진왜란 당시까지의 하급 무사들이나 병졸들을 아시가루(足輕)라고 불렀다. 이들은 평상시에 농업에 종사하고 전쟁이 나면 동원돼 최하층 군대를 형성했다. 임진년 조선 침략의 장본인 도요토미 히데요시는 아시가루 출신으로 최고 권력자가 됐다. 당시까지는 농민도 무사가 될 수 있었으나 정권을 잡은 히데요시가 그 뒤부터 계급 간 이동을 금지했다.

무 게으르다고 변명할 게 틀림없었다. 도모유키는 채찍에 맞은 오른쪽 뺨을 쓸었다.

"이봐, 곤도. 감독 무사 놈이 부장에게 보고라도 하면 어쩌려고 그래? 일하는 흉내라도 내야지."

"관둬, 이래 봬도 내가 사사키 부장과 함께 전장을 누비던 사람이야. 그러지 말고 자네도 이쪽으로 와서 쉬어. 어쨌거나 자네도 명색이 군막장 아닌가?"

'이 새끼가……'

도모유키는 순간 치밀어 오르는 화를 억눌렀다. 같은 무사라고는 하지만 곤도 자신과 농민 출신인 도모유키는 다르다는 말이었다. 사사키의 직속 부하 무사들 중에도 곤도의 친구들이 더러 있었다. 함께 전장을 누빈 무사들이라고 했다. 곤도를 어쩔 수는 없었다. 도모유키는 작업장으로 걸음을 옮겼다.

비명 소리가 났고 역부들이 달려갔다. 돌을 끌어 올리던 밧줄이 끊어졌다. 밑에서 밧줄을 당기던 조선인 두 명이 떨어진 돌에 깔렸고, 성 위에서 일하던 일본인 역부가 떨어졌다. 도모유키와 곤도도 달려갔다. 감독 무사들이 먼저 와 있었다. 떨어진 일본인 역부는 손을 툭툭 털며 일어섰다. 다친 데는 없어 보였다. 무너지는 돌무더기에 가슴을 맞은 조선인은 꼼짝하지 못했다. 다리를 다친 조선인이 돌무더기 속에서 엉금엉금 기어 나왔다. 도모유키가 거느리는 조선인은 아니었다. 조선인들이 달려와 가슴을 심하

53

게 다친 조선인을 돌무더기에서 끄집어냈다.

"뭣들 보고 있나? 일을 시작해라."

작업 감독 무사가 몽둥이를 휘둘러 빙 둘러선 조선인 역부들을 몰아냈다.

점심 식사는 군막별로 도착했다. 14군막장 곤도는 너른 자리를 차지하고 앉아 밥을 씹었다. 도네와 명외가 밥이 든 나무 궤짝을 들고 왔다. 밥을 푸는 명외의 옆얼굴은 갸름했다. 반듯한 이마에 땀이 맺혀 있었다. 명외는 성으로 잡혀 온 이후 한 번도 씻지 못했을 것이다. 햇볕에 그을린 얼굴은 검지만 매끈했다. 얼굴에 누구나 한두 개쯤 있기 마련인 점도 없었다. 도모유키는 명외를 바다로 데리고 나가 머리를 감고 몸을 씻게 해줘야겠다고 생각했다. 밥을 푸는 손이 가늘고 길었다. 다다오키가 도모유키의 밥을 받아 건넸다.

다리를 다친 조선인도 일어나 앉아 밥을 먹었다. 가슴을 다친 조선인은 꼼짝 않고 누워 있었다. 감독 무사가 다친 조선인들 쪽으로 걸어갔다. 무사의 그림자가 드리워지자 밥을 먹던 조선인이 얼굴을 들었다. 무사가 밥그릇을 휙 쳐서 떨어뜨렸다. 조선인은 깜짝 놀란 얼굴로 데굴데굴 굴러가는 밥그릇을 보았다.

무사의 칼이 번뜩였고 밥알을 씹던 조선인은 거꾸러졌다. 반쯤 베인 머리통이 덜렁거렸다. 칼이 목뼈 사이로 파고들지 못한 탓이

리라. 무사는 외마디 욕지거리와 함께 덜렁거리는 목을 다시 쳤
다. 그는 한 번에 목이 잘리지 않자 화를 냈다. 머리통이 데굴데
굴 굴렀다. 반쯤 벌어진 입에서 밥알이 튀어나왔다. 가슴을 다쳐
땅바닥에 누워 있던 조선인이 짐승 같은 소리를 냈다. 무사가 누
워 있는 조선인의 배와 가슴을 연거푸 찔렀다. 조선인이 괴물 같
은 소리를 냈다. 무사는 누운 채로 죽은 조선인의 목을 잘랐다.
도마 위의 생선을 자르듯 앞뒤로 쓱쓱 잘랐다. 그는 잘라낸 수급
을 양손에 들고 멀어졌다.

명외는 고개를 숙인 채 알아들을 수 없는 소리를 냈다. 히로시
가 목구멍으로 넘어간 밥을 토해냈다. 히로시는 고개를 숙였고,
다다오키는 밥을 씹으며 목 없는 몸뚱이를 보았다. 목을 잃은 몸
뚱이가 하늘을 향해 반듯하게 누워 있었고, 밥그릇 긁는 소리가
달그락거렸다. 죽은 자의 몸에서 솟아 나온 피가 마른 땅을 적시
며 흘렀다.

"작업 시작! 작업 시작!"

감독 무사들이 소리치며 병졸들과 역부들 사이를 헤집고 다녔
다. 병졸 둘이 걸어와 죽은 조선인의 다리를 잡아끌고 갔다.

도모유키가 명외를 다시 만난 것은 마을 습격이 있고 열흘쯤
지난 후였다. 조선인 마을을 떠나면서 다시 여자를 만나는 일은
없으리라고 생각했다. 마을에 남아 있지 말라고 당부한 것도 다

시 만나지 않기를 바라는 마음에서였다. 그러나 그런 생각도 짧은 순간이었다. 노역과 굶주림의 일상으로 돌아온 도모유키는 여자를 잊었다.

굳게 닫혔던 성문이 열리고 기병들 뒤로 소달구지가 길게 이어졌다. 빗물을 가득 머금은 벌판은 뻘처럼 질척했다. 소달구지가 비틀리는 소리를 내며 느리고 힘겹게 굴렀다. 새로 붙잡혀 오는 조선인들은 큰 돌과 짐을 두 팔에 안거나 머리에 이고 걸어왔다. 어깨에는 대나무가 얹혀 있었다.

대나무의 앞쪽 끝은 앞선 자의 목을 묶었고, 뒤쪽 끝은 뒤따르는 자의 목을 묶었다. 한 가닥 대나무가 조선인 둘을 앞뒤로 묶었다. 조선인들은 대나무에 줄줄이 엮인 채 걸었다.

대나무에 목이 묶인 자들은 젊은 남자들이었다. 두 손에는 제 머리보다 큰 돌덩이를 하나씩 들었다. 성벽을 쌓을 돌덩이였다. 늙은이와 여자들은 짐을 이고 진 채 뒤따랐다. 빈손으로 걷는 아이들도 많았다. 아이들은 제 어미와 아비의 옷자락을 붙잡고 훌쩍거렸다. 허리가 구부정한 조선 늙은이는 쓰러질 듯 걸었다. 돌덩이를 든 팔이 부들부들 떨렸다.

통나무와 돌덩이를 가득 실은 소달구지가 힘겹게 언덕을 기어올랐다. 말을 탄 무사가 대열의 앞과 뒤를 오가며 재촉했다. 무사들이 채찍을 휘둘렀고 목이 줄줄이 엮인 조선인들은 제자리걸음을 걷듯 발말 굴렀다. 말 탄 무사는 고함을 지르고 채찍을 휘두를 뿐 어쩌지 못했다. 도모유키는 성으로 꾸역꾸역 들어오는 조선인들을 바라보고 있었다. 사사키 부장의 전령이 17군막으로 말을 달려왔다.

"상인이 골라내고 남은 자는 모두 벨 것이다. 14군막과 16군막, 17군막이 맡는다."

동쪽 성곽에 돌을 내려놓은 조선인들이 성 가운데 넓은 공터로 돌아오고 있었다. 조선인들의 목에서 벗겨낸 대나무는 여러 개를 묶으면 장막이 됐고, 마디마다 자르면 조총병의 화약통이 됐다. 속이 텅 빈 대나무 장막은 가벼워서 운반하기 좋았고, 마디마다 자른 화약통은 빗물이 스며들지 않았다.

도모유키는 비척거리며 걸어오는 조선인들 속에서 명외를 보았다. 잊었다고 생각한 여자의 얼굴을 단번에 기억했다. 여자는 제 아비 뒤에서 걷고 있었다. 이 자리에서 죽거나 상인에게 끌려가야 할 운명이었다.

조선인들은 남자와 여자로 구분됐다. 어린애와 늙은이, 젊은이가 뒤섞였다. 시커먼 얼굴들이었다. 밭일을 하다가 붙들려 온 자도 있었다. 낮잠을 자다가 끌려 나온 자도 있었다. 젊은 여자의 등에는 아기가 잠들어 있었다. 부상을 입은 자는 없어 보였다. 잡힐 때 저항하던 자들은 모두 죽었을 것이다. 도모유키는 여자의 맥없는 눈을 초조하게 바라보았다. 너무 늦었다. 조금만 더 일찍 여자를 보았더라도 어떻게 손을 써볼 수 있었을 것이다. 그러나

지금은 늦었다. 혼마루*에서 나온 사사키의 무사들이 이미 공터에 나와 있었다. 도모유키는 마음의 갈피를 잡지 못했다.

상인이 공터로 내려오기 전에 야전 의자 두 개가 먼저 도착했다. 병졸이 의자 위에 하얀 헝겊을 깔았다. 본국에서 온 상인이 잡아 온 조선인들을 선별하기로 돼 있었다.

"대오를 갖춰라. 대오를 갖춰!"

군막장들이 병졸들을 다잡았다. 혼마루를 떠난 가마가 언덕을 내려왔다. 네 사람이 드는 가마였다. 호위 무사 열 명이 가마를 따랐다. 황금색과 붉은색 천으로 친친 감은 가마는 느리게 내려왔다. 사사키 부장은 가마 옆에 붙어 걸어왔다. 가마에서 내린 자는 키가 작고 몸이 뚱뚱한 상인이었다. 비단옷의 그림이 요란했다. 상인은 거들먹거리며 걸어와 의자에 앉았다. 조선인들을 바라보던 상인이 혀를 쯧쯧 찼다. 사사키 부장이 상인의 눈치를 살피며 옆에 앉았다. 어찌해볼 시간이 없었다. 대열 속에 끼인 여자를 무작정 끄집어낼 수도 없었다.

도모유키가 고함을 질렀고, 통역병이 큰 소리로 받았다. 무리 지어 서 있던 조선인들의 간격을 넓혔다. 대열의 뒤에 선 자들까지 훤히 보였다. 조선인들에게 한쪽 발로 서도록 명령했다. 그들

---

* 혼마루(本丸). 일본식 성에서 내성 전체 지역을 칭하는 말이다. 내성 안의 건물을 혼마루라고 부르기도 한다. 성주의 거소로 중앙에 천수각(天守閣)을 쌓고 주위에 해자를 파놓는다. 농성전 때 성의 최후 방어진으로 쓰인다.

은 한 발을 들고 균형을 잡느라 기우뚱거렸다. 병졸들이 넘어진 자를 골라냈다. 조선인들은 발을 바꿨다. 이번에도 넘어진 자를 골라냈다. 팔 수 없는 자들이었고 모두 벨 자들이었다.

"기마 자세!"

조선인들은 기마 자세를 알지 못했다. 기병이 시범을 보였다. 조선인들이 엉거주춤한 모양으로 말 타는 시늉을 했다. 몸뚱이가 기우는 자와 다리를 제대로 굽히지 못하는 자를 끄집어냈다.

"앉아!"

"일어서!"

조선인들은 앉았다가 일어섰고, 오른팔과 왼팔을 번갈아 들었다. 앉았다가 부드럽게 일어나지 못하는 자들과 팔을 곧게 쳐들지 못하는 자들을 골라냈다. 스무 명이 넘는 조선인들이 무리에서 끌려 나왔다. 상인은 남은 조선인을 한 명씩 앞으로 불러냈다. 맨 앞줄에 선 조선인들부터 차례로 상인을 만났다. 상인은 불려 나온 조선인들이 들어가야 할 자리를 손가락으로 가리켰다.

"이쪽, 저쪽, 이쪽, 저쪽……."

상인의 손가락이 까닥거렸고 병졸들이 상인의 손가락을 따라 조선인들을 몰아붙였다. 조선 남자 하나가 앞에 섰고 상인은 못마땅한 표정으로 아래위를 훑었다. 사사키 부장이 상인을 달랬다.

"이 정도면……."

사사키 부장이 애써 사람 좋은 웃음을 지었다. 상인은 고개를

59

저었다.

"팔 수가 없어요. 이런 놈은 밥만 축낼 게 뻔한데……."

"너무 이러시면 주군께서 실망하실 수도……."

사사키 부장은 반쯤 협박조로 상인을 달랬다. 상인은 사사키 부장의 말을 끊으며 기분 나쁘다는 듯 침을 뱉었다.

"이래가지고는……."

"어제오늘 거래한 것도 아니고, 이쪽 입장도 조금은 생각해주셔야……."

사사키 부장이 상인을 쳐다보았다. 상인이 오른쪽으로 걸어가던 조선인을 불러 왼쪽으로 넣었다. 셈에 포함하겠다는 말이었다. 사사키 부장이 웃었다. 억지웃음이었다. 도모유키는 사사키의 일그러진 얼굴을 보았다. 사사키에게는 사사키의 전쟁이 따로 있는 모양이었다.

도모유키가 곤도 곁으로 다가섰다. 곤도라면 무슨 묘한 수가 있을지도 몰랐다. 도모유키가 다가서자 곤도는 힐끗 미소를 짓고 속삭였다.

"조선인 열 명에 호랑이 가죽이 한 장이다. 본국에서 온 사냥꾼들이 조선의 산과 들을 뛰어다니며 호랑이를 잡으면, 상인들이 그 가죽을 사들인다. 그렇게 긁어모은 가죽을 소달구지에 싣고 성과 성을 돌아다니며 장군들에게 파는 것이다. 장군들은 호랑이 가죽을 계집보다 더 좋아한다. 사람처럼 먹일 필요가 없고

60

다치거나 죽을 염려도 없다. 바람이 잘 통하는 궤짝에 담아두기만 하면 썩을 염려도 없다. 도자기처럼 깨질 염려도 없다. 본국에서 호랑이 가죽이 얼마나 비싼지는 자네도 알지 않는가? 호랑이 가죽만 잘 챙겨도 돌아가서 행세를 할 수 있다. 장군은 조선인을 잡고 사냥꾼은 호랑이를 잡는다. 상인은 조선인과 조선 호랑이 사이를 오가며 배를 채운다. 돈을 버는 놈은 따로 있는 법이지……."

곤도는 뻐딱하게 서서 클클 웃었다.

상인들이 부대를 따라다니며 장사를 해온 것은 어제오늘의 일이 아니었다. 본국의 여러 싸움터에서 상인들은 이 부대와 저 부대, 아군과 적군 진영을 제집처럼 드나들었다. 상인은 물건과 함께 정보도 팔았다. 큰 싸움에 끼어 한몫을 단단히 챙긴 자도 많았고 목숨을 잃은 자도 많았다.

부대를 따라 조선까지 온 자들은 큰 상인들이었다. 최정예 무사들이 지키는 상인의 소달구지에는 도모유키가 구경조차 해보지 못한 물건들이 많았다. 조선의 해동청이 새장에서 퍼덕거렸고, 금전과 은전이 궤짝에 넘쳤다. 유리 거울과 고급 비누, 중국 비단, 호랑이 가죽과 표범 가죽, 검은 담비 가죽과 산삼이 소달구지마다 가득했다. 상인들은 본국과 조선뿐만 아니라 남만과 그 너머 도모유키가 상상해본 일도 없는 땅까지 배를 타고 다녔다.

"곤도, 살려야 할 여자가 있다. 방도가 없겠나?"

"조선인?"

"그래, 저 여자⋯⋯."

명외가 상인 앞에 섰다. 도모유키는 침을 삼켰다. 여자의 가느다란 몸이 소리 없이 바르르 떨었다. 상인은 탐탁지 않다는 얼굴이었다.

"미색이 뛰어나지 않소?"

사사키가 상인을 달랬다. 상인은 듣지 않았다. 명외를 요리조리 살피던 상인은 손가락을 꺾었다. 데려가지 않을 자들 쪽이었다.

"이번엔 전부 농노로 갈 거요. 여자는 필요 없소."

사사키는 아쉽다는 듯 혀를 찼다. 뒤이어 나온 명외의 아비도 데려가지 않을 자들 쪽으로 끌려갔다.

"곤도, 어떻게 방도가 없겠나? 팔 수 없는 자는 모두 벤다고 하지 않았나?"

도모유키는 초조했다. 데려갈 자가 결정되면 나머지는 이 자리에서 죽임을 당하게 된다. 여자는 도리 없이 죽어야 한다.

도모유키는 여자를 보았다. 베일 자들 속에서 여자는 반쯤 고개를 숙인 채 꼼짝하지 않았다. 사사키와 그의 무사들, 상인이 보는 앞에서 여자를 살려낼 명분은 없었다. 도모유키는 여자의 이름이 명외라는 것을 기억해냈다. 죽음이 한 발 한 발 명외 곁으로 다가서고 있었다.

상인이 사겠다고 골라낸 자는 80명 정도였다. 사사키 부장은 웬만하면 100명을 채워달라고 했다. 상인은 난감한 표정을 지었다. 잠시 허공을 바라보던 상인이 사사키 부장과 귀엣말을 나눴다. 사사키 부장이 큰 소리로 웃었고 상인도 따라 웃었다. 양쪽 모두 손해 보는 장사를 했을 리 없었다.

"도모유키!"

사사키 부장이 소리쳤다.

"군막을 뒤져 젊고 힘센 조선인 열 명을 끌고 와라."

상인과 사사키 부장은 먼저 잡혀 와 각 군막에 배치된 조선인들 중에 열 명을 골라내 보태고, 방금 셈에서 빠진 조선인 중 열 명 정도를 더해 100명을 채우기로 했다. 마지막 기회였다.

"부장님, 군막에도 조선인이 필요합니다. 군막의 조선인을 그냥 빼 오기보다 빼내 오는 수만큼 보충해주는 것은 어떻겠습니까?"

사사키는 대수롭지 않다는 듯 고개를 끄덕였다.

도모유키는 이제 곧 죽임을 당할 조선인 중에 열 명을 골라냈다. 무심하고 거칠어 보였지만 그의 눈과 손은 명외에게 집중해 있었다.

"너, 너, 너 앞으로 나와!"

도모유키가 골라낸 조선인들을 데리고 군막으로 향했다. 명외와 명외의 아비를 17군막에 남길 작정이었다. 곤도가 이해할 수 없다는 얼굴로 도모유키를 쳐다보았다. 도모유키는 안도의 한숨을 내쉬었다.

"뛰어!"

도모유키는 서둘렀다. 상인을 오래 기다리게 하지 않으려는 행동처럼 보였지만 사사키의 마음이 변하기 전에 군막으로 명외를 데려가려는 급한 마음에서였다.

군막에서 끌려 나온 조선인들이 상인이 데려갈 자들 속에 섞여 들었다. 상인의 무사들이 조선인들을 성 뒤쪽 해안으로 몰았다. 상인의 배는 오늘 밤 어둠을 틈타 부산포로 떠날 예정이었다.

끌려가던 조선 남자가 고개를 돌려 누군가를 불렀다. 남아 있던 여자가 소리 지르며 앞으로 뛰어나왔다. 병졸이 뛰어나오는 조선 여자의 가슴을 창으로 후려쳤다. 여자는 고꾸라졌다. 사내아이가 고꾸라진 제 어미를 끌어안고 울었다. 끌려가는 조선인들이 울었고, 남은 조선인들이 울었다. 상인의 무사들은 미적거리는 조선인들을 주먹으로 때렸다. 넘어진 조선인은 발로 걷어찼다. 남은 조선인들이 울었다. 조선 여자들은 모두 제 자식의 아비를 부르며 울었다.

"기태 아버지……."

"상보 아버지……."

"분기 아버지이……."

병졸들이 우는 조선인들을 후려쳤다. 목을 맞은 여자가 캑 소

64

리를 내며 주저앉았다. 상인은 자신이 골라낸 조선인들이 언덕을 넘어 사라질 때까지 자리를 뜨지 않았다. 사사키 부장이 그 모습을 보며 웃음을 흘렸다. 상인도 웃었다.

"내가 조선인을 빼돌리기라도 하겠소?"

"확실한 게 좋은 거 아니오?"

껄껄껄 웃던 사사키 부장이 상인을 가마로 안내했다. 돌아서서 걷던 사사키 부장이 도모유키를 향해 고개를 끄덕했다. 도모유키는 절도 있게 고개를 숙였다.

"간격을 더 벌려라."

도모유키가 소리쳤고 통역병이 반복했다. 제 어미 곁에 붙어 있던 아이를 병졸이 떼어냈다. 아이는 제 어미 곁으로 다가섰다가 병졸의 발길에 걷어차여 제자리로 돌아왔다. 발길질을 당한 아이는 울컥거렸지만 제 어미 곁으로 다가서지는 않았다. 여자와 남자, 늙은이와 아이 할 것 없이 모두 간격을 넓혔다.

"모두 옷을 벗어라!"

조선인들은 망설였다. 늙은이와 어린아이, 여자와 남자가 뒤섞여 있었다.

"옷을 벗어라."

통역병이 다시 소리쳤다. 병졸들이 머뭇거리는 조선인들을 창대로 후려쳤다. 조선인들은 여전히 머뭇거렸다. 곤도가 맨 앞에 선 늙은이의 목을 벴다. 늙은이의 목이 먼저 땅바닥으로 떨어졌다. 몸뚱이는 늦게 무너졌다. 조선인들은 서둘러 옷을 벗었다. 여기저기서 후드득 옷 터지는 소리가 났다. 벌거벗은 조선인들은 검고 주글주글했다. 여자들이 축 늘어진 제 가슴을 두 손으로 감췄다. 병졸들이 조선인들의 옷을 서둘러 거둬들였다. 이불을 만들어야 했다.

"꿇어앉아! 머리 숙여!"

14군막과 16군막, 17군막의 창병들이 창을 들고 대열 속으로 끼어들었다. 꿇어앉은 조선인은 120명이 넘었다. 네 살쯤 돼 보이는 꼬마가 일어서서 꿇어앉은 조선인들 사이를 걸어 다녔다. 곤도는 아장아장 걷는 조선 아이를 보고 있었다. 도모유키가 명령했다. 병졸들의 기합 소리가 났고 조선인들이 피를 뿜으며 고꾸라졌다. 붉은 피가 마른 땅을 적시고 흘렀다. 하늘의 해가 쨍쨍했다.

히로시는 꿇어앉은 조선 아이를 찌르지 못했다. 고개를 숙이고 있던 아이가 고개를 들었고 눈이 마주친 히로시는 멈추고 말았다. 겁에 질린 눈이었다. 열 살쯤 돼 보이는 아이였다. 창을 잡은 히로시의 두 손이 부들부들 떨렸다. 손에 땀이 고였다. 히로시는 고향에 두고 온 젖먹이를 생각했다. 문득 하늘을 보았다. 햇빛이 눈을 찔렀다. 여기저기서 숨이 끊어진 조선인들이 나뒹굴었다.

"히로시!"

도모유키가 시위를 떠난 화살처럼 달려 나가 아이의 목을 벴다. 몸뚱이에서 떨어진 머리가 히로시의 발아래로 데굴데굴 굴러갔다. 히로시는 물러섰다. 머리가 구르기를 멈췄을 때 히로시는 털썩 주저앉았다. 도모유키가 주저앉은 히로시의 배와 가슴을 찼다. 히로시는 벌레처럼 웅크린 채 도모유키의 발길질을 받았다. 눈앞에 아이의 눈 뜬 머리가 굴러와 있었다. 히로시는 눈을 감았다. 도모유키의 발길질은 계속됐다.

"그만해두게, 도모유키."

곤도가 묘한 말투로 도모유키를 막아섰다.

"농투성이 아시가루가 아닌가? 괭이나 잡던 손으로 사람을 죽이기는 어렵지, 안 그런가?"

도모유키는 곤도의 웃는 낯짝에 침을 뱉어주고 싶었다. '그래, 곤도, 이 새끼야. 나는 괭이나 잡던 놈이다. 이 새끼야.' 도모유키는 배를 움켜잡은 채 뒹구는 히로시를 곤도인 양 걷어찼다. 히로시는 흙투성이가 돼 땅바닥을 뒹굴었다. 입에서 흙 묻은 침이 흘렀다.

4

비는 자

역질은 빗물을 타고 왔다. 한여름 더위가 물러갔지만 군막마다 설사를 쏟아내는 병졸들이 갈수록 늘었다. 병졸들은 건더기 없는 똥물을 쌌다. 역질에 걸린 병졸들은 종일 먹은 물보다 더 많은 물똥을 쌌다. 설사를 쏟아내던 병졸들이 맥없이 거꾸러졌다. 병졸들이 성안 구석구석에 쓰러져 신음했다. 들것을 든 조선인들이 널브러진 병졸들을 날랐다. 사사키 부장은 새끼줄을 치고 피똥을 싸대는 병졸들을 따로 몰아넣었다. 설사를 하는 자, 피똥을 싸는 자, 하루나 이틀 된 자, 사흘이 넘은 자를 따로 눕혔다.

역질에 걸린 자를 들것에 싣고 새끼줄 안으로 들어갔던 조선인들이 죽은 자를 싣고 나왔다. 성 뒤쪽에 커다란 구덩이를 파고 죽은 자를 던져 넣었다. 구덩이 안으로 떨어진 시체 위에 흙 대신 나중에 죽은 자의 몸뚱이가 얹혔다. 손가락만큼 굵은 파리들이 새까맣게 들끓었다. 역질에 걸린 자를 나르던 조선인들이 누런 물똥을 싸며 거꾸러졌다. 조선인들이 오한으로 벌벌 떠는 자를 새끼줄 안으로 끌어 넣었다.

약을 든 승려들이 군막과 군막을 뛰어다녔다. 약 달인 시커먼 물을 먹었지만 널브러진 병졸들은 일어나지 않았다. 누런 똥물을 싸던 병졸들이 피똥을 쌌고, 피똥을 싸던 병졸들의 팔다리가 굳었다. 더운 날씨였지만 역질에 걸린 병졸들은 추위에 떨었다. 종일 춥다고 지껄이던 가즈토는 사흘 만에 죽었다. 가늘고 시커먼 팔다리가 차가웠다. 조선인들이 죽은 자를 끌고 나가 태웠다. 죽은 자의 다리를 끌고 나가는 명외를 도모유키가 밀쳤다.

"여자들은 움막으로 돌아가라!"

도모유키의 서슬에 조선 여자들이 죽은 자들에게서 물러섰다. 도모유키는 확신할 수 없었다. 역질에 걸린 자를 만지거나 역질에 걸려 죽은 자의 물건을 수습하면 병에 걸리는 것인지는 분명하지 않았다. 그러나 명외에게 악취가 나는 시체를 치우도록 할 수는 없었다.

약은 부족했다. 약봉지를 들고 뛰어다니던 군승들이 빈손으로 걸어다녔다. 약을 마시지 않은 병졸은 빨리 죽었고, 시커먼 약을 마신 병졸은 천천히 죽었다. 병졸들은 병세와 상관없이 죽기도 했다. 누런 똥물을 쌌을 뿐 피똥을 싸지 않던 병졸들도 갑자기 죽었다. 승려들은 치료를 포기했다. 약이 없다고 했다. 널브러진 자는 들것에 실려 새끼줄 안으로 들어갔고, 죽어서 구덩이로 던져졌다.

사사키 부장은 사흘 이상 누런 똥물을 쏟아낸 자들을 골라냈다. 병든 자들을 창고에 가두고 불태웠다. 살아 있는 자들이 손을 뒤로 묶인 채 고함을 질렀다. 창고에 숨어 있던 쥐들이 튀어나왔다. 등에 불이 붙은 쥐들이 미친 듯이 설쳤다. 병자들을 태워 죽였지만 설사병은 수그러들지 않았다.

"물을 끓여 먹어라. 역질은 펄펄 끓이면 죽는다."

누가 먼저 한 말인지 몰랐다. 그러나 펄펄 끓여 식힌 물을 마시고 난 후부터 병졸들은 역질에 잘 걸리지 않았다.

조선인들은 굿을 해야 한다고 했다. 역질은 역신이 붙은 것이라고 했다. 혼마루의 지휘관들이 고개를 저었지만 사사키 부장은 허락했다. 조선인들은 복숭아 나뭇가지를 꺾어 역질에 걸린 자를 때렸다. 불붙은 나뭇가지로 병든 자의 몸을 치고 훑었다. 조선인들은 북을 치고 의미를 알 수 없는 노래를 불렀다. 새끼줄 안에서는 종일 시끄러운 북소리가 났다. 짚과 나뭇가지를 엮어 사람 형상을 만들었다. 흉측한 모양이었다. 조선인들은 그 아래 엎드려 빌었다. 역질 걸린 자들을 모아두는 새끼줄 안에 갇혔다가 살아 돌아온 병졸들은 조선인들이 만들어준 짚 인형 아래 엎드려 빌었다. 새끼줄 안에서 살아 돌아온 히로시도 조선인들이 만들어준 짚 인형을 붙잡고 엎드려 빌었다.

"히로시, 그 괴상한 것 좀 치우지 못해!"

도모유키는 조선인들이 만들어준 짚 인형이 어딘가 모르게 께름칙했다. 도모유키의 고함에 히로시는 고개를 숙였지만, 짚 인형 아래 엎드려 비는 짓을 멈추지 않았다. 히로시는 도모유키의 눈을 피해 군막 밖에서 빌었다. 두 손을 꼭 쥔 히로시는 땅바닥에 머리를 처박고 엎드려 조선말로 빌었다.

피똥을 싸대는 병졸들은 차츰 줄었다. 역질에 걸린 자를 모두 태워 죽인 덕분인지, 물을 끓여 먹은 덕분인지, 날씨가 차츰 서늘해진 덕분인지, 조선인들이 굿을 한 덕분인지 알 수 없었다. 사사키 부장은 보름 동안 굿을 한 조선인들에게 이틀 휴식과 주먹밥을 내렸다. 성안에서 역질이 사라졌지만 히로시는 엎드려 빌기를 멈추지 않았다.

역질이 떠나자 가을이 왔다. 계절이 쉬지 않고 오고 가는 동안 병졸들은 끊임없이 죽었다. 적의 대포에 죽었고 공사장에서 돌에 깔려 죽었다. 계절은 뚜벅뚜벅 걸어와 뚜벅뚜벅 걸어갔지만, 배고픔과 노역은 떠나지 않았다. 성안에 눌러앉은 굶주림과 노역은 병졸들의 일상이 돼버렸다. 배가 고프다고 말하는 병졸은 없었다. 쥐와 뱀, 개구리를 닥치는 대로 잡았다. 여름에도 성안에서는 개구리 소리가 들리지 않았다. 수풀 속에 똬리를 틀고 있던 뱀도 사라진 지 오래였다. 병졸들은 야위어갔고 흘러내린 각반이 땅바닥을 쓸었다. 각반을 벗어 던진 병졸도 많았다. 사사키 부장은 나무라지 않았다.

바닷물고기 사냥도 허용됐다. 조선 수군의 척후선을 걱정해 농성 내내 금지했던 물고기 사냥이었다. 보급선은 오지 않았다. 병졸들은 사냥을 하거나 조선인 마을을 약탈하여 가느다란 목숨을 이어갔다. 사사키 부장은 병졸의 먹는 문제를 군막에 맡겼다. 곤도는 사사키 부장도 어쩔 수 없을 것이라고 했다. 나고야성은 조선 출병군의 보급을 조선 출병군에 맡겼다. 더 이상 보급은 없을 것이라고 했다. 혼마루에서는 끼니때마다 밥 짓는 연기가 올랐다. 외성에서는 쥐와 바닷고기를 굽는 모닥불이 올랐다. 바닷고기를 뼈까지 씹어 먹었다. 도모유키는 제 몫의 물고기를 명외에게 주었다. 덜 익은 물고기였다. 명외는 피가 묻어 나오는 물고기를 남김없이 씹었다. 도모유키는 웃었고, 얼굴이 발개진 여자는 고개를 숙였다.

도모유키는 자주 히노를 불러 조선말을 배웠다. 작업 중에도 히노를 옆에 붙여놓고 조선말을 지껄이게 했다. 조선말은 복잡했다.

"내 이름은 다나카 도모유키. 너는 내 이름을 아나? 나는 네 이름을 안다. 명외. 너는 명외다. 집으로 가고 싶지 않나? 나도 집으로 가고 싶다. 네 고향 마을의 이름은 뭐냐? 일본을 아느냐? 나는 바다 건너 먼 나라에서 왔다. 조선 사람을 죽이고 싶지 않

다. 밥은 먹었나? 배가 고프지 않나? 얼굴은 가끔 씻느냐? 내게
도 여동생이 있다. 내 여동생 이름은 이치코다. 너처럼 예쁜 여자
다. 나는 너를 살려주고 싶다. 전쟁은 끝이 날 것이다. 살아 있어
야 한다. 내가 너를 꼭 살려주겠다. 네 아버지는 좀 어떠냐? 네 아
버지도 살려주겠다…….'

　도모유키는 조선말 한두 마디를 배울 때마다 움막으로 명외를
찾아가 조선말로 말했다. 움막으로 걸어가는 동안 잊어버리지 않
기 위해 입 안에서 되뇌었다. 도모유키가 자주 조선말을 건넸지
만 명외는 대꾸하지 않았다. 명외는 묵묵히 제 할 일을 했다. 그
나마 명외가 도모유키의 눈을 똑바로 쳐다보는 날은 운이 좋은
날이었다.

　"히노, '나는 너를 살려주고 싶다'가 아니라 '나는 너를 꼭 지켜
줄 것이다'라는 말은 어떻게 하느냐?"

　히노는 떠듬거렸다. 도모유키는 그중에서 느낌이 좋아 보이는
말을 골라 질문했고, 히노는 마땅한 조선말을 찾아내느라 애를
먹었다. 조선말은 멀고 어려웠다.

　"명외, 너는 예쁘다…….. 나는 너를 지켜주겠다. 어떤 일이 있
어도 너를 지켜주겠다."

　도모유키는 히노에게 배운 또 한마디의 조선말을 끝내 하지 못
했다. 잊어버린 것은 아니었다. 수없이 되뇌고 다짐했던 말이었다.
가슴속에는 그 말이 소용돌이치고 있었다. 도모유키는 요동치는

바다를 바라보며 홀로 섰다. 검은 바다는 제 속에 든 소리를 망설임 없이 토해내고 있었다.

5

가을비

낫질하는 여자의 머리가 희끗희끗했다. 수건 밖으로 흘러내린 흰 머리카락이 바람에 날렸다. 늙은 여자는 자주 허리를 펴 마을 밖으로 뻗은 길을 바라보았다. 어둡고 아득한 눈이었다. 다이묘의 성으로 난 길이었고 아들 히로시가 다이묘의 성에서 나온 무사를 따라 걸어간 길이었다. 바람이 쓸고 지날 뿐 길에는 오고 가는 사람이 없었다.

가을바람이 불었고 누렇게 익은 벼가 출렁댔다. 이웃들의 논 옆 밭엔 메밀이 탐스러웠다. 가느다란 녹색 대 위에 앉은 하얀 메밀꽃이 바람과 손을 맞잡고 춤을 췄다. 보리를 파종하기 전에 땅을 한 번 더 갈아먹으려고 뿌린 메밀이었다. 농부들은 서둘러 메밀을 거두고 보리와 밀을 심었다. 이듬해 초여름에는 밀과 보리를 거둬들이고 벼를 심을 것이다. 전장에서 돌아온 마을의 남자들은 하천의 물을 끌어들여 황무지를 논으로 만들었고 물을 빼 밭으로 만들었다. 마을의 논과 밭은 하루가 다르게 늘어났고 집집마다 밥 짓는 연기가 올랐다. 히로시의 늙은 어미는 깊은 한숨을 내쉬었다. 묵직한 통증에 짓눌린 허리를 펴자 입에서 저절로 끙 소리가 났다.

서리가 내리고 있었다. 서둘러 벼를 베고 말려야 했다. 히로시가 없는 논은 사람의 손을 타지 못했다. 잡초가 무성했고 논인지 풀밭인지 분간이 되지 않았다. 늙은 여자 혼자 힘으로 수확을 제때 마무리하기에는 벅찼다. 미적거리는 동안 곡식은 새들과 산짐승들의 먹이가 됐다. 매일 논에만 매달릴 수도 없었다. 하루는 벼를 베고, 하루는 말리고 찧기를 번갈아 했다. 굶주린 멧돼지들은 어둠 속에서도 논을 잘도 찾아내 허물고 짓밟았다.

"빌어먹을 멧돼지……."

히로시는 성에서 나온 무사를 따라 집을 떠났다. 무사는 다이묘가 논과 밭을 내릴 것이라고 말했고, 약속을 지켰다. 히로시를 데리고 갔던 무사는 이틀 뒤 마을로 돌아와 히로시 몫의 논과 밭을 주었다. 성에서 나온 무사들은 마을을 돌아다니며 남자들을 데려갔고, 논과 밭을 나눠 주었다. 걱정할 것은 없었다. 오랜 전쟁이 끝이 났고, 간파쿠 히데요시는 가타나가리*를 공표했다. 군대는 해산됐고 농민과 상인, 승려와 무사들이 손에 쥔 창검을 내려 놓고 괭이와 쟁기를 잡았다. 무기를 고집하는 자들은 갇혔다. 불가마로 들어간 창과 칼은 괭이와 쟁기가 돼 논밭으로 나왔다. 기병들의 말은 마구간으로 들어갔고, 전장에서 펄럭이던 여러 가문의 무시무시한 깃발은 곱게 접혀 창고 시렁에 얹혔다. 싸움은 더이상 없었다. 히로시는 군사들이 조선으로 출병하여 텅 빈 다이묘의 성을 지키러 떠났다.

"다이묘님의 너른 성에 도둑놈들이 설치도록 할 수는 없지 않은가?"

무사는 히로시를 데리고 떠나며 말했다. 집을 떠날 때 히로시는 얇은 무명옷에 맨발이었다. 가을이 가기 전에 돌아오기로 돼 있었다. 아들은 가벼운 마음으로 집을 나섰고, 늙은 어미는 새로 받은 논밭을 흐뭇한 눈으로 보았다. 히로시의 아버지가 젊어서 죽은 뒤 처음 가져보는 논밭이었다. 젖먹이를 등에 업은 히로시의 아내 유키코도 잠든 딸을 돌아보며 행복해했다.

가난한 농부들은 태어난 아기를 바로 죽였다. 먹일 수도 입힐 수도 없었다. 어떤 이는 제 손으로 제 아이의 목을 졸랐고, 어떤 이는 사람이 다니지 않는 산이나 들에 살아 있는 아이를 갖다 묻

---

* 가타나가리(刀狩り). 오다 노부나가가 사망한 후 정권을 잡은 도요토미 히데요시가 단행한 '칼 사냥' 정책. 농촌과 도시 주민을 무장 해제 시키려는 의도에서 비롯됐다. 1580년대에 산발적으로 행해지던 가타나가리는 1588년에 전국에 명령으로 하달됐다.

었다. 하루도 지나지 않아 들짐승들이 헐거운 땅을 헤집었다. 다이묘가 아기 살해를 금지했지만 굶주린 농부들의 귀에는 들리지 않았다. 아침에 딸을 죽인 아비는 점심때 괭이를 들고 밭으로 나갔다. 남편 손에 갓 낳은 아기를 맡긴 아내는 묽은 된장국을 마셨다. 서둘러 된장국을 삼키고 나면 호미를 들었다. 아침에 자식을 죽인 부부는 밤늦도록 밭에서 일하고 옥수수가 섞인 보리밥을 먹었다. 유키코는 히로시가 잠시 성을 지켜주는 대가로 논과 밭을 받을 수 있어서 기뻤다. 해마다 가을걷이가 끝나면 소작료를 내야 하지만 그럭저럭 먹고사는 일은 걱정 없을 것 같았다. 어린 시절부터 굶주림에 시달려온 여자였다.

가을이 가기 전에 돌아온다던 히로시는 겨울이 가고 새봄이 와도 돌아오지 않았다. 히로시의 논밭엔 잡초가 무성했고, 밀린 소작료는 쌓여갔다.

성에서 나온 무사가 논으로 히로시의 어미를 찾아왔다. 히로시의 친구 마사키가 무사를 안내했다. 무사는 논밭의 크기와 수확량을 조사했고 다이묘에게 납부해야 할 소작료를 계산해주었다. 눈이 가느다란 무사는 빈틈이 없었다.

"소작료를 낼 수 없으면 토지를 내놓아야지."

불알이 빨갛던 시절부터 아들 히로시와 함께 놀았던 마사키는 무사 옆에 서서 난처한 표정을 지었지만 어떤 말도 해주지 않았다. 히로시가 곧 돌아올 것이며, 아들이 돌아오기만 하면 소작료쯤은 아무것도 아니라고 말해주지 않았다.

며느리 유키코는 종일 방에 틀어박힌 채 밖으로 나오지 않았다. 여름 내내 햇볕을 안 본 유키코의 얼굴이 희멀겠다. 날이 갈수록 논밭에는 잡초가 늘었고 시어미의 머리에는 새치가 늘었다. 그는 밭의 주인이 된 잡초를 보며 분통을 터뜨렸고, 며느리의 희멀건 얼굴을 보며 혀를 찼다. 억지로 밖으로 끌어내면 며느리는 와들와들 떨었다. 와들와들 떨다가 마른기침을 뱉었다. 기침은 쉽게 멈추지 않았다. 어찌 된 영문인지 알 수 없었다.

며느리는 웃거나 울든지 화를 냈다. 그도 아니면 잠을 잤다. 어디가 아픈 것인지 걸핏하면 일손을 놓고 퀭한 눈으로 먼 데를 보았다. 말라비틀어진 젖먹이 하나를 등에 업고서도 며느리는 식은땀을 흘렸다.

히로시와 엇비슷한 때 마을을 떠났던 남자들은 진작에 돌아왔다. 히로시는 돌아오지 않고 소문만 마을로 들어왔다. 발 없는 소문이 마을을 종일 헤집고 다녔다. 논밭을 가로질렀고 앞집과 뒷집의 담을 넘었다. 소문은 방에도 들어왔고 마루에도 걸터앉았다. 늙은 부부의 이부자리에서 속삭였고, 동네 조무래기들의 전쟁놀이에도 끼어 까불었다. 소문은 마당에도 우물가에도 자리를 비집고 앉았다. 소문은 쉬지 않고 지껄였다. 추운 날과 더운 날, 비가 내리고 눈이 내리는 날, 바람이 불고 흙먼지가 날리는 날에

도 소문은 돌아다녔다. 삿갓도 도롱이도 쓰지 않았지만 소문은
날씨를 가리지 않고 마을을 들쑤시고 다녔다.

　다이묘의 성을 지키던 군대도 조선으로 출병했다. 총과 칼을
든 무사들이 큰 배를 타고 조선으로 갔다. 조선 왕이 도망쳤다.
조선을 점령했다. 아니다. 출병했던 간파쿠의 군대가 퇴각했다.
모르는 소리 마라. 멀고 큰 나라 명나라로 군대가 들어갔다. 명나
라의 황제가 엎드려 항복했다. 아니다. 아직은 항복하지 않았지
만 곧 항복할 것이다. 그런데 요즘 듣자니 항복을 취소했는지도
모르겠다. 명나라에는 금과 은 그리고 노예가 길바닥에 넘친다.
조선으로 출병한 병졸은 아시가루라도 100석 녹봉을 받게 됐다.
100석이라고? 세상에! 히로시는 이제 부자가 되겠네. 아니다. 조
선으로 갔던 군대는 벌써 다 죽었다. 명나라 군대가 바다를 건너
쳐들어올 것이다. 참, 세상 소식에 어둡네. 명나라 군대는 태풍을
만나 모두 수장됐다. 웃기지 마라. 모르면 아가리를 닫아라…….

　조선 출병 소식을 두고 마을의 남자들은 의견이 분분했고 소
문은 괴팍한 웃음을 지었다. 히로시의 어미는 웃다가 울었고, 울
다가 웃었다. 히로시를 보았다는 사람은 없었다. 죽은 히로시를
본 사람도 없었고, 살아 있는 히로시를 본 사람도 없었다. 유키
코는 목이 잘린 채 벌판에 버려진 남편을 생각하며 울었고, 녹봉

100석을 받고 돌아올 남편을 상상하며 희미하게 웃었다. 젖먹이 가오루는 아장아장 걷기 시작했고 걸핏하면 고집을 부리며 울음을 터뜨렸다.

히로시 어미의 머리에 하얀 눈이 내리던 날 봄비가 내렸고 히로시가 짚을 엮어 얹은 지붕은 잿빛으로 썩어갔다. 잿빛으로 썩어가던 지붕에 잡초가 돋았다. 히로시는 '가을이 가기 전에 돌아온다'던 약속을 지키지 않았지만 바람을 타고 날아온 풀씨는 계절을 어기지 않고 싹을 틔웠다.

빽빽하게 자란 잡초가 마당에 파놓은 빗물 도랑을 메웠다. 히로시의 어미는 잡초 뽑을 틈이 없었다. 유키코는 괭이를 잡고 밭으로 나갈 힘도, 마당의 잡초를 뽑을 힘도 없었다. 걸음마를 시작한 가오루가 잡초에 발이 걸려 넘어졌다. 넘어진 아이가 울었지만 얼굴이 희멀건 유키코는 물끄러미 쳐다만 보았다.

날씨가 서늘해지자 며느리는 거적을 뒤집어쓴 채 누워 있거나 앉아 있었다. 며느리는 이따금 마른기침을 토했고 한번 터진 기침은 오래 이어졌다.

달빛이 밝았다. 볏단을 이고 지고 집으로 돌아가는 히로시 어미의 달그림자는 늙어서 고단했다. 유키코가 가오루의 밥을 챙겨 먹였는지 모를 일이었다. 저도 모르게 한숨이 쏟아졌다. 집 앞에서 누군가 담 너머 집 안을 살피고 있었다.

'혹시 히로신가⋯⋯.' 남자는 키가 히로시보다 훌쩍 컸다. 몸집도 좋았다. 마사키였다. 낮에 논으로 찾아온 무사가 매몰찬 말을 쏟아내는 동안 마사키는 입을 꾹 다문 채 논두렁에 서 있었다. 무사는 마치 늙은이가 쌀을 숨겨두고 내놓지 않는다는 투로 말했다. 누렇게 익은 벼를 거둬들일 사람이 없다는 것쯤은 마사키도 아는 일이었다.

"거기 뉘시오?"

히로시의 어미는 '마사키 아니냐?'라고 다정하게 말하지 않았다. 무사 앞에서 친구의 어미를 낯선 사람처럼 대했던 마사키가 괘씸했다.

"앗! 히로시 어머님……. 이제 돌아오시는군요. 저는 그저…… 집으로 돌아오셨나 안 오셨나 몰라서……."

마사키는 더듬거렸다. 평소 낯가죽이 두꺼운 놈답지 않았다. 히로시의 늙은 어미는 대꾸하지 않고 마사키를 보았다. 그의 눈은, 그래서, 이 밤에 무슨 일로 나를 찾아왔느냐고 따지듯 묻고 있었다.

"저녁 식사는 하셨는지요?"

"보면 모르겠냐?"

논에서 돌아오는 히로시 어미의 머리에 볏단이 높다랗게 얹혀 있었다. 등에도 볏단 한 짐이 매달려 있었다.

"아이고, 아직 저녁도 못 드셨는가 보네요. 들어가셔서 얼른 식사부터 하셔야지요."

"밤에 무슨 일로 우리 집에 왔냐?"

히로시 어미의 말투는 쌀쌀했다.

"사실은 제가 어머님하고 식구들 드시라고 이렇게……."

마사키는 품에서 주먹밥과 무장아찌를 내밀었다. 따뜻한 밥 냄새가 콧구멍으로 파고들었다. 주책없는 침이 입 안에 가득 고였다.

"고맙게 먹으마."

"별말씀을 다 하십니다. 제가 히로시를 대신해서 아들 노릇을 해야 하는데 사는 꼴이 이래서……."

"……."

"그럼 저는 가보겠습니다."

마사키는 꾸벅 인사를 하고 달빛 아래에서 멀어졌다. 따뜻한 주먹밥을 손에 쥔 히로시의 어미는 피식 웃었다. 그래도 고마운 일이었다. 웃음이 번지던 어미의 얼굴이 별안간 굳었다. '혹시 저 놈이…….' 마사키가 유키코를 넘보고 있는지도 몰랐다. 동네 남자들은 남편 없이 지내는 여자들을 가볍게 대했다.

"빌어먹을 놈."

유키코는 해진 거적을 덮고 누워 있었다. 네 살이 된 손녀 가오루가 혼자 다다미 바닥을 쓸었다. 늙은 시어미는 혀를 찼다. 화롯불을 들여놓지 않은 방은 썰렁했다.

"화로도 안 들여놓고 뭘 했냐? 애는 무얼 좀 먹였냐?"

늙은 시어미가 불평을 쏟아내며 혀를 찼다. 유키코는 대답이 없었다.

"일어나봐라. 주먹밥이다."

주먹밥에는 아직 온기가 남아 있었다. 유키코는 힘겨운 얼굴로 일어나 앉았다. 그 얼굴은 웬 주먹밥이냐고 묻고 있었다.

"네 남편 친구 마사키가 가져왔더라. 식구들이 끼니는 챙겨 먹느냐고……. 그놈이 웬일인지 모르겠다. 논바닥에서 썩어 문드러지는 벼나 베어줄 것이지……."

어미가 주먹밥 한 덩어리를 떼어 더운물에 말았다. 가오루는 국을 마시듯 더운물에 만 밥을 삼켰다. 무장아찌는 새큼하고 아삭했다. 제대로 담근 장아찌였다. 몇 달째 산나물을 삶아 된장에 무쳐 먹는 게 고작이었다. 봄에는 봄나물을 먹었고, 여름엔 여름나물을 먹었다. 가을이 되자 히로시의 어미는 산나물을 말렸다. 겨울에 먹을 나물이었다. 무장아찌는 엄두도 내지 못했다. 벼를 수확하는 철이 됐지만 집에는 쌀이 부족했다. 보리밥 한 그릇이라도 배불리 먹는 날이 드물었다. 마을 사람들의 형편은 차츰 나아졌지만 히로시가 없는 집안은 갈수록 기울었다.

유키코는 점심을 굶고도 밥맛이 없는 듯했다. 주먹밥을 먹는 둥 마는 둥 자리에 누웠다. 모로 누운 유키코가 기침을 했다. 히로시의 어미는 며느리가 어딘가 단단히 병이 난 게 틀림없다고 생각했다. 제 밥그릇을 비운 가오루는 다시 다다미 바닥을 쓸며 놀았다. 시어미가 화롯불을 피워 방에 들여다 놓았다. 유키코는 멍한 눈으로 불빛을 바라보았다.

새벽부터 비가 내렸다. 히로시의 어미는 낡은 삿갓과 해진 도롱이를 걸쳤다. 히로시가 짠 도롱이였다. 처마 밑에는 지난밤 늦게까지 베어낸 볏단이 널려 있었다. 빨리 말려야 했다.

"햇빛이 나도 신통치 않을 판국에……."

툭툭 튀어 오른 빗방울이 널어놓은 볏단 위에서 부서졌다. 늙은 어미는 퉤 하고 침을 뱉었다. 언제까지 다 벨 수 있을까. 누렇게 익은 벼는 고개를 숙이다 못해 꺾일 지경이었다. 늙은이의 낫질은 더디고 피로했다. 마을 사람들은 아무도 도와주지 않았다. 제 몫의 소작료를 내고 논밭을 늘리느라 바빴다. 나락 찧기를 마친 사람들은 산으로 올라갔다. 도토리를 줍고, 나뭇짐을 날랐다. 집에 남은 여자들은 새끼를 꼬고 멍석을 짰다. 겨울이 오고 있었다.

해진 도롱이를 입은 히로시의 늙은 어미는 논에 쪼그리고 앉았다. 낫질에 벼들이 고르게 넘어졌다. 빗물이 고인 논바닥이 질척거리며 발목을 잡았다. 빗방울은 가늘었지만 줄기차게 내렸다. 새벽부터 내린 비는 점심때가 지나도 그칠 기미를 보이지 않았다. 해진 도롱이 아래로 빗물이 스며들었고 등이 서늘했다. 검은 하늘은 낮았고 바람은 찼다. 늙은 어미는 허리를 펴고 주먹으로 도롱이 위를 쳤다. 빗물이 툭툭 튀었다.

"유키코! 유키코, 안에 있어요?"

문밖에서 누군가 유키코를 불렀다. 유키코는 거적을 덮고 누워 있었다. 일어날 기운조차 없었다. 빗방울 떨어지는 소리가 서글펐다. 방 안은 눅눅했다. 배가 고프다며 칭얼대던 가오루는 다다미 바닥에 뺨을 처박은 채 잠들었다. 유키코는 겨우 몸을 일으켜 아이를 거적 위로 뉘었다.

"유키코, 안에 있어요? 문 좀 열어봐요."

유키코는 엉덩이를 끌며 기어가 문을 열었다. 남자의 도롱이에서 흘러내린 빗물이 널어놓은 볏단 위로 떨어졌다. 남자의 젖은 발이 말리려고 펴놓은 볏단을 밟고 있었다. 마사키였다.

"아, 마사키 씨."

유키코는 희미하게 미소 지었다.

"어제 준 주먹밥은 아주 잘 먹었습니다. 무장아찌도 맛있었고요. 고맙습니다."

"아이고, 별말씀을 다 하십니다. 제가 자주 들러야 하는데 사는 게 바빠서……. 어머님과 유키코를 잘 부탁한다고 히로시가 당부했는데……."

마사키가 삿갓을 벗었다. 검고 건강한 얼굴이 누런 이를 드러내며 웃었다. 유키코는 마사키의 눈을 피했다. 마사키는 말없이 유키코를 쳐다보았다. 희고 가느다란 얼굴이었다. 눈 아래가 거무죽죽했지만 오똑한 코가 금방 남자의 눈길을 빼앗았다. 야위었지

86

만 햇볕에 그을리지 않은 얼굴은 귀부인처럼 고왔다. 토지 검사무사가 눈독을 들일 만했다. 오사카에서 온 토지 검사관은 시골에 이런 미인이 숨어 있으리라고 생각지도 못했다고 말했다. '눈이 밝은 놈이로군.' 마사키는 무사의 가늘고 기분 나쁜 눈을 떠올렸다.

"비가 오는데 어쩐 일인가요?"

유키코의 말에 마사키는 정신을 가다듬었다.

"아니요. 특별한 볼일이 있는 것은 아니고…… 그저 어떻게 지내시나 싶어 걱정이 돼서요. 점심은 드셨는지요?"

"……."

"날씨가 참 얄궂네요. 햇볕이 쫘악 나야 하는데……."

"……."

"그런데 히로시 소식은 좀 들었는가요?"

마사키는 유키코의 답을 기다리지 않고 머릿속에 떠오르는 말을 마구 지껄였다. 여자의 관심을 끌어야 했다. 유키코는 히로시라는 말에 눈을 반짝였다. 마사키는 잠시 여자의 눈을 바라보았다. 촉촉이 젖은 눈은 남자의 마음을 빼앗기에 충분했다.

"저희 남편 소식을 듣기라도 하셨는지요?"

유키코는 문 앞으로 바싹 다가앉았다. 빗물을 머금은 바깥바람은 차갑고 비릿했다. 유키코는 기침을 토했다. 눅눅하고 차가운 바람을 쐰 탓이었다. 기침이 좀처럼 잦아들지 않았다. 제 어미의 거친 기침 소리에 가오루가 눈을 떴다. 아이는 엉금엉금 기어 문 앞으로 다가왔다. 가오루는 제 어미의 어깨에 손을 걸친 채 잠이 덜 깬 눈으로 문 앞에 선 남자를 보았다.

"제 남편 소식을 들었나요?"

기침이 멎자 유키코는 마사키를 재촉했다.

"뭐 특별한 소식이랄 것은 없고요."

마사키는 마룻바닥을 손으로 짚고 앉은 유키코의 어깨 너머로 가오루를 보았다. 가오루는 낯선 남자에게 두었던 눈을 거두고 제 어미가 빠져나간 거적 위에 엎드렸다. 아이는 거적을 껴안은 채 엎드려 장난을 쳤다. 거적은 따뜻했다. 유키코의 눈이 마사키를 재촉했다.

"조선으로 출병한 모양입니다. 성에 있던 아시가루들과 무사들이 모두 나고야를 거쳐 조선으로 출병했다고 합니다."

"……."

"그냥 떠도는 소문인 줄 알았는데 진짜 출병했답니다. 벌써 오래전 일이라고 합니다. 참 나…… 히로시는 잘 지내는지, 어떤지……?"

"조선은 어떤 나라인가요?"

"바다 건너 아주 먼 곳이지요. 명나라라는 커다란 나라 옆에 붙은 아주 추운 나라라고 합니다."

바다 건너 먼 나라……. 유키코는 바다를 알지 못했다. 바다를 상상할 수 없었고, 바다 건너 먼 나라를 가늠할 수 없었다. 태산만큼 크고 많은 물이 출렁대는 곳이 바다라고 했다. 조선의 강은 무섭다고 했다. 얕은 강물에도 주먹만 한 돌멩이가 세차게 구른다고 했다. 겁 없이 강을 건너다가는 굴러 내리는 돌멩이에 발목이 부러진다고 했다. 비가 온 다음에는 더 많은 돌이 산에서 굴러 내리는데 말이나 소도 그 돌에 맞으면 쓰러져 일어날 수 없다고 했다. 그런 조선의 강물도 바다에 비하면 아무것도 아니라고 했다. 바다는 세상의 어떤 강보다 더 깊고 무서운 물이라고 했다. 유키코는 마당으로 떨어지는 빗방울을 보았다.

"저어…… 유키코. 이런 말 하고 싶지는 않지만, 요즘 동네마다 소작료를 못 내는 농민이 많다고 성에서 난리랍니다. 토지를 조사하는 무사들이 성에서 나와 동네마다, 집집마다 돌아다니고 있어요. 소작료를 못 내는 집안의 논밭을 몰수하고 있답니다. 여간 큰일이 아닙니다."

"……."

"히로시네는 올해도 소작료를 내기 어렵잖아요."

마사키는 잠시 말을 끊고 긴 한숨을 쉬었다.

"성에서도 참는 데 한계가 있다는 거지요."

마사키는 유키코의 눈치를 살폈다. 유키코는 눈을 떨어뜨렸다.

모두 제 탓이었다. 남편이 집을 비웠더라도 제 몸이 아프지만 않았다면 소작료를 못 내는 일은 없었을 것이다. 그러나 도리가 없었다. 늙은 시어머니가 종일 밭일과 논일에 매달렸지만 세 식구가 먹을 양식 장만조차 힘들었다.

"마사키 씨가 잘 좀 알아서 해주세요. 아시다시피 아직 집에 쌀이 없어요. 거둬들인 벼도 빗물에 썩어가고 있고요. 남편이 전장에 나가고 없는 데다가 제가 이러고 누워 있으니……. 마사키씨가 성에서 나온 무사께 잘 좀 말씀드려주면……."

"이케다 님이 화를 벌컥 내셨다고 합니다."

마사키가 유키코의 말허리를 잘랐다.

"다이묘님이?"

유키코는 깜짝 놀라 눈을 들었다. 한 번도 얼굴을 본 적이 없었고 감히 상상조차 할 수 없는 다이묘였다. 그런 다이묘가 화를 벌컥 냈다고 했다. 조선으로 떠난 히로시의 앞날에도 무슨 화가 미칠지 알 수 없었다.

"히로시를 생각해서 저도 백방으로 손을 써보았지만 어쩔 도리가 없는지라……."

마사키는 혀를 끌끌 찼다. 그의 눈이 유키코를 훑었다.

삿갓을 고쳐 쓴 마사키가 논두렁을 따라 구불구불 멀어졌다. 마당으로 떨어지는 빗방울은 점점 굵어지고 있었다. 유키코는 마사키의 모습이 빗방울에 가려 흐릿해진 뒤에야 문을 닫았다.

집채만 한 파도가 일어난다는 바다, 그 파도에 부딪히면 아무리 큰 배라도 유리처럼 산산조각 나고 만다는 바다, 그 먼바다 너머 아득한 나라 조선. 조선의 산은 하늘을 찌를 듯이 높고 강은 깊이를 알 수 없다고 했다. 조선은 몹시 추운 나라이고, 사람들은 짐승 같은 소리를 낸다고 했다. 그들의 말을 알아들을 수 없고, 그들의 음식을 먹을 수 없다고 했다. 조선의 높고 깊은 산에는 크기를 알 수 없는 짐승이 산다고 했다. 그 짐승은 사람을 잡아먹고, 피 묻은 아가리를 벌리며 웃는다고 했다. 짐승의 아가리 속에는 몸통이 잘리고 대가리만 남은 아이가 울고 있다고 했다. 그 울음소리를 들은 사람은 귀가 먹고, 우는 얼굴을 본 사람은 눈이 먼다고 했다.

유키코는 조선의 산과 강을 생각했다. 그러나 애를 써도 헛일이었다. 마을 밖으로 10리도 나가본 일이 없는 유키코는 히로시가 헤매고 다닐 조선을 상상할 수 없었다. 유키코에게 조선은 안개에 싸인 깊은 산의 나라였고, 사람을 잡아먹는 무서운 짐승이 사는 땅이었다. 마사키 씨가 일부러 말하지 않았는지도 모른다. 바다 건너 조선으로 떠난 남편은 돌아올 수 없는지도 몰랐다. 유키코의 낯빛이 싸늘하게 굳었다.

"오자미 씨는 논과 밭을 모두 빼앗겼어요. 그 집도 2년째 소작료를 내지 못했거든요. 그 집안은 이제 거지가 돼버렸다고요. 일할 사람이 없으니 농사를 못 짓고, 농사를 지을 수 없으니 소작료를 못 내잖아요. 성에서 나온 무사는 종이에다 정확하게 계산해요. 딱딱 계산이 맞지 않는 논밭은 모두 몰수해요. 참 큰일입니다. 히로시 어머니는 아직 수확조차 못 하고 있으니……. 하지만 집안을 잘 좀 보살펴달라는 히로시의 각별한 당부도 있었고 하니, 제가 토지 검사관한테 말을 한번 넣어보겠습니다."

마사키는 오랜 친구인 히로시를 생각해서라도 토지를 조사하는 무사에게 말을 넣어보겠노라고 했다. 이케다의 성에 나와 있는 무사는 아주 먼 오사카에서 왔다고 했다. 오사카는 아주 먼 곳에 있는 아주 큰 도시라고 했다. 오사카에는 예쁜 여자들이 많다. 여자들의 피부는 옥처럼 투명하고 하얀 이는 눈부시다. 비단을 걸치고 걷는 여자들에게서는 항상 좋은 냄새가 난다. 이런 시골 구석에서는 그런 여자를 찾아볼 수 없다. 무사는 이곳 이케다성에 가족 없이 혼자 와 있다고 했다.

"나도 남자라서 잘 압니다. 무사도 적적할 테고……. 일단 제가 말을 한번 넣어볼게요."

"……."

"내가 부탁하면 딱 잘라 안 된다고 하기는 어려울 것입니다. 제가 일을 도와주고 있거든요. 게다가 유키코는 얼굴이 희니까……. 살이 옥처럼 투명하지는 못하지만……."

마사키의 얼굴이 언뜻 일그러졌다. 유키코는 대답하지 않았다. 당장 대답하기는 어려웠다. 딱 잘라 거절할 수도 없었다. 유키코는 마사키의 말을 생각했다. 논밭을 빼앗기고 나면 남편이 돌아와도 먹고살 길이 막막했다. 마사키는 무사에게 이야기를 슬쩍 꺼내보겠다고 했다. 마사키가 무사와 안면을 트고 지낸다는 사실이 큰 위안이었다. 그런데 결핵이란 무슨 병일까? 유키코는 모로 누워 옥처럼 투명하지 못한 제 얼굴과 결핵이라는 낯선 병을 생각했다.

기침을 토하는 유키코를 살피던 마사키는 결핵이라는 병 같다고 했다. 요즘 결핵을 앓는 사람들이 많다고 했다. 결핵에 걸린 사람은 오래 살기 어렵다고 했다. 시름시름 앓다가 죽는다고 했다. 약을 좀 쓰면 기침이 멎을 것이라고 했다. 마음씨 고운 마사키는 기침이 멎는 약을 좀 마련해보겠노라고 했다. 약이 무척 비싸지만 돈 염려는 하지 말라고 했다. 어릴 적부터 히로시의 친구가 아니냐고 힘주어 말했다. 대신 무사에게 아픈 사람처럼 보이지 말라고 신신당부했다.

"마사키 씨, 고맙습니다."

"뭘요."

유키코는 마사키의 배려가 고마웠다. 마른기침이 터져 나왔다. 유키코는 억지로 기침을 틀어막았다.

굵은 빗방울에 아랑곳하지 않고 마사키는 성으로 달려갔다. 도롱이 뒤로 빗물이 철철 흘렀다.

'이야기는 다 됐습니다. 여자가 펄쩍 뛰는 것을 이리저리 구슬리고 윽박질렀습니다. 여자가 낮에 혼자 집에 남아 있기로 했습니다. 날짜를 정해주시면 제가 그쪽에 다시 이야기를 전하겠습니다.'

·

달리면서 무사에게 할 말을 되뇌어보았다.

'무사는 흡족해할 것이다. 그 순간을 놓치지 말아야 한다. 흡족해하는 순간을 놓치지 말고 확답을 받아야 한다. 우물쭈물해서는 안 된다. 마사키.'

마사키는 마음을 다잡았다. 그런데 유키코가 결핵에 걸린 것 같아 께름칙했다. 아무리 생각해도 결핵이 틀림없었다. 그러나 기침을 하지 않는다면 무사는 여자가 결핵에 걸린 것을 알 수 없으리라. 기침 멎는 약을 구해야 했다. 성안으로 들어온 마사키는 무사의 거처로 가는 길에 길게 늘어선 상점을 두리번거렸다. 독한 약을 먹여서라도 기침을 멎게 해야 했다. 비는 조금씩 잦아들어 보슬비로 변했다.

"무사님이 보신 그대로 아주 젊고 반반한 여자입니다. 무사님은 여자 보는 눈이 참 밝으십니다. 언제 그 여자를 보셨는지요?"

마사키는 '통 집 밖으로 나다니지 않는 여자인데'라고 덧붙이려다가 입을 닫았다. '농사철에 집 밖으로 돌아다니지 않는다니, 무슨 이유가 있는 것인가?' 하고 무사가 물을 것만 같았다. 자칫 유키코가 결핵에 걸렸다는 게 들통나는 날엔 모두 허사가 되고 말 것이다. 토지 조사가 끝나는 대로 무사는 오사카로 돌아갈 것이다. 무사는 유키코가 어떤 병에 걸렸는지 평생 알 수 없을 것이다. 유키코가 무사 앞에서 기침을 쏟아내지 않는 한 들킬 염려는 없었다. 마사키는 유키코의 젖은 눈을 생각했다. 어딘가 쓸쓸하고 깊은 눈이었다. 유키코의 하얀 엉덩이와 부드러운 젖가슴을 생각했다. 꿀꺽 침이 넘어갔다. 마사키는 무사의 허리를 감은 유키코의 희고 미끈한 다리를 생각하며 웃다가, 제 마누라의 시커먼 얼굴과 썩은 이빨이 떠올라 역겨워졌다.

무사를 만난 후 마사키는 달걀 두 개와 기침이 멎는 약을 샀다. 약은 생각보다 비쌌다. 배가 묵직하게 튀어나온 약장수는 자그마치 세 냥을 내라고 했다. 마사키는 미적거렸다. 약장수는 기침이 틀림없이 멎는다고 했다. 병을 낫게 할 약은 없다고 했다. 그러나 당분간 기침을 멎게 하는 데는 아주 좋다고 했다. 마사키는 한 냥을 주고 나머지는 겨울 전에 갚겠노라고 단단히 약속했다. 비가 그치자 붉은 서쪽 하늘이 높았다.

나도 부자가 되는 것이다. 도롱이를 벗어 든 마사키는 어깨를 크게 펴고 당당하게 걸었다. 무사는 몰수한 논밭을 마사키에게 틀림없이 주겠노라고 약속했다. 마사키는 글로 한 줄 써주십사 하고 감히 부탁 말씀을 올리고 싶었지만 꾹 참았다. 무사가 한 입으로 두말할 리가 없었고 무엇보다 마사키 자신은 글을 몰랐다. 비갠 오후의 바람은 상쾌했고 새들의 노랫소리도 즐거웠다.

6

살진 연기

조명 연합군이 공격을 시작했다. 성을 포위한 지 닷새 만이었다. 매일 성 밖으로 나가던 물 보급대는 성안에 머물렀다. 성안에 우물이 부족했기 때문에 사사키 부장은 즉각 물 배급을 줄였다. 병졸들의 세수를 금지하고 군막마다 우물을 더 파게 했다. 혼마루에서 나온 늙은 중이 우물 팔 자리를 골라주었다. 중은 지대가 낮고 마른 땅을 골랐다. 돌이 퍼석퍼석 깨진 자리나 바싹 마른 땅을 골라 우물을 파라고 했다. 군막장들은 하필 바싹 마른 땅이냐고 불평했다. 마른땅은 파기가 힘들었고, 웬만큼 깊이 파도 물이 나올 것 같지 않았다. 중은 마른땅을 고집했다.

"땅속에 물이 흐르는 길이 따로 있다. 땅이 말랐다는 것은 땅

96

아래로 흐르는 큰 물길이 땅 위의 물기를 빨아들이기 때문이다. 그러니 바싹 마르고 단단한 땅을 파야 많은 물을 찾을 수 있다."

사사키 부장은 중의 말을 따르라고 했다.

군막마다 땅을 팠지만 물이 솟아난 곳은 많지 않았다. 새 우물에서 퍼낸 물은 맨 먼저 고니시 유키나가에게 바쳐졌다. 물이 나오지 않은 군막의 병졸들이 우물 앞에 길게 줄을 섰다. 도모유키는 병졸들이 퍼 온 물을 큰 그릇으로 퍼 마셨다. 달고 차가웠다. 조선인들도 배불리 마시게 했다.

쌀뜨물을 버리지 않고 모아뒀다가 말먹이로 썼다. 군막장들은 종이를 물에 적셔 얼굴을 닦았다. 군막 안에는 역겨운 냄새가 가득했다. 씻지 못한 병졸들의 얼굴은 상인을 따라 먼 나라에서 온 검은 인종들 같았다. 도모유키는 조선으로 출병하기 전에 피부가 새까만 사람들을 항구에서 보았다. 부리부리한 눈에 키가 껑충하고 힘이 센 일꾼들이었다.

조선과 명나라 연합군의 공격은 밤새 계속됐다. 명나라군의 무겁고 큰 대포는 먼 곳에서 성을 무너뜨렸다. 포탄에 맞은 성벽의 돌이 하늘로 치솟았다. 하늘로 날아오른 돌은 파편처럼 떨어져 엎드린 병졸들의 머리를 깼다. 깨진 돌이 장대비처럼 쏟아졌다. 명나라군의 대포는 보이지 않았다. 참호에 엎드려 있던 조총병과 궁병이 참호 밖으로 튀어나오다가 죽었다. 병졸들은 높은 곳으로 도망쳤다. 사사키 부장의 무사들이 도망치는 병졸들을 베었다. 포탄을 피해 도망치던 병졸들은 무사의 칼에 죽었고, 참호에 엎드려 있던 병졸들은 머리 위에서 떨어지는 돌에 죽었다. 도망치지 말라고 외치던 무사가 죽었고, 건물 안으로 도망쳤던 무사가 날아든 포탄에 죽었다. 도망치는 병졸을 베던 무사들이 도망쳤고, 멀찍이 떨어져 있던 병졸들이 참호로 달려가다가 죽었다.

바닷물이 빠진 해자는 뻘처럼 질척거렸고, 질척대는 해자엔 병졸들의 시체와 무너져 내린 성벽이 수북이 무덤을 이루었다. 동쪽 성곽이 반 이상 무너졌고, 해안과 서쪽을 지키던 병졸들이 동쪽으로 이동 배치됐다. 조총병과 포병이 남아 해안을 지켰다. 사사키 부장은 조명 연합 육군과 조선 수군의 협동 공격을 염려했다. 그는 해안에 배치한 조총병을 성 앞쪽으로 이동시키지 못하고 우물쭈물했다. 사사키답지 않았다. 동쪽의 성이 무너지고 나서야 사사키는 해안의 군사를 동쪽 성곽으로 이동시켰다. 해안선을 따라 토굴에 몸을 숨기고 있던 병졸들이 느릿느릿 걸어 나왔다. 머리 위로 적들의 포탄이 날아들자 병졸들이 달리기 시작했다.

동쪽 성곽이 대부분 무너졌다. 명나라 군대의 대포는 날이 어스름해진 후에야 멈췄다. 이번 공격은 지금까지와 달랐다. 적들은 많은 병력을 동원했고 이전처럼 성곽을 부수고 나서도 물러나지 않았다. 사사키 부장은 어두워지면 적의 공성 작전이 시작될 것이라고 했다. 군막마다 병졸들이 총동원됐다.

사사키의 예상은 틀리지 않았다. 대오를 갖춘 적의 창병은 어둠과 함께 다가왔다. 성안의 군대는 커다란 나무 방패 뒤에 몸을 숨기고 밀려오는 조명 연합군의 대열을 흩뜨리지 못했다. 방패 뒤에 숨은 적들은 흔들리지 않았고, 흩어지지 않았다. 적병들은 나무 방패 뒤에서 불화살을 날리고 조총을 쏘았다. 적들은 밀고 온 커다란 나무 방패를 해자 위에 넘어뜨렸다. 두껍고 큰 나무 방패는 해자를 가로지르는 다리가 됐다. 무수히 많은 나무 방패가 해자의 이쪽과 저쪽을 이었다. 성 안과 밖의 경계는 단숨에 허물어졌다.

나무 방패를 다리처럼 놓고 해자를 넘어오던 조선 병졸들이 조총에 쓰러졌다. 성벽 뒤에 몸을 숨긴 병졸들이 방패에 기름을 붓고 불화살을 꽂았다. 명나라 기병의 말들이 놀라서 해자로 떨어졌다. 해자에서 허우적대던 적병들은 무수히 많은 조총과 화살을 맞고 죽었다. 조총과 활을 쏘아대던 아군 병졸들이 명나라 군대의 포탄에 하늘로 솟구쳤다. 하늘에서 떨어진 병졸의 시체가 명나라 기병들 머리 위로 떨어졌다.

어스름한 저녁부터 시작된 조명 연합군의 공격은 벌판이 훤하게 밝아올 때까지 계속됐다. 질척한 뻘이 돼버린 해자로 바닷물이 밀려들었다. 날이 밝았고 성으로 들어오지 못한 적은 물러섰다.

조명 연합군은 주춤했지만 퇴각하지 않았다. 적의 군대는 육지와 붙은 성의 동쪽을 막고 주둔했다. 말을 탄 전령이 물을 더 아끼라는 사사키 부장의 명령을 전했다. 명나라군은 낮 동안에는 대포를 쏘았고, 어둠이 내리면 도둑처럼 소리 내지 않고 성 앞으로 파고들었다. 성의 뒤쪽 해안을 지키던 병졸들까지 앞으로 배치됐다.

들판에는 아침 안개가 자욱했고, 안개 속에 숨은 적은 보이지 않았다. 병졸들은 아침밥을 먹지 못했다. 살아남은 병졸들이 죽은 자들을 뒤로 옮겨 갑옷을 벗겨내고 태웠다. 검은 연기가 종일 피어올랐고 역겨운 냄새가 귀신처럼 성안을 배회했다. 도모유키의 군막에서는 죽은 자가 없었다. 조명 연합군은 낮 동안 공세를 취하지 않았다. 대신 벌판의 적진에서 끼니때마다 밥 짓는 연기가 올랐다. 살진 연기였다. 병졸들은 적진에서 오르는 연기를 고통스러운 눈으로 보았다. 마른 입 속으로 먼지바람이 들락거렸다. 병졸들은 밥은 어떻게 됐느냐고 자주 물었다. 도모유키는 대답하지 않았다. 가을 하늘은 투명했다.

밤이 되면 명나라군이 대규모 공격을 해오리라는 소문이 퍼졌다. 명나라 군대가 무거운 대포를 성 앞까지 당겨놓기 위해 들판에 통나무를 깔아 길을 내는 중이라고 했다. 젖은 들판이 명나라 군대의 무거운 대포를 막았지만 일단 통나무 길이 만들어지면 성은 무너질 것이라고 했다. 소문은 칼날이 되어 군막 안을 헤집고 다녔다.

'오늘 밤 안으로 성이 무너질 것이다. 적들이 낮에 대포를 쏘지

않은 것은 최후 공격을 준비하고 있기 때문이다.'

병졸들은 말이 없었다. 성이 함락되기 전에 조선인들을 모조리 죽여야 한다는 말이 군막마다 떠돌았다. 조선인들도 입을 다물었다. 해가 서쪽 하늘로 기울고 있었다. 곧 밤이 닥칠 것이다. 적은 최후 공격을 준비하고 있었다. 죽음은 자박자박 규칙적인 걸음으로 다가왔다. 도모유키는 명외를 생각했다. 성이 함락되면 병졸들은 모두 죽을 것이다. 그렇다면 성이 함락되기 전에 조선인들이 모두 죽어야 할 것이다. 명외는 죽어야 할 것이다.

수군들의 움직임이 분주했다. 성이 무너지면 바다로 도망치는 수밖에 도리가 없었다. 조선 수군을 만나 바다에서 죽더라도 배를 타야 한다고 했다. 전군이 동시에 도망치면 반은 살아서 돌아갈 수 있을 것이라고 했다. 죽기를 각오하고 싸우면 살아서 도망칠 수 있을 것이라고 했다. 도모유키는 믿지 않았다. 바다에서 조선 수군의 함대를 깨뜨릴 수는 없었다. 죽기를 각오하고 싸우면 죽을 뿐이라고 생각했다.

다다오키가 군막 안으로 뛰어 들어왔다. 밝은 얼굴이었다. 다다오키는 성안에 흘러 다니는 이야기를 지껄였다.

"성주 고니시 유키나가 님과 명나라 장수가 협상을 시작했답니다. 적들이 더 이상 공격을 않는 이유는 협상이 시작됐기 때문입니다. 명나라 군대는 통나무를 깔아 벌판에 길 따위를 만들지 않았습니다. 통나무 길을 내지 않는 한 적의 무거운 대포가 들판을

101

가로질러 성 앞으로 다가올 수는 없습니다. 대포가 없는 적의 보병은 성을 함락시킬 수 없습니다. 고니시 유키나가 님이 죽은 아군의 머리 스무 개와 삶은 돼지 두 마리, 금칠을 한 큰 칼 서른 자루와 조총 스무 자루를 적진에 선물로 보냈답니다. 적장이 매우 기뻐했으며, 곧 고니시 님과 적장이 만나 화해할 것입니다."

공포에 절었던 병졸들과 역부들이 반쯤 얼굴을 폈다. 겁에 질려 말이 없던 도네는 그깟 명나라 기병쯤이야 하고 고함쳤다. 도네의 긴 창이 하늘을 향해 우뚝 섰다. 제 키보다 세 배는 긴 창이었다. 그는 창끝에 명나라 기병의 목이 걸려들기라도 한 듯 거칠게 흔들었다. 농담을 하는 자도 생겼다. 죽음의 문턱까지 내몰렸던 목숨이 다시 산 자의 세상을 향해 걸음을 옮기는 중이었다.

도모유키는 기뻤다. 성이 함락되지 않으면 자신도 명외도 죽지 않을 것이다. 그러나 잠시뿐이었다. 본국에서 화의를 인정하지 않는다면 어쩔 것인가. 본국에서 어떤 명령도 없었는데 고니시 님이 마음대로 싸움을 중단할 수 있는 것일까? 성을 둘러싼 적들과 고니시 님만 화해를 하면 싸우지 않아도 되는 것일까? 도모유키는 갈피를 잡을 수 없었다.

적들은 공격하지 않았지만 물러가지도 않았다. 벌판 너머 적진에서는 여전히 천병(天兵)의 깃발이 펄럭이고 있었다. 물 보급대는 성 밖으로 나가지 못했고 우물의 물은 부족했다. 종일 한 끼도 먹지 못했다. 마른 입술이 까슬까슬 부서졌다.

해자에 바닷물이 밀려왔고 시체들이 바닷물에 쓸려 춤췄다. 죽은 말의 몸뚱이가 팽팽하게 부풀어 올라 네 다리를 하늘로 향한 채 이리저리 떠다녔다. 껍질이 벗겨지고 살이 허옇게 드러나 있었다. 병졸과 역부들은 각자의 위치에서 드러누웠다. 네 끼를 굶주린 자들은 움직이지 않았다. 군막장들은 드러누운 병졸들을 나무라지 않았다. 적들은 물러가지 않았다. 군막마다 무 열 개씩이 배급됐다. 열 개 중 세 개는 바람이 잔뜩 들거나 상한 것이었다. 50명이 껍질째 나눠 먹었다. 조선인들은 먹지 못했다.

말먹이로 쓰는 풀을 잘게 썰어 쌀과 섞어 죽을 쑤었다. 병졸들과 역부들이 쌀죽 한 그릇씩을 먹었다. 조선인들은 삶은 풀죽을 먹었다. 시퍼런 풀죽을 먹던 조선인이 푸른 물을 토했다. 명외의 아비는 눈을 질끈 감고 풀죽을 마셨다. 군승 오시마는 영감의 다리가 부러졌다고 했다. 무슨 마음에서인지 오시마는 영감의 부러진 다리뼈를 손으로 맞춰줬다. 그대로 움직이지 않으면 뼈가 어느 정도는 붙을 것이라고 했다. 명외가 제 아비의 발에 댄 부목을 힘주어 처맸다.

땅거미가 내리고 있었다. 조명 연합군 진영에서 횃불이 하나둘 올랐다. 염려와 달리 적의 군대는 날이 저물어도 공격하지 않았다. 바다의 조선 수군도 움직이지 않았다. 고니시와 적의 장수가 화해했다는 소식도 없었다. 삶은 돼지와 아군의 수급을 받은 적의 장수는 기뻐했지만 군대를 물리지는 않았다. 어둠이 짙어지면 모두 참호 복구에 나가야 했다. 낮 동안 아군은 숨죽인 채 엎드려 지냈다. 적군을 자극하지 않으려고 어떤 복구 공사도 하지 않았다. 아군은 화해 이외의 어떤 작전도 생각하지 않고 있음을 적진에 알렸다. 사사키 부장은 전령을 통해 오늘 밤 횃불 없이 참호를 보수할 예정이라고 전해왔다.

"어떤 소리도 용납하지 않는다. 병장기 부딪치는 소리와 괭이 부딪치는 소리를 단속해라."

사사키 부장은 성 아래까지 숨어들었을 조선군의 정탐을 경계했다. 도모유키는 어두워지기를 기다리며 느린 걸음으로 군막 주변을 둘러보았다. 성 동쪽에 자리 잡은 군막들은 명나라 군대의 대포에 찢어지고 부서졌다. 바다 쪽에 자리 잡은 17군막은 다행히 피해가 없었다. 군막의 피해는 군막 병졸들의 책임이었다. 크게 피해를 입은 군막의 병졸들도 성 전체의 복구 공사에 빠질 수 없었다. 피해가 컸던 군막장들은 이중고를 겪을 것이다. 군막 뒤에 자리 잡은 조선인의 움막은 엷게 내리기 시작한 땅거미 속에 웅크리고 있었다.

바다는 검었고 하늘에는 별이 없었다. 바다를 건너온 바람은 습기를 머금고 있었다. 어두워지면서 구름이 끼기 시작한 모양이었다. 참호 공사 중에 가을비를 만난다면 낭패였다. 병졸과 역부들이 감기에 걸릴 게 뻔했다. 성안에는 약이 부족했고 몸살을 앓는 몸뚱이를 누일 곳도 없었다.

군막으로 돌아오던 도모유키는 솥을 들고 움막에서 나가는 명외를 보았다. "명외……." 도모유키는 입술을 달싹했지만 소리 내지 않았다. 식사는 끝났다. 명외는 무슨 솥을 들고 가는 것일까? 솥을 들고 군막을 향해 걸어간 명외는 군막 옆에 모아둔 쌀뜨물을 펐다. 내일 아침 말을 먹이려고 모아둔 뜨물이었다. 도모유키는 어둠 속에 몸을 숨겼다. 얼굴을 처박고 뜨물을 마시던 명외는 한 솥 가득 뜨물을 담아 일어섰다. 여자는 뜨물이 가득한 솥을 가슴에 안고 조선인 움막을 향해 걸었다.

"거기 서라!"

명외는 땅바닥에 얼어붙은 듯 걸음을 멈췄다. 도모유키는 흠칫 놀랐다. 말 관리를 맡은 히로타다였다. 창병인 그는 17군막에 할당된 말 두 마리를 먹이고 씻기는 일을 책임지고 있었다. 성안에는 말먹이가 부족했다. 성주 유키나가는 기병의 말을 각 군막에 맡겨 먹이고 관리하게 했다. 사사키 부장의 생각이었다. 군막의 병졸들은 바깥 작업 때마다 말을 끌고 나가 풀을 먹였고, 나중에 먹일 풀을 뜯어 왔다. 덕분에 기병의 말은 굶어 죽지 않았다.

"네년이 감히 말 먹일 뜨물을 훔쳐!"

히로타다가 명외의 머리채를 홱 당겼다. 머리채를 뒤로 잡힌 명외는 아무런 소리도 내지 않았고, 뜨물이 담긴 솥을 떨어뜨리지도 않았다.

"뜨물을 훔쳐 먹은 조선 놈들의 모가지를 모두 베어버릴 것이다."

히로타다가 악에 받친 소리를 질렀다.

"얼마나 많이 훔쳐 처먹었나? 앙?"

히로타다가 잡은 머리채를 흔들며 다그쳤고 명외는 아무런 대답이 없었다.

"앞장서라."

히로타다가 명외의 머리채를 잡은 채 조선인 움막 쪽으로 밀었다. 그의 손에 들린 긴 창이 달빛을 받아 번득거렸다. 명외를 앞세운 히로타다는 혼잣말로 알아듣기 힘든 욕지거리를 뱉었다.

"무슨 일이냐? 히로타다."

도모유키가 앞을 막고 섰다. 명외는 깜짝 놀란 눈으로 도모유키를 보았다. 히로타다도 예기치 못했던 도모유키의 출현에 움찔 놀랐다.

"조…… 조선 년이 말 먹일 뜨물을 훔쳐 먹었습니다. 하루 이틀이 아니고 벌써 오래됐습니다. 매일 아침마다 뜨물이 줄어드는 게 이상해서 지키고 있었습니다."

히로타다는 명외의 머리채를 놓지 않았다. 뿌연 뜨물이 솥에서 출렁댔다.

"이년 혼자 처먹은 것은 아닌 듯합니다. 조선 놈들이 모두 쌀뜨물을 훔쳐 먹은 게 틀림없습니다. 이것들을 모조리……."

"그 여자 몸에서 손을 떼라. 히로타다!"

도모유키는 치미는 분노를 누르며 히로타다를 노려보았다. 히로타다는 움찔했다.

"뜨물을 내가 퍼 먹으라고 했다. 조선인들도 오늘 밤 참호 복구에 동원된다. 풀죽만 먹고 일을 할 수는 없다."

명외는 고개를 돌려 숙인 채 도모유키를 외면했다. 도모유키의 눈이 명외의 정수리와 쌀뜨물이 든 솥을 번갈아 보았다.

"하지만 군막장님, 쌀뜨물은……."

"히로타다! 네놈이 지금 내 손에 죽고 싶으냐? 여자 몸에서 손 떼라는 내 말이 들리지 않나?"

감히 명외의 머리채를 잡은 놈이었다. 당장 손목을 잘라버리고 싶었다. 군막장의 예기치 못한 서슬에 히로타다는 황급히 명외의 머리채를 놓았다.

"괜찮은가?"

명외는 말이 없었다.

"뜨물은 끓여서 먹어라."

명외는 말을 알아듣지 못했다. 도모유키는 답답했다.

"히로타다, 가서 히노를 데려와라."

도모유키는 움막의 조선인들을 모두 불러냈다. 이를 잡던 조선인들이 머리를 풀어 헤친 채 나왔다. 날씨가 서늘했지만 이는 더러운 머리카락 속에서 끝까지 살아남아 서캐를 깠다. 급히 달려온 창병 히노가 조선인들에게 도모유키의 말을 전했다.

"쌀이 좀 생기는 날엔 쌀을 주겠다. 밥이 배급되지 않는 날엔 쌀

뜨물의 반을 너희 조선인들이 먹어라. 매일 저녁 끓여서 먹어라."

명외는 고개를 숙이고 있었다. 조선인들이 웅성거렸다.

"빨리 뜨물을 끓여 먹고 작업 준비를 해라!"

히노가 도모유키의 말을 받았고, 히로타다는 말이 없었다.

비는 오락가락하면서 그치지 않았다. 가는 빗줄기였다. 비는 겨울을 재촉할 것이다. 임진년 1차 출병 이후 도모유키는 조선의 겨울 앞에 속수무책으로 무너지는 군대를 똑똑히 보았다.

얼어 터진 발로 걷던 병졸들은 쓰러져 일어나지 못했다. 말들이 죽고 소들이 죽었다. 창을 잡은 손은 얼어서 쇠붙이와 하나가 됐다. 조선의 겨울 속에서 병졸들은 얼어 죽거나 굶어 죽었다. 들판은 꽁꽁 얼었고, 살아 움직이는 것은 없었다. 조선의 겨울은 일찍이 경험하지 못한 무서운 적이었다. 북쪽에서 불어오는 바람은 칼이 돼 살을 찢었다. 북쪽으로 향하던 군대는 추위 앞에 퇴각을 거듭했다. 추위는 지치지 않았고 군대는 언제나 패자였다. 패배를 모르는 추위가 남하를 서두르고 있었다. 도모유키는 검은 하늘을 보았다. 부슬비가 멈추지 않았다.

젖은 땅을 파는 일은 어렵지 않았다. 그러나 파낸 참호에 빗물이 고였고, 물이 정강이까지 차올랐다. 참호에 뛰어든 조선인들이 손으로 흙을 퍼 올렸다. 밤새 비가 내렸지만 벌판에 진을 친 적군의 횃불은 꺼지지 않았다. 들판의 적들은 아늑한 군막 안에서 쉬었고 성안의 병졸들은 비를 맞으며 참호를 팠다. 사사키 부장은 비가 와서 다행이라고 했다. 며칠 동안 물 걱정은 없을 것이라고 했다. 비는 새벽에야 멈췄다. 교대 작업조는 새벽이 어스름해서야 나왔다. 조선 여자들이 아침 죽을 끓여냈다.

전령의 말이 군막 앞으로 달려왔다가 달려갔다. 전령은 군막장을 찾았다. 대포 소리가 들린 것도 아닌데, 적들이 다시 공세를 시작한 것일까?

"적들이 새벽부터 물러가고 있다."

와아 하는 함성이 군막에 터졌다. 이웃 군막에서도 함성이 터져 나왔다. 눅눅하던 성안은 바싹바싹 말랐고, 어디서나 함성이 터졌다. 죽을 먹던 병졸들과 역부들이 서로 껴안고 펄쩍펄쩍 뛰었다. 병졸들이 불끈 쥔 두 주먹을 하늘로 뻗었다. 얼굴에 웃음꽃이 활짝 피었다. 병졸들은 고향으로 돌아가도 좋다는 명령을 받기라도 한 사람들처럼 춤을 췄다.

순천성에서 나온 지원 군대가 움직이기 시작하자 적군은 퇴각을 시작했다. 병졸들은 웃었고 굳어 있던 조선인들도 덩달아 웃었다. 야간 근무에 지쳤지만 병졸들은 드러눕는 대신 잡담을 늘어놓았다.

"이 요시조 님이 놈들을 모조리 베어버릴 생각이었는데 도망치는군."

종일 죽은 자처럼 시커먼 얼굴을 하고 있던 검병이 농담을 했다.

7

이국의 바람

　들판의 잡풀이 누렇게 쓰러지고 있었다. 서리 맞은 숲은 훤했
고 햇빛이 적병처럼 쏟아졌다. 병졸들은 새벽마다 추위에 떨다가
잠을 깨기 일쑤였다. 온다던 겨울 보급품은 오지 않았다. 밤에도
먼바다에서 대포 소리가 들렸다. 훈련 중인 조선 수군이었다. 그
들의 커다란 대포는 천지를 흔들었다.

　도모유키는 조명 연합 군대가 떠난 성 밖 벌판을 보았다. 적이
주둔했던 흔적은 남아 있지 않았다. 적들은 철수 때 흔적을 말끔
히 지웠다. 적이 떠난 벌판으로 달려갔던 사사키의 무사들이 빈
손으로 돌아왔다. 대포의 바큇자국은 지워졌고, 적의 진용은 분
간되지 않았다. 적의 대포는 얼마의 간격으로 포탄을 쏘아대는

것일까? 어쩌면 조총보다 더 빠른 속도로 포탄을 날려대는 것은 아닐까? 얼마나 많은 군사들이 벌판에 주둔한 것이며, 얼마나 많은 군사들이 죽었는지조차 알 수 없었다.

사사키 부장은 화를 냈다. 그의 채찍에 무사들이 고꾸라졌다. 채찍을 맞은 무사들이 다시 벌판으로 나갔고, 벌판에서 돌아온 무사들이 채찍을 맞았다. 무사들이 잇따라 벌판으로 달려갔지만 헛일이었다. 적군의 진용은 파악되지 않았다.

순천성에서 온 지원 군대는 성으로 들어오지 않았다. 수백 기의 기병과 지휘관들이 성안으로 들어왔을 뿐이었다. 지휘관들은 술을 마셨고 돼지고기를 먹었다. 군대는 곧 돌아갔다. 고니시는 돌아가는 지휘관들에게 돼지고기와 술을 보냈다. 소달구지로 다섯 대였다.

'순천⋯⋯.'

도모유키는 순천을 생각했다. 지난해 순천성을 차지했을 때만 해도 조선 점령 전쟁은 곧 끝날 것 같았다. 순천과 남원, 전주를 점령하면 모든 것이 끝나게 돼 있었다. 바다 건너 나고야성에 앉아 있지만 간파쿠 도요토미 히데요시의 작전은 빈틈이 없었다. 간파쿠는 1차 출병의 실패를 거듭하지 않았다.

도도, 와키자카, 가토의 군대가 동래와 기장, 울산을 점령했다. 아군은 웅천, 김해, 진주, 사천, 곤양을 확보했다. 조총병은 어깨에서 총을 풀지 않았고, 창병은 창을 질질 끌며 걸었다. 아군의 땅이었고 적의 저항은 없었다.

육군과 수군 합동 작전으로 조선 수군을 칠천량에서 대파했다. 조선의 수군통제사를 비롯한 적장을 대부분 죽였고 그들의 배를 부수고 태웠다. 수군은 단 한 번 승리한 해전에서 조선 수군의 본거지 한산도를 완전히 무너뜨렸다. 본국을 떠난 지원군이 속속 부산포에 닿았다. 앞서 도착한 군대가 지원군을 맞이하고 잔치를 벌였다. 쌀과 고기가 넘쳤고 화약은 줄어들지 않았다. 육군은 조선의 호남과 호서를 장악했다. 수군은 전라의 바다를 밀었다. 적의 주력군은 달아나거나 흩어졌고, 남은 적들은 투항하거나 죽었다. 도망치던 적의 함대는 바다 끝에서 빠져 죽었고, 밀리던 적의 육군은 땅끝에서 떨어져 죽었다. 조선 점령 전쟁은 곧 끝날 예정이었다.

우키타 대장은 1만 5000을 이끌고 사천을 거쳐 하동을 넘었다. 구례를 점령한 군사들은 함양을 거쳐 운봉에 집결했다. 전열을 가다듬은 군대는 남원을 밀었다. 적은 물러났다. 싸움은 막바지로 치달았다. 아군과 적군은 모두 간파쿠의 생각대로 움직였다. 임진년의 실패는 더 이상 없었다. 아군은 조선의 곡창 지대인 전라도를 공략했다. 모리 대장은 5만의 군사로 조선의 경상도 초계, 안의를 거쳐 전주로 향했다. 모리는 군대를 나눠 명나라 모국기의 본거지인 성주로 우회해 역시 전주로 향했다. 적의 저항은 없었다.

여름 한복판에 출병군은 조선과 명나라 군대가 끝까지 저항하던 남원을 무너뜨렸다. 공격 16일 만이었다. 성안에 살아 움직이는 것은 남김없이 죽였다. 서서 버티는 것은 모조리 태웠다. 집을 태웠고 나무를 태웠다. 검은 재와 먼지가 하늘로 날았고 성안은 말끔해졌다. 명나라 부총병 양원은 기병 50으로 몸만 빠져나갔다. 기껏 2000의 병력으로 전주를 지키던 명나라 유격장 진우충은 성을 버리고 달아났다. 군대는 걸어서 전주성으로 들어갔다. 조총 한 방 쏘지 않았고, 피 한 방울 흘리지 않았다. 8월 하순이었고 겨울은 멀었다.

모리 대장 휘하의 가토군이 전주로 들어왔다. 우키타 휘하의 군대가 반겼다. 전주성에서 합류한 모리와 가토의 군대는 공주를 거쳐 전의, 진천에 이르렀다. 구로다군의 일부는 직산까지 이르렀다. 한양의 양민들이 도망친다는 소식이 전해졌다. 명나라 군대에 업혀 궁궐로 돌아왔던 조선의 왕은 다시 도망칠 궁리를 하고 있다고 했다. 군대는 함성을 질렀다. 군막의 밤은 술과 고기, 춤과 노래로 풍요로웠다. 한양은 눈앞에서 흐느적거렸고 싸움은 막바지로 치달았다. 군대가 도착한 마을마다 조선인들이 몰려나와 머리를 조아렸다.

그뿐이었다. 직산에 이른 구로다의 군대가 적군을 만나 대패했다. 북진은 한순간에 좌절됐다. 영문을 알 수 없었다. 군대는 대오를 유지하지 못한 채 밀렸다. 말들이 날뛰어 기병을 떨어뜨렸고 적을 향하던 창이 아군을 찔렀다. 대열의 앞에서 내린 명령이 뒤로 전달되지 않았고, 선두는 후미 부대가 습격받고 있음을 몰랐다. 대열은 급속하게 무너졌다. 앞서 도망치던 병졸이 뒤따라 도망치는 병졸들의 발에 깔려 죽었다. 하늘을 찌르던 깃발은 땅바닥에 처박혔고 군대는 흔들렸다. 북쪽으로 향하던 소달구지들은 남쪽을 향했다.

군대는 서둘러 물러났다. 병졸들은 비와 바람을 뚫고 남하했다. 밤낮을 가리지 않고 걸었다. 조선의 논밭은 어디나 비어 있었다. 추수를 앞둔 곡식은 불타고 없었다. 들판엔 타다 만 곡식 냄새가 진동했다. 아무리 들이켜도 배가 부르지 않은 냄새였다. 소와 말을 먹일 풀조차 없는 마른 벌판에서 밤을 지샜다. 배를 채우지 못한 소들이 거꾸러졌고, 거꾸러진 소를 잡아 군대는 타는 목을 적시고 굶주린 배를 채웠다. 기병은 죽은 말을 버리고 걸었다. 창병은 긴 창을 들지 못하고 끌었다. 땅바닥에 쇠 긁는 소리가 끊이지 않았다.

풀을 삶아낸 멀건 국물에 쌀을 삶아 마셨다. 병졸들은 모두 눈을 질끈 감고 푸른 물을 마셨다. 정신을 한곳에 모으지 않고는 삼키기 힘들었다. 푸른 물을 삼킨 병졸은 토하거나 설사를 했다. 설사를 거듭하던 병졸들은 엎어졌고 끝내 일어나지 못했다. 병졸들은 점점 야위어갔고, 헐거워진 각반이 깡마른 발목을 타고 흘러내렸다.

도망치는 군대의 행렬은 길었다. 말을 탄 기병들이 앞섰고 창과 칼을 든 보병들이 따랐다. 붙잡아 온 조선인들이 소달구지를 밀고 당겼다. 조총병들의 빈 화약 주머니가 너덜거렸다. 총의 개머리판이 덜거덕덜거덕 소리를 냈다. 소달구지엔 비단과 조선 도자기가 가득했다. 장수들은 부상당한 병졸을 소달구지 위에서 끌어 내리고 조선의 그릇과 도자기를 실었다. 소달구지를 끄는 조선인들이 죽었고, 조선인을 다그치던 병졸들이 죽었다. 소달구지는 멈추지 않고 굴렀다.

　앞서가던 병졸들이 쓰러졌고, 쓰러진 자를 일으키던 병졸이 함께 쓰러져 일어나지 못했다. 앞서 죽은 병졸의 시체는 뼈만 남아 뒤에 퇴각하는 군대를 배웅했다. 길바닥에서 죽은 시체는 산짐승의 먹이가 됐다. 삶과 죽음이 영원히 갈라지는 순간이었지만 눈물을 흘리는 자는 없었다.

　굶주림에 지친 병졸들은 조선의 비바람 앞에 흐느적거렸다. 비바람은 지치지 않았다. 들판에서 병졸들은 소와 말을 바람막이 삼아 웅크리고 잤다. 아침에 깨어나지 못하는 병졸들이 수두룩했다.

　아직 살아 있는 자는 죽은 자를 돌아보지 않았다. 대열의 맨끝 부대만이 죽은 자에게 손길을 주었다. 죽은 아군의 코를 베고 소금에 절이느라 후미 부대의 걸음은 더뎠다. 퇴각 길에서도 장군들은 아군의 코를 베어 자신의 전공을 세웠다. 깊고 깊은 나고야성에 틀어박힌 간파쿠 히데요시는 아군의 코와 적군의 코를 분간하지 못했다.

허겁지겁 남쪽으로 물러난 군대를 기다리는 소식은 더 나빴다. 일본 수군은 조선의 새 수군통제사 이순신에게 울돌목에서 대패했다. 임진년에 익히 들었던 무시무시한 조선의 수군 대장이었다. 수군의 서진은 이순신에게 막혔다. 전라도를 점령한 육군은 성안에 머물렀고, 수군은 전라 해역으로 들어오지 못했다. 육군과 수군은 전라에서 만나지 못했다.

간파쿠는 화를 냈다. 그는 호랑이 등가죽 위에 앉아 가래침을 뱉었다. 대신들은 머리를 조아릴 뿐 말이 없었다. 히데요시의 눈에는 조선의 산과 바다에 숨은 적군이 보이지 않았다. 그의 눈에는 곡식이 누렇게 익은 조선의 논밭과 머리를 조아리는 조선인들만 보였다. 나고야성에 앉은 간파쿠와 먼 조선 땅에서 장수가 바라보는 적은 달랐다. 적의 군대는 나고야성의 작전대로 움직여주지 않았다. 멀리 도망친 줄 알았던 적군들은 매복 공격을 감행했고, 결전을 예상했던 성은 비어 있었다. 조선군의 작전은 종잡을 수 없었고 산처럼 쌓아 올린 군량미는 높이를 알 수 없었다.

소문은 날카로운 칼이 되어 병졸들의 대열 속을 헤집고 다녔다. 소문의 칼날에 스친 병졸들은 엎어지고 자빠졌다. 눈이 풀린 병졸들은 바다에서 수군이 무너졌다는 소식에 다리까지 풀렸다. 쓰러진 병졸을 거두라고 명령하는 장수는 없었다. 머리가 깨지고 다리가 부러진 부상병은 홀로 남아 죽었다. 대열은 쓰러진 자의 병장기를 걷어내 수레에 싣고 떠났다. 싣지 못한 병장기는 태웠다.

남하한 군대는 울산에서 순천에 이르는 해안 800리에 성을 쌓았다. 울산에는 가토와 나베시마, 양산에는 우키타와 모리, 사천에는 시마즈, 남해에는 다치바나, 순천의 신성산성에는 도모유키가 속한 고니시 유키나가의 군대가 주둔했다. 고니시는 순천성에서 추려낸 병졸을 이끌고 바다를 접한 구릉에 산성을 쌓았다. 구릉의 동북쪽은 육지와 맞닿아 있었고 나머지는 바다를 향해 불쑥 튀어나와 있었다. 30리 앞이 명나라군의 검단산성이었다.

성 밖 벌판에서 흙먼지가 일어났다. 함성이 일고 깃발들이 나부꼈다. 깃발 부대와 기병의 말들이 달렸다. 너울대던 깃발이 멈추면 조총 소리가 산천을 흔들었다. 배를 채우고 졸던 새들이 날았고 토끼와 노루가 놀라 날뛰었다. 조총 소리는 일정하지 않았다. 발사를 알리는 깃발이 좌우에서 한 번에 올랐지만 조총은 한 번에 터지지 않았다. 늦은 자는 빠른 자가 다시 장전을 마칠 때에야 조총을 터뜨렸다. 훈련 담당 무사들이 덤벙대는 조총병들을 후려쳤다. 새로 조총 부대에 편성된 자들이었다. 매질과 발길질에 나자빠진 조총병들이 일어섰고, 일어선 조총병들을 무사가 다시 때렸다. 훈련 무사들의 발길질은 끊이지 않았고 조총병은 넘어지고 일어서기를 거듭했다. 대열에서 끌려 나온 조총병들이 무사의 발에 차이고 구르는 동안에도 훈련은 계속됐다.

조총이 발사된 뒤에는 화살이 날았다. 궁병은 조총병에게 장전 시간을 벌어주었고, 조총병은 궁병에게 화살 먹일 시간을 벌어주었다. 붉고 푸른 깃발이 잇따라 오르내렸다. 기병의 말들이 달려가고, 창병이 함성을 지르며 달려갔다. 마른 벌판에서 흙먼지가 끊이지 않고 하늘로 치솟았다.

훈련 무사의 발길질에 흙투성이가 돼 구르던 히로시도 대열 속으로 들어갔다. 히로시는 자신이 지금 어디쯤 서 있는지 분간할 수 없었다. 성은 어디에 있으며, 적군은 어디에 있는가? 누구를 향해 조총을 겨눠야 하는가? 눈앞이 부옇게 흐렸고, 땀은 빗물처럼 흘렀다.

히로시는 자신이 속한 조의 발사 순간에 맞추지 못했다. 그의 총은 자신이 속한 조와 다음 조의 격발 사이에 터졌다. 훈련 무사는 대열 속으로 뛰어들어 히로시를 걷어찼다. 콧물과 침이 범벅이 돼 흘렀다. 이마에서 흘러내린 땀이 가뜩이나 흐린 눈을 자꾸 찔렀다.

사흘 전 도모유키 군막장으로부터 조총 부대에 새로 배치됐다는 말을 들었다. 사사키 부장은 조총병을 늘리겠다고 말했다. 명나라군의 포위 공격 때 조총병들이 많이 죽었다. 사사키는 조총병이 창병의 절반은 돼야 작전을 펼칠 수 있다고 했다. 성안의 조총병은 창병의 3분의 1에도 미치지 못했다. 그나마 제대로 훈련받지 못한 자들이 대부분이었다. 새 조총병은 창과 검에 능하지 못한 자 중에서 선발했다. 새로 뽑힌 자는 열흘 동안 훈련을 받고 조총병으로 배치된다고 했다.

　도모유키가 처음부터 히로시를 주목한 것은 아니었다. 히로시가 예민한 조총을 다룰 수 있으리라고는 생각하지 않았다. 그러나 잡아놓은 민간인조차 찌르지 못하는 창병은 쓸 수 없었다. 눈앞에 서 있는 적을 찌를 수 없다면 자신이 죽어야 했다. 적어도 조총병은 눈앞의 적을 찌르지는 않는다. 조총 부대의 임무는 대오가 짜인 적을 흩뜨리는 것이다. 조총 부대는 다만 적의 대열 속으로 총알을 날릴 뿐이다. 눈앞에서 적이 피를 토하며 죽지 않는다. 시퍼렇게 날 선 창이나 칼을 든 상대와 맞설 염려도 없었다. 적과 눈이 마주칠 염려는 더구나 없었다. 도모유키가 히로시를 조총병으로 선택한 이유였다.

　조총을 장전하고 쏘는 과정은 복잡했다. 히로시는 조총 시범병의 동작을 따라 한 가지씩 동작을 익혔다. 화약의 양을 맞추기가 힘들었고 좁은 총구멍 안으로 화약을 붓는 일도 어려웠다. 화약통에서 흘러나온 화약은 총열로 들어가지 않고 땅바닥으로 흘렀다. 훈련 무사의 거친 발이 서툰 조총병들을 걷어찼다. 어깨를 맞은 히로시가 조총을 떨어뜨렸다. 훈련 무사의 발등이 히로시의 목을 찼고 목 안은 금세 부어올라 침을 삼키기도 힘겨웠다.

　"조총의 화기는 보이지 않으나 살벌하다. 조총은 날카롭지 않으나 칼보다 혹독하다. 총알에 맞은 자는 반드시 부서지거나 죽는다. 조총의 힘은 능히 두 겹의 갑옷을 뚫고 그 속에 숨은 살을 뚫는다. 이 작은 조총알이 어째서 그처럼 멀리 날아가는가?"

　머리카락과 턱수염이 희끗희끗한 조총병이 검고 작은 쇳덩이를 집어 들었다. 온화한 얼굴의 노병이었다.

　"산불처럼 화악 터진 화약의 힘이 좁고 긴 총신에 모이기 때문이다. 기다란 총신 속에서 터진 화약의 힘은 분출할 곳이 없다. 출구는 딱 하나, 총구다. 총구는 곧고 길다. 이 좁고 긴 총구를 통해 화약이 분출하고, 그 힘이 탄환을 밀어낸다. 잘 훈련받은 자는 발사 때 동요하지 않는다. 흔들리지 않으면 열 발 중에 아홉 발을 명중시킨다. 사람이 흔들릴 뿐 화약과 탄환은 흔들리지 않는다. 흔들리지 않으면 날아가는 새도 떨어뜨릴 수 있다. 조총은 처자식처럼 귀한 물건이며, 생명을 지키는 호위 무사이다. 그래서 조총은 이롭다. 조총 한 자루의 값은 칼보다 비싸다. 칼 한 자루를 얻는 데 세 냥이 필요하지만 조총 한 자루를 얻는 데는 일곱 냥이 필요하다. 하지만 조총은 활이나 검에 비해 훨씬 빨리 익힐 수 있다. 몸동작을 따로 익힐 것이 없고, 신체를 오래 단련할 필요도 없다. 손가락만 있으면 총을 쏠 수 있다. 너희들이 새로 조총병으로 뽑힌 이유이기도 하다."

　새로 조총병으로 뽑힌 자들은 역부들이거나 창술이 떨어지는 창병들이었다. 포로로 잡혀 온 조선인들도 끼여 있었다. 조선인들은 잡역부로 배치되거나 격군이 돼 노를 저었다. 때때로 이처럼 조선군을 향해 조총을 쏘기도 했다.

"조총은 200보 떨어진 곳에서도 적의 대열을 흩뜨릴 수 있다. 목표를 조준하고 맞히려면 100보 안으로 접근해야 한다. 벌판에서 적과 마주했을 땐 100보 앞에서 쏘는 것이 원칙이다. 대열을 흩뜨릴 땐 정확하게 목표를 조준할 필요가 없다. 무리로 모여 있는 적의 대열을 향해 총을 쏘면 적은 무너진다. 그러나 공성 작전 땐 50보 앞까지 접근해야 한다. 내가 쏘고자 하는 자를 정확히 조준하고 쏘아야 하기 때문이다. 100보 앞에서는 열 번 쏘아 다섯 번을 맞히기 힘들다. 그러나 50보 앞에서는 열 번을 쏘아 일곱 번 이상 맞힐 수 있다. 가까이 다가설수록 위험한 것은 두말할 필요도 없다. 멀리서도 적을 쏘아 맞힐 수 있어야 내가 살고 부대가 산다."

맨 앞의 조 열 명이 장전을 끝내고 사선으로 나아갔다. 그다음 조는 장전에 들어갔고, 그다음 조는 앞선 자들의 장전과 발사를 살폈다. 히로시는 화약을 흘리지 않았다. 손을 떨지도 않았다.

"좋다. 아주 좋다. 침착하게 화약을 넣으면 흘리지 않는다."

훈련 담당 무사는 히로시를 가리키며 말했다. 히로시는 제 솜씨에 스스로 놀랐다. 화약을 흘리던 병졸들이 무사의 발길질과 채찍질을 받았다. 히로시는 한쪽 무릎을 꿇고 100보 앞에 떨어진 짚단을 보았다. 짚단이 흐릿했다. '짚단이 저기에 서 있구나. 저기 어디쯤 짚단이 있구나……. 흐릿하게 보일 만큼 멀리 떨어진 적

을 향해 총을 쏘는 것이 조총병이구나.'

눈앞에서 적과 마주 서지 않아도 된다는 것은 다행한 일이었다. 짚단 세 개를 묶어 세우고 헝겊을 씌운 가상의 적이었다. 사격 후에는 헝겊에 뚫린 구멍으로 명중을 확인했다. 장전 속도가 늦었다. 훈련 담당 무사는 좀 더 빨리 하라고 다그칠 뿐 히로시를 때리지는 않았다.

히로시는 세 발을 쏘았다. 짚단 너머 언덕 아래에 몸을 낮추고 기다리던 병졸들이 일어섰다. 병졸들은 짚단을 확인하고 깃발을 흔들었다. 붉은 깃발이 두 번 오른 자, 한 번 오른 자, 붉은 깃발 대신 흰 깃발이 한 번 오른 자도 있었다. 히로시의 짚단을 확인한 병졸은 흰 깃발을 들었다. 무사는 흰 깃발이 오른 자들을 쇠가죽 채찍으로 후려쳤다. 한 발도 맞히지 못한 자들이었다.

"눈을 똑바로 뜨고 쏘란 말이다. 숨을 멈추고, 짚단을 정확하게 쏘아라."

훈련은 계속됐다. 히로시는 두 번째 격발을 마친 뒤에도 흰 깃발을 보았다. 세 번째 총을 쏘았을 때도 흰 깃발을 보았다. 무사는 한 발도 명중시키지 못한 병졸들의 어깨를 창대로 내리쳤다.

"병신 새끼들. 꼼짝도 않는 짚단조차 맞히지 못한단 말이냐. 이래가지고 화살이 소나기처럼 쏟아지고 포탄이 날아다니는 싸움터에서 움직이는 적을 쏘아 맞히겠나? 병신 새끼들. 너는 뭐 하던 놈이냐?"

훈련 무사가 히로시의 가슴을 칼집 끝으로 밀쳤다.

"창병이었습니다."

히로시는 떠듬거렸다.

"야, 이 멍청한 새끼야, 본국에서 뭘 했냐는 말이다."

"농사를 지었습니다. 농사를 짓다가……."

"자랑이다. 병신 새끼. 개새끼야, 농사나 짓지 뭣 하러 여기까지 왔냐?"

무사는 단 한 발도 명중시키지 못한 병졸들을 한 명씩 차례로 때렸다.

"이번에도 한 발도 맞히지 못하는 놈들은 각오해라."

무사는 한 발도 맞히지 못한 자들을 대열 밖으로 따로 불러냈다. 꿇어앉은 병졸들이 무사의 매질을 받았다. 무사는 닥치는 대로 창대를 휘둘렀다.

"보이지 않습니다. 짚단이 보이지 않습니다."

히로시가 총을 겨눈 채 말했다. 진작부터 하고 싶었던 말을 했다. 히로시의 눈에는 저기 어디쯤 있다는 짚단이 흐릿했다. 보이지 않는 표적을 맞힐 수는 없었다.

"헛소리하지 말고 눈을 똑바로 떠라. 격발 순간에도 눈을 감지 마라. 눈을 감고 어떻게 적을 맞힐 수 있나!"

무사가 고함쳤다.

"보이지 않을 수 있습니다."

123

시범을 보였던 늙은 조총병이 끼어들었다.

"더러 눈이 어두운 자들이 있습니다. 눈이 어두운 자들은 조총을 쏠 수 없습니다."

"닥쳐라. 눈깔을 똑바로 뜨고 있는데 뭐가 안 보인다는 거냐? 지금이 캄캄한 밤이냐? 다른 사람 눈에는 잘 보이는 짚단이 왜 네놈 눈에만 안 보인다는 말이냐? 앞이 안 보인다고 적들이 네놈을 살려준단 말이냐? 어서 쏘아라."

흐릿했다. 눈에 힘을 잔뜩 주었지만 짚단은 흐릿했다. 저기 어디쯤 짚단이 있을 것이다. 그러나 히로시의 눈에 짚단은 분명하게 보이지 않았다.

"뭘 하나! 조준이 끝났으면 빨리 쏴!"

히로시는 총을 쏘았다. 짚단은 보이지 않았다. 그는 제대로 겨냥하지도 못한 채 방아쇠를 당겼다. 한 발, 두 발, 세 발. 붉은 깃발이 한 번 올랐다. 히로시는 제 눈을 의심했다. 보이지도 않던 적이 자신이 쏜 총에 맞은 것이다. 훈련 무사는 이번에도 흰 깃발이 오른 자들을 창으로 때렸다. 창에 맞은 자들은 고꾸라져 살려달라고 빌었다. 무사는 매질을 멈추지 않았다. 엉겁결에 무사의 창을 막던 병졸의 팔이 뺙 소리와 함께 부러졌다. 머리가 깨진 병졸이 정신을 잃고 엎어졌고 흙먼지 이는 땅바닥에 뜨거운 피를 흘렸다. 엉금엉금 기는 병졸의 등 위로 무사의 창대가 날았다. 병졸들은 일어나지 못했다. 히로시는 겁에 질려 덜덜 떨었다. 꼿꼿이 서서 조총을 움켜잡은 채 그는 속으로 눈물을 흘렸다. 자신이 머나먼 조선 땅에서 굶주리고 매 맞아야 하는 이유를 알 수 없었다. 서늘하고 서글픈 바람이 몸속으로 파고들었다. 매질하던 무사는 땀을 뻘뻘 흘렸다.

"내일 다시 훈련이다. 세 발을 쏘아 한 발도 명중시키지 못하는 자는 목을 뚫어버릴 것이다. 적을 맞히지 못하는 조총병은 아무짝에도 쓸모없다."

훈련 무사는 조총을 들어 병졸들을 겨눴다. 차가운 바람이 불었고 병졸들의 낡고 해진 옷이 파르르 떨렸다.

8

갈까마귀

성에서 나온 무사는 소작료가 밀린 논밭을 몰수했다. 무사는 빼거나 더하지 않았다. 논밭의 크기에 따라 지금까지 밀린 소작료 와 올해 내야 할 소작료를 정확하게 계산했다. 무사는 울부짖는 농부들 앞에 종이를 내밀었다. 종이에는 글씨가 촘촘했다. 농투성 이들은 종이에 쓰인 글이 무슨 말인지 몰랐다. 그러나 일단 종이 를 본 사람들은 울음을 터뜨릴 뿐 달리 어쩌지 못했다. 종이에는 이케다 가문의 모란 문장이 찍혀 있었다. 종이에 적힌 글씨는 다 름 아닌 다이묘의 말씀이었다. 도리가 없었다. 논밭을 빼앗긴 사 람들 대부분은 늙은이들이었다. 자식들이 전장에 나가거나 어디 론가 떠나 소식이 끊어진 집안이었다. 늙은이들은 주저앉아 울었다. 히로시의 어미도 논밭을 빼앗겼다. 흰머리가 부쩍 늘어난 히로시의 어미는 남의 땅이 돼버린 논바닥에 주저앉아 오래 울었다.

밭에는 잡초가 무성했고, 논에는 수확하지 못한 벼가 누렜다. 남은 땅은 산비탈의 황토밭뿐이었다. 경사가 가팔라 물이 머물지 못했다. 바람이 불 때마다 마른땅에서 붉은 흙먼지가 하늘로 치솟았다. 콩도 메밀도 자라지 못했다. 그나마 마사키가 무사에게 특별히 부탁을 해준 덕분이었다. 북쪽 나라에서 날아온 흑두루미들이 이제는 남의 땅이 돼버린 논밭을 느릿느릿 거닐었다. 겨울이 오고 있었다.

유키코는 어째서 논밭을 빼앗느냐며 울었다. 남편이 다이묘의 성을 지키는 대가로 받은 논밭을 어째서 빼앗는다는 말인가? 남편 히로시는 아직 돌아오지 않았는데 어째서 땅을 거둔다는 말인가? 뭔가 단단히 잘못됐다.

"소작료란 게 있다. 그걸 못 내서……."

히로시의 어미는 입을 다물었다. 세상 물정을 모르는 유키코가 답답했다. 방 안에 틀어박힌 며느리는 세상 돌아가는 이치를 몰랐다. 다이묘의 땅을 빌린 만큼 소작료를 내야 한다는 걸 며느리가 모르고 있다고 생각했다.

시어머니는 며느리가 폐결핵을 앓고 있다는 것을 늦게 알았다. 마른기침을 해대던 유키코는 끝내 피기침을 했다. 검붉은 피였다. 피를 토하는 병은 결핵이라고 했다. 기침을 하고 피를 토하다가

127

결국 말라 죽는 병이라고 했다. 성안에서는 사람들이 많이 죽었다고 했다. 아무리 부자라도 일단 결핵에 걸리면 모조리 죽는다고 했다.

"큰일 났다. 큰일 났어. 유키코가 죽으면 가오루는 이제 어쩌나? 아이고 큰일 났다. 큰일 났어."

앞집의 세쓰코는 법석을 떨었다. 약을 쓰기엔 너무 늦었고 약을 쓸 돈도 없었다. 시어머니는 기침을 해대는 며느리가 안쓰러웠고 아비도 어미도 없이 자랄 가오루가 불쌍했다. 다다미 바닥을 쓸며 혼자 노는 가오루를 쳐다보며 히로시의 어미는 코를 힝 풀었다.

유키코는 자주 울었다. 무사가 땅을 빼앗지 않겠다고 약속해놓고 어째서 땅을 빼앗느냐며 울부짖었다. 시어머니는 유키코가 제정신이 아닌 게 분명하다고 생각했다. 무사는 더하거나 빼지 않았다. 소작료를 내지 못한 사람들의 논밭은 모조리 몰수됐다. 무사가 그런 약속을 했을 리 없었다. 유키코는 히로시를 부르며 흐느꼈다. 그의 눈에서 뜨거운 눈물이 흘렀다. 몸은 뜨겁거나 차가웠지만 유키코는 늘 추위를 느꼈다.

유키코는 마사키를 불러달라고 했다. 마사키가 제 남편의 논밭을 찾아줄 것이라고 밑도 끝도 없는 말을 했다.

마사키는 두 번 다시 유키코를 찾아오지 않았다. 유키코는 마사키를 불러달라며 소리쳤고, 소리치다가 지치면 잠이 들었다. 늙은이는 남편의 친구인 마사키에게 매달리려는 유키코의 마음을 알았다. 마사키가 도와줄 것 같지는 않았다. 그래도 매달릴 만한 사람은 마사키밖에 없었다.

"마사키 안에 있나."

밖에서 부르는 소리에 마사키는 문을 빠끔히 열었다. 마당에 선 사람은 히로시의 늙은 어미였다. 초겨울 바람이 사나웠지만 마사키는 안으로 들어오라고 하지 않았다. 걸어오는 내내 마사키에게 하고 싶은 말과 해야 할 말을 생각했지만 막상 마사키를 마주하자 생각이 흩어지고 말았다.

"저어기 말인데, 마사키야……."

"땅 이야기라면 꺼내지도 마세요. 오사카에서 나온 무사가 결정한 일인데, 내가 어쩌겠어요. 그나마 산비탈 밭이라도 남은 건 다 내 덕이라고요."

"아니, 그게 말이 되냐? 아직 히로시가 돌아오지 않았는데……. 너도 알다시피 히로시가 다이묘님의 성을 지키러 가지 않았느냐? 그러니 당연히 히로시 몫으로 땅을 줘야 하지 않느냐, 이 말이다."

"하, 참. 그걸 난들 어떻게 알아요. 다이묘님이 소작료를 내지 못하는 땅을 모조리 거두라고 하셨다잖아요."

"아니, 그게 그러니까……."

"사실 말이 나왔으니 말입니다만, 밀린 소작료는 없었던 걸로 하고 땅만 거둬 간 것도 다 내가 손을 쓴 덕분이라고요. 내 할 말은 아니지만, 무사는 밀린 소작료를 못 내겠으면 유키코라도 내놓으라고 합디다. 그나마 내가 통사정한 덕분입니다. 다행인 줄 아시라고요."

"아니, 그건 또 무슨 소리냐?"

"작년에도 소작료 못 냈잖아요? 그걸 무사가 그냥 넘어간 것 같아요? 다 내가 변상했다고요. 참 나, 내 할 말은 아니지만, 지금이라도 내가 유키코를 데려오겠다고 마음먹으면 내놓아야 한다, 이 말입니다. 히로시를 생각해서 내가 손해를 많이 본 거라고요. 알기나 좀 알고 말을 하셔야지 원……."

마사키는 문밖에 선 늙은이 옆으로 침을 탁 뱉었다. 마사키가 유키코 이야기를 꺼내자 마사키의 처가 시커멓게 썩은 이빨을 드러내며 실쭉거렸다. 마사키는 헛기침을 두어 번 했다. 늙은이는 돌아섰다. 뒤에서 마사키가 방문을 소리 나게 닫았다. 마사키의 처가 유키코를 어쩐다 하며 짜증 섞인 목청을 높였다. 시끄럽다고 고함치는 마사키의 목소리가 멀리까지 들렸다.

유키코는 히로시를 보았다. 조선에서 돌아온 히로시가 눈앞에 서 있었다. 검게 탄 얼굴은 건강했고 웃음은 여전히 맑았다. 유키코는 팔을 뻗어 히로시를 만지려 했다. 그러나 팔을 들 수 없었고, 히로시는 잡히지 않았다. 뜨거운 눈물이 뺨을 타고 흘렀다. 마사키는 약속을 지키지 않았다. 아무도 몰래 무사의 무겁고 진저리 나는 몸을 받았던 것은 논밭을 지키기 위해서였다. 고향으로 돌아온 히로시가 실망하는 모습을 보고 싶지 않았다. 남편이 전장을 헤매는 동안 방에 드러누워 밥만 축낼 수는 없었다. 남편이 죽을 고생을 한 대가로 얻은 논밭을 지키고 싶었다.

기침이 멎는 약을 가지고 왔던 날 마사키는 오래 머물렀다.

"성안에서도 기침 멎는 약은 귀한 약입니다. 엄청나게 비싼 데다가 돈 있다고 너도나도 구할 수 있는 약도 아닙니다. 약을 잘 챙겨 드세요. 무사 앞에서 기침을 하는 날에는 논이고 밭이고 다 헛일입니다."

"……고맙습니다. 마사키 씨."

"그런데 어떻게…… 목욕은 좀 하셨는지요? 오사카 여자들 몸에서는 사시사철 꽃향기가 난다고 하던데……."

마사키는 목욕을 도와준다 어쩐다 하며 유키코의 벗은 몸을 훔쳐보았다.

"이렇게 때가 많은데……."

무사는 유키코의 골병든 몸뚱이를 제 맘대로 짓눌렀다. 무사의 몸은 무겁고 거칠었다. 무사는 세 번이나 유키코를 찾아왔다. 유키코는 거절하지 못했다. 무사가 집에 들르기 전날에는 꼭 마사키가 먼저 들렀다. 마사키는 논밭을 지키려면 무사의 말을 들어야 한다고 했다. 동네의 논밭 전부를 무사가 마음대로 처분한다고 했다. 마사키는 걱정하지 말라고 거듭 약속했고 유키코는 마사키를 믿었다. 마사키는 집에 들를 때마다 목욕을 해야 한다며 억지로 유키코의 옷을 벗겼다. 마사키는 난처해하는 유키코를 협박했다.

"무사께서 오사카의 여자들만 못하다고 하시던데……."

유키코는 옷을 벗었지만 마사키와 무사는 약속을 지키지 않았다.

결핵에는 달걀죽이 좋다고 했다. 개고기가 좋다고도 했다. 성에 가면 기침을 멎게 하는 약을 판다고 했다. 늙은이는 달걀 두 개를 삶아 며느리에게 먹였다. 마을 사람들이 버린 개뼈다귀를 오래 삶아 흰 국물을 먹였다. 눈 밑이 시커먼 유키코는 종일 잠을 자거나 기침을 해댔다.

늙은 몸으로 겨울바람을 맞으며 성에 갔지만 약을 구할 수는 없었다. 기침을 멎게 하는 약은 너무 비쌌다. 봄이 오면 약값을 꼭 갚겠노라고 했지만 약상수는 고개를 저었다.

"어디 그런 사람이 한둘이라야 말이지."

약 대신 달걀 다섯 개를 샀다. 유키코는 더 이상 달걀죽을 마시려 하지 않았다. 식은 달걀죽을 몇 번이나 데워 방으로 들여갔지만 며느리는 입도 대지 않았다. 시어미가 식은 달걀죽을 후루룩 마셨다. 닭 비린내가 났다.

겨울비가 내리던 날 유키코는 짧은 세상살이를 끝냈다. 배고픈 삶이었다. 늙은 시어미는 죽은 며느리를 안고 울었다. 밤새 코 푸는 소리가 끊이지 않았다. 봄이 가고 여름이 가고 가을과 겨울이 갔지만 히로시는 돌아오지 않았다. 처자식을 두고 절대로 먼저 죽지 않겠다고 약속했던 아들이었다. 늙은이의 주글주글한 눈에 눈물이 고였다.

아무도 찾아오지 않았다. 시어미는 며느리를 혼자 묻었다. 돌 투성이인 땅은 좀처럼 괭이를 받아들이지 않았다. 괭이는 자주 튀었다. 흙을 얕게 파내고 굳은 며느리의 몸뚱이를 눕혔다. 풀 한 포기 없는 낮은 무덤 위로 빗물이 고랑을 내며 흘렀다. 대숲에 막힌 바람이 갈 길을 찾지 못하고 울었다. 제 어미가 떠난 넓은 방에서 가오루는 혼자 다다미 바닥을 쓸었다.

쓸쓸한 장례를 마친 히로시의 어미는 마사키를 찾아갔다. 소작료를 내지 못한 사람들의 논밭 대부분을 마사키가 받았다. 성에서 나온 무사는 오사카로 떠났고, 논밭이 넘치는 마사키는 일할 사람이 부족하다고 했다.

"겨울이라 일손이 별로 필요 없는데⋯⋯."

갈까마귀 같은 마사키는 못마땅한 표정을 지었지만 친구의 어미를 내치지는 않았다. 히로시의 늙은 어미는 마사키의 아내가 내민 식은 죽 한 그릇을 먹고 괭이를 들었다. 바람이 차가웠다. 손등으로 자주 콧물을 닦았다. 어린 가오루가 혼자 남아 다다미 바닥을 훑었다. 히로시는 돌아오지 않았다.

9

조선

마을은 비어 있었다. 빈집의 방문이 바람에 덜그럭거렸다. 조선인들은 죽거나 도망쳤다. 일본군 손에 죽거나 조선 도적들 손에 죽었다. 목이 잘리거나 코가 베인 시체들이 길바닥에서 썩었다.

17군막의 병졸들은 동쪽으로 60리쯤 성에서 벗어나 있었다. 명나라 군대가 들어앉은 성 서쪽의 검단산성은 그만큼 더 멀어졌다. 해는 벌써 중천에 떠 있었고 그림자가 짧았다.

'더 가도 괜찮을까?'

도모유키가 조금 전 지나온 빈 마을을 돌아보았다. 이렇게 멀리까지 나올 생각은 없었다. 30~40리쯤 나오면 적당한 마을을 만나리라 생각했다. 빈 소달구지들이 덜컹덜컹 병졸들을 따랐다.

'두 대는 채워야 할 텐데…….'

빈 소달구지가 덜컹대는 소리가 사사키 부장의 화난 목소리처럼 들렸다.

"쌀 서 말을 내는 자에게는 신분증을 나눠 주어라."

사사키 부장은 성 밖 수색에 나서는 군막장들을 불러 모았다. 조선인을 일본인으로 인정하는 신분증을 나눠 주고 쌀을 걷어 오라는 것이다.

"일본으로 떠난 상인이 돌아오려면 멀었다. 사람을 붙잡아 와도 먹일 수도, 부릴 수도 없다. 그러니 당분간 조선인을 더 잡아들일 필요는 없다. 쌀을 내놓지 않는 자는 목을 베라. 그 목을 큰길에 매달아 일본군의 위엄을 보여라."

사사키 부장의 지시였다.

위험한 통나무 벌채도 힘겨운 돌캐기 작업도 아니었다. 달구지 두 대쯤 채우는 일이었다. 도모유키는 가벼운 마음으로 성을 나섰다. 그러나 조선인들의 마을은 비어 있었다. 피란을 떠났던 조선인들이 마을로 돌아오고 있다는 척후의 보고는 거짓이었을까?

'차라리 서쪽으로 갈 것을…….'

도모유키는 14군막장 곤도가 서쪽으로 가겠다고 했을 때 내심 다행이라고 생각했다. 서쪽은 명나라 군대가 진을 친 검단산성 쪽이었다. 타고난 싸움꾼인 곤도는 어쩌면 한바탕 전투를 기대하고 있는지도 몰랐다. 그는 바다가 아니라면 어디서든 이길 수 있

135

다고 큰소리쳤다.

회오리바람이 텅 빈 길을 요란하게 훑어댔다. 마른 나뭇잎과 흙먼지가 회오리치며 날아올랐다. 앞서갔던 다다오키와 마쓰히데가 달려왔다.

"집이 있습니다."

집은 길에서 벗어난 구릉에 자리 잡고 있었다. 오두막 두 채에서 연기가 나란히 올랐다. 몇 해 동안 지붕을 새로 얹지 않은 듯 볏짚을 엮어 얹은 지붕은 거무튀튀하게 썩어가고 있었다. 도모유키는 소달구지를 세우고 병졸들을 소리 없이 이동시켰다.

"사람이 보입니다."

우거진 억새 앞에 몸을 낮춘 마쓰히데가 나지막이 소리쳤다. 도모유키의 손이 조용히 칼집을 잡았다. 붉게 칠한 칼집이 햇빛을 받아 빛났다. 하얀 날이 스르릉 소리를 내며 칼집에서 몸을 뺐다. 날랜 검병과 창병 열 명을 뽑아 동시에 집을 덮쳤다. 조총병들이 거리를 두고 따랐다. 부엌에서 남자 하나가 나왔다. 일본군의 갑옷을 입고 있었다.

"왜놈이닷!"

일본군 갑옷을 입은 자가 들고 있던 솥을 땅바닥에 떨어뜨렸다. 흰밥이 쏟아졌고 더운 김이 올랐다. 다다오키가 달려들어 베었다. 상대는 칼을 뽑지도 못한 채 죽어 나자빠졌다. 남자의 외침 소리에 방에 있던 남자 둘이 방문을 박차고 나와 담을 넘었다. 등에 칼을 멘 자들이었다. 헛간에서도 남자들이 뛰어나와 담을 향해 달아났다. 한 사람은 일본군의 갑옷을 입었고 또 한 사람은 조선인의 누더기를 걸치고 있었다. 담 뒤쪽에서 마쓰히데의 고함 소리가 들렸다. 먼저 담을 넘었던 자들과 마쓰히데가 마주친 것이리라. 다다오키가 뒤에 담을 넘던 자의 다리를 잘랐다. 칼을 맞은 자는 반쯤 잘려 너덜거리는 다리를 끌고 담 뒤쪽으로 떨어졌다. 뒤쪽 집에 있던 자들도 달아났다.

도모유키는 죽은 조선인들을 살폈다. 조선인 도적들이었다. 셋이 죽고 다섯이 산 위로 도망쳤다. 조총병들이 산 위로 도망치는 조선인들을 겨누었다. 도모유키가 손을 저어 막았다.

"소란 떨 것 없다."

병졸들이 쌀이 든 포대와 마른미역, 그릇을 찾아냈다. 새가 그려진 하얀 사발을 찾아낸 병졸이 탐욕스럽게 웃었다. 도모유키는 죽은 조선인의 칼을 살폈다. 일본군의 칼이었다. 화려한 벚꽃이 새겨진 상급 무사의 칼이었다. 조선인 도적들이 죽은 일본 무사의 몸을 뒤진 게 틀림없었다. 전쟁이 계속되면서 조선에는 도적들이 넘쳤다. 도적들은 일본군 병졸의 옷을 훔쳐 입고, 일본군 행세를 하며 조선인들을 노략질하거나 조선 관군 병졸의 옷을 훔쳐 입고 마을을 들쑤셨다. 민간인들은 일본군 복장을 한 도적을 만나면 도망치기 바빴고, 조선 관군의 옷을 보면 울면서 양식을 내놓았다.

"죽은 조선인들이 있습니다."

다다오키가 헛간에서 외쳤다. 여자 하나와 아이 둘, 남자 하나가 죽어 있었다. 조선인 도적 떼가 죽인 사람들이 분명했다. 마당에서 죽이고 헛간에 끌어다 놓은 것 같았다. 여자는 발가벗은 몸이었다. 다다오키가 죽은 여자의 허연 몸뚱이를 뚫어지게 보았다.

"다다오키, 죽은 여자다."

도모유키가 다다오키를 헛간에서 쫓아냈다. 죽은 자들의 몸뚱이를 찌르고 가른 칼에는 길이 없었다. 훈련받지 못한 자의 칼날이었다. 달아난 조선인들의 기습을 염려할 필요는 없을 것 같았다.

옆 오두막으로 갔던 병졸들이 숨어 있던 조선인을 끌고 왔다. 시커멓고 마른 얼굴이었다. 조선인은 겁에 질려 꿇어앉았다. 돈을 내미는 두 손이 부들부들 떨렸다. 다다오키가 조선인이 내민 돈을 홱 가로챘다.

"뭐 하는 자들이냐?"

조선인은 농민이라고 답했다. 자신은 사람을 죽이지 않았다고 했다. 도적들에게 붙잡혀 어쩔 수 없이 도적질을 했다고 말했다. 통역을 맡은 히노의 말이 끝나기 무섭게 다다오키가 조선인의 머리를 찼다. 고꾸라진 조선인이 벌떡 일어나 다시 꿇어앉았다. 살려달라고 했다.

"살려주마. 도망친 자들은 어디로 갔느냐? 어디쯤 마을이 있느냐?"

도망친 자들은 거처가 없다고 했다. 20리쯤 더 가면 조선인의 마을이 있다고 했다.

'20리……'

도모유키는 지나온 길과 남은 20리를 생각했다. 덜컹거리는 빈 소달구지와 종잡을 수 없는 사사키 부장을 생각했다.

조선인의 집에서 찾아낸 물건은 많지 않았다. 쌀 다섯 되와 그릇, 말린 미역과 괭이가 전부였다. 도망친 조선 도적들이 남긴 봇짐에는 주먹밥이 전부였다. 찾아낸 쌀 다섯 되로 소달구지를 채울 수는 없었다. 차라리 병졸들의 배를 채우는 편이 나았다. 나이든 병졸이 마당에 엎어진 솥을 챙겼다. 땅바닥에 쏟아진 밥은 벌써 차가웠다. 병졸을 시켜 남김없이 끌어모았다.

옆집에도 조선인들이 죽어 있었다. 젊은 여자와 늙은 여자는 모두 발가벗긴 채였다. 아이들과 남자들은 베이거나 찔려 있었다. 역시 마구 휘두르고 찌른 칼이었다.

밥을 넉넉하게 지었다. 흙 묻은 밥은 씻어 새로 지은 밥에 얹었다. 밥에서 단김이 올랐다. 된장에 비벼 병졸들을 배불리 먹였다. 마쓰히데는 선 채로 밥을 먹었다. 그는 초조한 눈으로 지나온 길을 보고 있었다. 마쓰히데는 조선 물건을 챙기지 않았고 병졸들의 잡담에도 끼어들지 않았다. 도대체 무슨 엉뚱한 생각을 하는 것일까? 도모유키는 마쓰히데를 부르려다 병졸들의 웃는 얼굴을 보고 입을 닫았다. 든든해진 배를 내밀며 병졸들은 웃었다. 히로

139

시도 밥그릇을 들고 웃었다. 도모유키도 웃었다.

병졸들이 퍼더버리고 앉아 부른 배를 쓸었다. 도네는 깨끗이 비운 밥그릇을 들고 도모유키 앞으로 다가와 가져도 되느냐고 물었다. 흙으로 구운 밥그릇이었다. 조선의 밥그릇은 모두 흙으로 구운 것들이었고 땅바닥에 굴러다니는 사금파리에서조차 윤기가 흘렀다. 매끈하고 윤기 나는 조선 밥그릇은 자랑이 될 만한 전리품이었다. 일본으로 가져가면 팔아서 쌀을 살 수도 있었다.

"우리 아버지가 참 좋아하실 건디유……."

도네는 조선 물건을 하나씩 챙길 때마다 '우리 아버지가 좋아하실 건디유'라고 말했다.

"하나씩만 가져라."

도모유키의 말이 떨어지기 무섭게 병졸들이 집에서 찾아낸 물건을 마구 뒤적거렸다. 마음에 드는 그릇을 차지하지 못한 병졸들이 투덜댔다. 병졸들은 골라낸 그릇을 품에 넣고 옷끈을 바싹 당겨 맸다. 어린 도네는 품속에 넣은 그릇을 몇 번이나 꺼내 만지작거렸다. 기쁜 얼굴이었다.

'20리……'

도모유키는 해를 살폈다. 해는 아직 중천에 떠 있었다. 그러나 가을 해는 짧다. 성에서 너무 멀어진다는 것이 께름칙했다. 조선 관군을 만날 가능성은 적었다. 그러나 곳곳에 도적과 농군, 승병 들이 도사리고 있었다. 그들은 지리에 밝았다. 어둠이 내리기

140

를 기다려 성으로 돌아가는 길목을 노릴지도 몰랐다. 도모유키는 상황이 나쁠 경우 야영을 해야겠다고 생각했다. 밤길을 걷기보다 어딘가 안전한 숲속에서 밤을 새우는 편이 나을 것이다. 조총이 없는 조선의 승병이나 농군들이 대낮에 일본군을 공격하는 일은 드물었다.

"마을로 간다."

잡은 조선인 도적을 앞세웠다. 길은 곧았다. 땅은 바싹 말라 있었고 빈 소달구지가 덜컹거렸다. 일본군이 농성에 들어가면서 난을 피해 달아났던 조선인들이 마을로 하나둘 돌아오고 있었다. 추수를 끝낸 논밭이 훤했다. 조선인들의 헛간에는 수확한 곡식이 가득할 것이다. 사사키 부장의 말대로 지금이 식량을 확보할 기회였다.

마을은 야트막한 산을 등진 채 비스듬한 구릉에 걸터앉아 햇볕을 쬐고 있었다. 닭 울고 개 짖는 소리가 평화로웠다. 마을은 전쟁을 모르는 듯했다. 한 번에 마을을 점령해야 했다. 도망자가 없도록 단단히 단속해야 했다. 붙잡은 조선인 도적은 더 이상 쓸모가 없었다.

"베어라."

도모유키가 일부러 마쓰히데를 지목했다. 놈은 진작부터 딴생각에 빠져 있었다. 마쓰히데가 절도 있게 고개를 숙였다.

"살려주시오. 제발 나를 살려주시오. 이 마을에 도자기를 구울 줄 아는 자가 있습니다. 가마터가 어디에 있는지도 압니다."

조선인 도적이 무릎을 꿇고 말했다. 일본말이었다. 도모유키가 조선인을 쏘아보았다.

"어디서 일본말을 배웠나?"

조선인은 전쟁 전에 일본과 조선을 오가며 장사를 하던 상인이라고 했다.

"농부라는 말은 거짓말이냐?"

"살려주시오. 제발 살려주시오."

조선인이 머리를 조아렸다. 마쓰히데가 조선인의 조아린 머리를 찼다.

"됐다. 그만해라. 마쓰히데."

도모유키는 마쓰히데를 물리치고 조선인에게 물었다.

"네놈이 정말 도자기를 구울 줄 아는 자가 누구인지, 가마터가 어디에 있는지 알고 있다는 말이냐?"

"그렇습니다. 마을 뒷산에 가마터가 세 개나 있습니다."

조선인은 머리를 거듭거듭 조아렸다.

"네놈이 그걸 어떻게 아느냐?"

조선인 도적은 도자기를 사려고 전쟁 전에 이 마을을 몇 차례 다녀갔다고 했다. 도모유키는 기뻤다. 가마터와 도공을 찾아낼 수 있다면 쌀은 아무래도 좋았다. 달구지 두 대를 채우지 못해도 그만이었다. 도모유키가 조선인 마을을 찬찬히 살폈다. 상인의 말이 사실이라면 큰 물고기가 눈앞에서 헤엄치고 있는 셈이다.

"무슨 일이 있어도 도공을 사로잡아야 한다."

도모유키는 부대를 갈랐다. 1조를 먼저 마을 뒤로 보내 조선인들이 산으로 도망치지 못하게 막았다. 2조는 동쪽으로 이어진 길을 막았다. 길목을 모조리 틀어막은 후 3조를 마을로 들여보냈다.

마을 가운데 빈 논바닥에서 놀던 아이들이 병졸들을 발견하고 집으로 달아났다. 구릉에 걸터앉은 집에서는 마을 가운데 논이 훤히 보였다. 일본군 깃발을 본 조선인들이 이리저리 날뛰었다. 길목을 틀어막은 병졸들이 달아나는 조선인들을 붙잡았다. 미처 도망갈 엄두를 내지 못한 조선인들이 집에서 끌려 나왔다. 마쓰히데가 늙은이의 허연 수염을 잡아당겨 꿇어앉혔다. 산으로 달아나던 젊은 남자 다섯 명과 여자 일곱 명이 길목을 막고 있던 병졸들에게 붙들려 왔다. 지게에 싸리나무를 지고 집으로 돌아오던 남자가 지게를 진 채 끌려왔다. 잡혀 온 늙은이 서넛을 시켜 집 안에 숨은 자들을 모두 찾아내라고 했다.

"숨어 있다가 발각된 자는 모두 목을 벨 것이다."

병졸들이 마을 늙은이들을 앞세우고 집집마다 돌아다녔고, 먼저 끌려 나온 조선인들을 논바닥에 꿇어앉혔다. 제 어미의 품에 꼭 안긴 아이가 훌쩍거렸다. 병졸들이 집에 숨어 있던 자를 끌어냈다.

"더 이상 사람이 없습니다."

수염이 기다란 늙은이가 말했다.

"지금부터 수색한다. 숨어 있는 자는 베어도 좋다. 그러나 남자는 죽이면 안 된다."

섣불리 휘두른 칼에 도공이 죽는 일은 없어야 했다. 조선 상인은 끌려 나온 자 중에 도공이 없다고 했다. 아마 가마터에 있을 것이라고 했다. 다다오키와 병졸들이 상인을 앞세워 가마터로 향했다. 마을 뒤에는 소나무로 뒤덮인 야트막한 산이 무덤처럼 봉긋봉긋 솟아 있었다. 병졸들이 빈집을 뒤졌다.

"도공을 잡았습니다."

다다오키가 달려와 큰 소리로 고했다. 밝고 힘찬 목소리였다.

소달구지 두 대에 짐이 넘쳤다. 쌀과 비단, 도자기들이었다. 달구지 바닥에 짚단을 두툼하게 깔았고, 도자기와 도자기 사이에도 짚단을 쑤셔 넣었다. 도공 둘을 붙잡았고, 빼앗은 도자기는 스무 점이 넘었다. 비단 세 필에 쌀도 적지 않았다. 비단은 보고하지 않고 따로 사사키 부장에게 바칠 작정이었다. 돼지 한 마리를 산 채로 달구지에 실었다. 발목 묶인 닭들이 퍼덕거렸고, 털이 날렸다. 달구지에 싣지 못한 짐은 병졸들이 지었다. 가마터에서 붙잡은 도공들에게도 짐을 지웠다. 도모유키가 하늘을 보았다. 그림자가 길었지만 해는 아직 기운이 남아 있었다. 서두르면 어둡기 전에 30리 정도는 움직일 수 있을 것 같았다.

"도공 두 사람 외엔 아무도 끌고 가지 않겠다."

바람이 조선인들이 꿇어앉은 논바닥을 쓸고 갔다. 도모유키가 병졸을 시켜 종이 신분증을 조선인들에게 나누어 주었다. 일본인으로 인정한다는 글 아래 성주 고니시 유키나가의 문장이 찍혀 있었다.

"오늘 너희 조선인들이 크게 협조한 만큼 한 사람도 빠짐없이 신분증을 나누어 준다. 앞으로 누구라도 쌀 서 말을 바치면 신분증을 나눠 주겠다. 신분증을 가진 자는 죽이지도, 잡아가지도 않겠다. 너희는 이제 조선 사람이 아니라 일본 사람이다. 우리는 일본 사람을 해치지 않는다. 이웃 마을에도 널리 알려라."

조선인 상인이 큰 소리로 도모유키의 말을 전했다. 꿇어앉은 조선인들이 술렁거렸다. 여자가 아이를 꼭 안았다. 고개를 수그리고 있던 남자들이 머리를 들었다.

"한 사람도 죽이지 않겠다."

도모유키가 늙은이들에게 신분증 서너 장씩을 더 나눠 주었다.

"쌀 서 말을 내는 자에게 이 신분증을 나눠 주어라. 받은 쌀은 잘 보관해두어라. 우리가 보름 안에 다시 올 것이다."

신분증을 받은 노인이 머리를 조아렸다. 도모유키는 이 마을에 다시 들르는 일은 없을 것이라고 생각했다. 대부대를 끌고 오지 않는 한 다시 오는 것은 위험했다. 조선인들이 함정을 파놓을게 분명했다. 도모유키는 조선인을 이해할 수 없었다. 쌀 서 말을 바친 자는 일본인으로 인정했지만, 그들은 일본 사람이 되지 않았다. 성을 함락하고 우두머리를 베었지만, 그들은 복종하지 않았다. 조선의 임금이 한양을 버리고 도망쳤을 때 전쟁이 쉽게 끝날 줄 알았다. 그러나 점령지의 조선인들은 저항하거나 도망쳤다. 원래 주인이 도망치고 새로운 주인이 왔지만, 조선인들은 새 주인을 따르지 않았다. 얼굴도 모르고, 자신들을 지켜주지도 않는 원래 주인을 끝까지 섬기는 조선 농민들을 도모유키는 이해할 수 없었다. 일본에서는 다이묘의 군대가 죽거나 항복하면 땅은 새로운 다이묘의 땅이 됐다. 그러나 조선에서는 달랐다. 땅은 늘 원래 주인의 땅이었고, 백성은 늘 원래 주인의 백성이었다. 가망 없는 전쟁이었다. 조선의 산과 들은 어디나 사람을 품고 있었고, 강과 계곡 어디에나 조선인들이 집을 짓고 살았다. 깊은 산과 골짜기를 모두 뒤질 수 없었고, 살아 있는 조선인을 모두 죽일 수도 없었다. 조선인들을 모두 죽여야 끝난다면 이길 수 없는 전쟁이었다. 해가 지고 밤이 오고, 봄이 가고 겨울이 가고 많은 계절이 지났지만 조선인들은 죽어 없어지지 않았고 항복하지도 않았다.

"여자들은……."

병졸들은 붙잡은 조선 여자들을 아쉬워했다.

"서둘러라. 곧 날이 저물 것이다."

도모유키는 허락하지 않았다. 야영을 피하고 싶었다. 마을에서 밤을 새울 수도 없었다. 용케 잡히지 않고 도망친 자가 있을지도

146

몰랐다. 도망친 조선인들이 조선군 진영으로 달려가지 않는다는 보장은 없었다. 해가 지기 전에 되도록 성 가까이 가야 했다. 밥을 배불리 먹은 병졸들은 뛰듯이 걸었다. 역부들이 등짐을 번갈아 지었다.

군막 안은 와자지껄했다. 성에 주둔한 이래 맞이한 가장 활기찬 저녁이었다. 잡담과 웃음이 쏟아졌고, 술과 고기가 돌았다. 도모유키가 나무 그릇으로 먼저 술을 펐다. 도자기와 비단을 받아든 사사키 부장이 선물로 내린 술이었다. 도모유키의 미끈한 턱을 타고 맑고 차가운 술이 흘렀다. 달고 후끈한 기운이 목구멍을 타고 아래로 흘러내렸다. 아랫배까지 후끈했다. 병졸들이 차례로 술을 펐다. 잡담이 끊이지 않았다.

술기운이 오른 시나노가 춤을 췄다. 나이 들고 마른 창병이었다. 시나노는 한쪽 다리를 들고 부채를 펴듯 손을 쫙 뻗었다. 팔이 절도 있게 꺾였다.

"사쿠라 핀 봄날의 들판을…… 말을 타고 달리네……. 나의 적이 누구냐. 적장은 나와서 시나노의 창을 받아라……. 사쿠라 핀 봄날의 들판을…… 말을 타고 달리네……. 자, 시나노의 창을 받아라……."

술 취한 시나노의 노래에는 곡조가 없었다. 병졸들의 높낮이 없는 노래가 군막을 휘감고 돌았다. 근처의 19군막장이 무슨 일이냐며 들렀다. 도모유키가 옆에 자리를 내주었다. 고기 한 점을 집어 든 그는 연거푸 술잔을 들이켜고 입을 쓱 닦으며 돌아갔다.

도모유키가 여태 몰랐던 깊은 해자가 혼마루로 통하는 길을 끊어놓고 있었다. 본성도 아니고, 임시로 지은 성 안에 자신이 모르는 해자까지 파놓았으리라고는 생각해본 적이 없었다. 너비가 다섯 칸이 넘어 보였다. 해자의 잔잔한 물속에 십육야의 큰 달이 떠 있었다. 혼마루를 짓는 공사에 17군막은 한 번도 동원되지 않았다. 도모유키가 부름을 받고 가자 사사키 부장 휘하의 무사가 새 깃발을 등에 꽂아주었다. 도모유키를 데리러 나온 무사가 해자 건너편 외성에서 깃발을 흔들자 내성에서 해자 다리가 내려왔다. 무사는 절도 있게 걸었다. 도모유키는 어깨에 잔뜩 힘을 준 채 뒤를 따랐다.

성을 완성한 후 사사키 부장은 군율을 더욱 엄히 했다. 성안에서 이동도 엄격히 제한했다. 병졸들은 군막별로 정해진 위치를 벗어날 수 없었다. 먼 길을 돌아가더라도 동그라미 깃발을 꽂아 출입과 왕래가 허용된 길로만 다녀야 했다. 곳곳에 군사의 이동을 감시하는 무사들이 지키고 있었다. 성의 남쪽 바닷가 쪽에 자리 잡은 17군막은 북쪽으로 움직일 수 없었다. 세 겹으로 쌓은 성벽마다 근무조와 배치 군막이 정해졌다. 외성 안에 자리 잡은 17군막은 내성 안으로 들어갈 수 없었다. 군막장 도모유키 역시 내성

안에 들어가본 적이 없었다. 병졸들은 성의 구조를 상세히 알 수 없었다.

적진으로 투항한 자들은 고기와 술을 얻어먹었다. 술과 고기로 배를 채운 투항자들은 적들에게 온갖 정보를 넘겼다. 성안의 구조를 아는 대로 실토했고, 물자 보급 작전에 대해서도 지껄였다. 사사키 부장은 도망자가 발생할 때마다 군막장을 벌했다. 병졸을 잃은 군막장들은 장 50대씩을 맞고 벌거벗겨진 채 쇠사슬에 묶여 하룻밤을 새웠다. 묶인 채 밤을 새운 군막장들은 며칠씩 앓았다. 성 바깥 작업에서 병졸을 잃은 군막장은 죽은 자의 머리를 가져와야 했고 조선인이 죽으면 코를 가져와야 했다. 사람도 없고 머리도 없으면 도망자가 생긴 것으로 간주돼 처벌을 받았다.

혼마루 안은 어디나 편편하고 반듯한 돌이 깔려 있었다. 성안으로 적군이 밀려올 때 혼마루는 농성의 마지막 근거지였다. 곳곳의 돌벽과 참호가 혼마루를 지켰다. 돌벽마다 조총을 쏠 수 있는 구멍이 뚫려 있었다. 천수각의 용마루에는 물고기 몸통에 호랑이 머리를 가진 상상의 동물이 조각돼 있었다.

"건물에 불이 나는 것을 막아주는 장식이다."

먼저 안으로 들어갔던 상급 무사가 도모유키를 돌아보며 말했다. 호랑이와 물고기가 불을 막는다……. 그럴 듯했다.

도모유키는 짚으로 짠 다다미 바닥에 엎드려 머리를 박았다. 코에 닿은 마른 짚에서 나는 냄새가 구수했다. 그립고 익숙한 냄새였다.

"고개를 들어라. 주군이시다."

사사키 부장의 목소리였다. 도모유키는 감히 고개를 들지 못했다.

"괜찮다. 고개를 들라."

온화한 목소리였다. 도모유키는 천천히 고개를 들었다. 금빛 띠가 달린 가죽 신발이 먼저 보였다. 성주 고니시 유키나가는 큰 눈을 가늘게 떴다. 무슨 생각을 하는지 알 수 없는 눈이었다. 도모유키는 고개를 숙여 눈을 피했다. 고니시는 미소를 지었다.

"도공을 둘이나 잡아 왔다지?"

"그러하옵니다."

사사키 부장이 도모유키를 대신해 답했다.

"수고했다."

도모유키는 거듭 머리를 조아렸다. 고니시는 내실로 천천히 사라졌다. 가죽 신발에서는 소리가 나지 않았다.

"주군께서 술과 고기를 내리셨다. 한 계급 승진에 병졸 스무 명을 더하신다고 하시었다."

사사키 부장이었다. 도모유키는 깊이 머리를 박았다. 사사키 부장은 따로 도모유키에게 야전 의자(쇼기)를 내렸다. 육각으로 깎은 모서리가 날렵했다. 도모유키에게는 쓸모없는 의자였다. 그는 전투를 지휘하는 무장이 아니었다. 그는 전진하는 군대의 맨

150

앞에 서서 적의 선봉을 깨뜨렸야 했고, 후퇴하는 부대의 맨 뒤에 서서 무서운 속도로 추격해오는 적 기병의 속도를 떨어뜨려야 했다. 멋들어진 야전 의자는 다만 사사키 부장의 격려였다. 사사키 부장 휘하의 무사가 왔던 길을 되짚어 도모유키를 안내했다. 혼마루 소속의 잡역부 셋이 술독과 고기를 지고 도모유키를 따랐다.

"조선 도공을 많이 잡아 오라고. 도자기도 많이 챙겨 오고. 그게 출셋길이야."

도모유키와 나란히 걸어 나온 안내 무사가 웃었다. 일본에서 도자기는 비쌌다. 그렇더라도 한 계급 승진에 술과 고기는 너무 큰 상이라고 생각했다. 게다가 주군을 직접 뵙다니 상상조차 할 수 없던 일이었다.

조선 출병으로 다이묘들의 재정 상태는 나빴다. 본국에 있는 영지와 백성을 유지하는 것조차 힘든 다이묘들도 많았다.

"좋은 도자기를 구워낼 수만 있다면 다이묘들에게는 둘도 없는 돈벌이지. 좋은 조선 도자기는 부르는 게 값이야. 도공을 많이 잡아 오라고."

내성에서 나온 도모유키의 발걸음은 가볍고 빨랐다. 군막 병졸들이 기뻐하는 얼굴이 눈에 훤했다.

마쓰히데는 말없이 거푸 술잔을 들이켰다. 도모유키는 잡담을 늘어놓는 병졸들 너머로 마쓰히데를 보았다. 그의 눈은 먼 곳을 향하고 있었다. 병졸들의 노래가 이어졌다. 나이 든 창병 시나노가 노래를 마치고 자리에 앉자 히로시가 일어나 노래를 불렀다. 히로시는 비틀거렸고, 노래는 끊어졌다가 이어졌고, 이어지다가 끊어졌다.

술독이 바닥을 드러내기 시작했고, 병졸들은 취기가 올랐다. 농성을 시작한 이래 처음 받아 든 술잔이었다. 병졸들은 벌건 얼굴로 잡담을 늘어놓았다. 도모유키는 흥에 겨운 병졸들을 바라보며 군막 밖으로 나갔다. 바깥바람이 서늘했다. 군막 뒤로 천천히 걸어가 오줌을 누었다. 오줌 줄기를 따라 하얀 김이 올랐다. 밀려오는 파도 소리가 일정했다. 달빛이 환했다. 조선인의 움막은 달빛 속에서 고요했다.

군막 안에 술과 고기가 돌았지만 조선인들은 죽 한 그릇씩을 먹었을 뿐이다. 군막마다 조선 마을을 수색했고, 쌀을 걷어 왔지만 성안에는 늘 쌀이 부족했다. 봄이 되면 쌀은 더욱 부족해질 것이다. 성 밖에서 걷어 온 쌀은 모두 창고로 들어갔다. 사사키 부장은 군막에 따로 쌀을 감추어두는 것을 엄격히 금지했다. 몰래 숨겨둔 쌀이 발각된 군막장은 벌을 받았다. 사사키 부장은 쌀을 숨겨둔 군막장을 고발하는 병졸들에게 상을 내렸다. 굶주린 병졸들은 군막 전체가 먹기 위해 숨겨둔 쌀을 저 혼자 훔쳐 먹었다. 쌀을 훔쳐 먹다가 발각된 병졸들이 오히려 군막장을 고발했다. 군막장들은 매를 맞고 강등됐다. 도모유키는 성 바깥 벌판에 숨겨둔 쌀에 물기가 스미지 않기를 빌었다. '다다오키와 히로시가 잘 숨겨두었겠지.' 방책 너머 어둠 속의 벌판을 바라보았다.

도모유키가 조선인 움막을 향해 걸었다. 군막과 움막 사이를 오가던 초병 둘이 허리를 굽혀 절했다.

"술은 한 잔씩들 마셨나?"

초병들은 "옛" 하고 대답했다.

"서늘한 날에는 술 한 잔이 제일이지. 조선인들 움막에는 별일 없겠지?"

초병들은 이번에도 절도 있게 허리를 굽혔다. 초병들이 멀어지기를 기다려 도모유키는 조선인 여자들이 기거하는 움막 거적을 걷어 올렸다. 움막에서는 큰 짐승이 숨을 내뿜기라도 하듯 역겨운 냄새가 밀려 나왔다. 오물과 비린내가 뒤섞인 냄새였다. 도모유키가 안으로 들어서자 누워 있던 조선 여자들이 벌떡 일어나 한쪽으로 물러나 앉았다. 17군막의 조선 여자는 모두 여섯 명이었다. 도모유키가 어둠 속에서 명외를 찾았다. 명외는 무릎을 모은 채 맨 안쪽에 웅크리고 앉아 있었다. 명외는 도모유키를 쳐다보지 않았다. 도모유키가 품에서 주먹밥 세 개를 꺼내 바닥에 내려놓았다.

"반씩 잘라서 나눠 먹어라."

여자들은 땅바닥에 놓인 주먹밥을 쳐다보았지만 움직이지 않았다. 도모유키가 한쪽 무릎을 굽히고 앉아 주먹밥을 잘랐다. 반씩 자른 주먹밥을 여자들에게 하나씩 주었다. 조선 여자들 중에서 명외는 나이가 가장 어렸다. 굶주림에 지친 여자들이 아귀처럼 덤벼들 것 같았다. 그러면 명외가 제 몫을 챙겨 먹지 못할 것이다. 명외는 고개를 숙인 채 주먹밥을 받았다. 여자들은 주먹밥을 씹어 먹었지만 명외는 먹지 않았다.

"먹어봐라."

도모유키가 명외를 다그쳤다. 도모유키는 명외가 주먹밥을 입에 대는 것을 보고 난 후에 일어섰다.

군막 안은 여전히 술렁거렸다. 술독은 이미 비었지만 취한 병졸들은 거리낌 없이 떠들어댔다. 벌써 곯아떨어진 자들 사이에서 취한 자들이 퀭한 눈과 번들거리는 입으로 지껄여댔다. 밤은 이미 깊었다.

"이래 뵈도 내가 히로나리 가문의 무사란 말이야. 네깐 아시가루 놈들과 다르단 말이다. 어디서 이 새끼들이……."

술에 취한 마쓰히데가 목청을 높이고 있었다. 마쓰히데는 긴키 지방의 이름난 가문 히로나리의 하급 무사였다. 간파쿠 히데요시가 전국을 장악했을 때 복종하지 않고 저항하다가 사라진 가문이었다. 히데요시 가문과 긴키 지방 가문의 군사들이 단고 벌판에서 결전을 벌였다. 단고 벌판의 싸움이 패배로 끝났을 때 히로나리 가문의 무사 500명은 항복하지 않았다. 히데요시는 항복하

154

지 않은 포로들을 모두 참수했다. 단고 벌판에 꿇어앉은 붉은 갑주의 군대는 울먹이며 칼과 창을 받았다. 그때 히로나리의 무사들은 할복을 원했다. 히데요시는 허락하지 않았다. 큰 칼이 춤을 췄고 잘린 머리가 푸른 벌판 위에서 굴렀다. 히로나리 가문의 깃발은 땅바닥에 처박혀 말발굽에 짓이겨졌다. 붉은 피가 개천을 물들이며 흘렀다. 사방에 비린내와 화약 냄새가 진동했다. 복사꽃이 붉었고 주인을 잃은 말들이 풀을 뜯고 있었다.

"나는 히로나리 가문의 무사였어. 네놈들이 두려워 벌벌 떨던 그 붉은 갑주의 무사였단 말이다. 그때 전투에서 우리가 지지 않았다면 이런 싸움에 끌려 나오는 일도 없었겠지. 하하, 우리가 네 따위 놈들에게 패하다니……. 내가 이 따위 빌어먹을 싸움에 끌려오다니, 하하하하하. 내가 조선 땅까지 오다니, 하하하하하."

마쓰히데가 큰 소리로 웃었다.

"닥쳐라! 마쓰히데!"

도모유키가 바람에 너덜거리는 군막 문을 들치고 안으로 들어섰다. 마쓰히데는 앉은 채로 도모유키를 노려보았다. 증오에 찬 눈빛이었다. 긴키 지방에는 이름난 무사 가문이 많았다. 히로나리는 그중에서도 우뚝 솟은 다이묘였다. 도모유키는 히로나리 가문의 붉은 군대와 싸웠던 단고 벌판의 봄을 기억했다. 히로나리의 모든 병장기는 붉었다. 갑옷도 투구도 각반도 붉었다. 도모유키는 아직도 붉은 깃발에 검은 글씨로 쓰인 히로나리 가문의 문장을 또렷하게 기억하고 있었다. 그들의 붉은 깃발이 푸른 하늘과 초록 벌판에서 두렵게 펄럭였다. 사방이 산으로 막힌 좁은 단고 벌판에서 양쪽 군대는 격돌했다. 히데요시 가문의 군사 3만 명과 히로나리 가문의 군사 2만 명이 이틀 동안 결전을 벌였다. 뛰어난 검술을 자랑하는 히로나리 가문은 그 붉은 깃발과 갑주만으로도 상대를 눌렀다. 그러나 무사들의 검술과 용맹, 전투 의지는 천지를 흔들어 깨뜨리는 조총 앞에 무력했다. 산처럼, 밀물처럼 달려들던 히로나리의 무사들은 홍수에 무너지는 둑처럼 허물어졌다.

히로나리 가문이 패한 또 하나의 이유는 배신이었다. 싸움이 시작되기 전 히로나리 가문 쪽에 서 있던 다이묘들은 싸움이 끝난 후 주어질 녹봉을 따져봤다. 히데요시는 군사에 따라 10만 석에서 20만 석을 보장했다. 히로나리는 기껏해야 1만 석이나 5만 석을 약속했다. 녹봉 계산을 마친 다이묘들이 서둘러 히데요시 편에 가담했다. 벌판에서 적과 아는 새로 구분됐다. 히로나리는 의리와 결속을 자랑했지만 돈 앞에 무너졌다. 히로나리의 무사들은 싸움 중에 조총에 죽거나 잡혀서 칼에 죽었다. 살아남은 자들은 항복하거나 떠돌이 무사로 전락했다. 도모유키는 마쓰히데를 이해할 수 있었다. 그러나 입 밖으로 내서는 안 될 말이었다. 단고 벌판의 싸움은 끝났고 히로나리 가문은 더 이상 존재하지 않았다. 단고 벌판에서 죽지 못한 히로나리의 무사는 이제 모두 히데요시의 무사였다.

"마쓰히데, 네놈은 히데요시의 무사다. 지금 네놈이 무슨 말을 지껄이고 있는지 아느냐? 군율에 따라 네놈을 참수할 수도 있다."

마쓰히데는 도모유키를 바라보며 천천히 일어섰다. 어쩌면 마쓰히데와 도모유키 자신은 저 단고 벌판에서 서로 마주 섰을지도 몰랐다. 서로를 기억하지 못할 뿐 상대에게 칼을 겨눴을지도 몰랐다. 도모유키가 마쓰히데를 노려보았다. 군막 안은 긴장감이 돌았다. 다다오키가 마쓰히데를 나무랐다.

"뭘 하나, 마쓰히데! 군막장님께 용서를 빌어."

마쓰히데는 다다오키를 노려보던 눈을 돌려 도모유키를 보았다. 눈이 마주친 마쓰히데가 고개를 숙였다.

"잘못했습니다. 제가 술기운이 올라 잠시 옛날 생각에 빠졌습니다."

"마쓰히데, 두 번 다시 그런 말을 입에 담지 말라."

도모유키는 더 이상 마쓰히데를 몰아세우지 않았다. 잊어야 할 일이 술기운을 빌려 불쑥 튀어나온 것뿐이었다.

"모두들 그만하고 잠을 자라. 내일도 해가 뜬다."

병졸들의 코 고는 소리가 높았다. 마쓰히데는 잠든 도모유키 군막장의 얼굴을 힐끗 쳐다본 후 소리 없이 군막을 빠져나갔다.

조선 여자의 움막으로 들어가려는 마쓰히데를 초병들이 막아섰다. 마쓰히데는 붙잡는 초병을 뿌리쳤다.

"비켜라."

"도모유키 군막장님이 조선인 움막 출입을 금지했습니다."

"네놈이 정녕 맞고 싶은 모양이구나?"

마쓰히데의 서슬에 창병은 엉거주춤 물러섰다. 마쓰히데는 조선 여자들이 기거하는 움막 거적을 홱 걷어 올렸다. 여자들이 놀라서 구석으로 몰려 웅크렸다. 움막 안은 비린내가 진동했지만 마쓰히데는 개의치 않았다.

"나가라! 모두 밖으로 나가라!"

마쓰히데가 우물쭈물하는 여자들을 발로 찼다. 놀란 여자들이 서둘러 움막 밖으로 물러났다. 마쓰히데는 움막을 빠져나가려는 명외를 붙잡았다. 입에서 역겨운 술 냄새가 쉭쉭 풍겼다.

명외는 마쓰히데의 손을 뿌리치려고 안간힘을 썼다. 마쓰히데가 명외의 얼굴을 주먹으로 때렸다. 명외는 아찔하여 주저앉았다. 여자를 넘어뜨린 마쓰히데가 치마를 걷어 올렸다. 미끈한 다리가 드러났고 이어 낡은 속곳 찢어지는 소리가 났다. 비린내가 물씬했다. 마쓰히데의 손이 명외의 옷 속을 거칠게 헤집었다. 명외는 두려움과 고통에 소리쳤다.

"입 다물어. 소리치면 죽여버리겠다."

마쓰히데가 거친 숨을 몰아쉬었다. 소리치는 여자의 입을 우악스럽게 틀어막았다.

누군가 흔들어 깨우는 바람에 도모유키는 잠에서 깼다. 초병이었다. 아직 아침일 리는 없었다. 기상을 알리는 고동이 울지 않았다. 도모유키는 눈을 떴지만 일어나지 않았다. 종일 먼 길을 걸었다. 왕복 160리였다. 조선 출병 후 야영을 거듭하며 하루에 150~160리를 행군한 적은 많았다. 그러나 대규모 부대의 행군과 소부대의 작전상 움직임은 달랐다. 병졸들을 이끌고 움직이는 낯선 길은 두렵고 피로했다.

병졸이 다시 도모유키를 흔들었다. 도모유키는 비스듬히 일어나 앉았다.

"무슨 일인가?"

어깨와 목덜미가 무거웠다. 도모유키가 주먹 쥔 손으로 제 어깨를 탁탁 쳤다. 군막 안에는 화롯불이 벌겋게 타고 있었다. 화로에서 피어오른 파란 연기가 군막 천장의 공기 구멍을 찾아 황급히 달아나고 있었다. 천장의 구멍 너머로 별이 차가웠다.

"마쓰히데 님이 조선 여자들 움막에……."

'명외!'

도모유키는 벌떡 일어났다. 단검을 허리에 차는 둥 마는 둥 조선인 움막을 향해 뛰었다. 조선 여자들이 어깨를 잔뜩 웅크린 채 움막 앞에서 바들바들 떨고 있었다. 새벽 추위 때문만은 아닌 듯했다. 명외의 아비가 굳은 얼굴로 도모유키를 보았다. 영감은 무엇인가 말을 하고 싶어 했지만 입을 열지 않았다.

"무슨 일이냐?"

"……."

"조선 여자 한 명은 어디로 갔느냐?"

도모유키가 우물쭈물하는 창병을 향해 소리쳤다. 움막 밖으로 나와 있던 조선 남자들이 도모유키의 서슬에 움막 안으로 몸을 숨겼다.

"마쓰히데 님이 여자를……."

초병이 여자들 움막을 가리켰다. 도모유키가 움막 앞에 늘어뜨린 거적을 거칠게 들쳐 올렸다. 달빛이 들어오지 않는 움막 안은 검었고 공기는 비릿했다. 어둠 속에 엎드린 마쓰히데의 벗은 궁둥이가 눈에 들어왔다. 이윽고 거의 알몸이 된 명외를 보았다. 도모유키의 발이 마쓰히데의 목덜미를 세차게 걷어찼다. 마쓰히데는 외마디 비명과 함께 나뒹굴었다. 나뒹구는 마쓰히데의 옆구리를 쫓아가며 찼다. 불의의 일격에 마쓰히데는 웅크렸다. 도모유키는 발길질을 멈추지 않았다. 죽여버리고 싶었다. 죽여버려야 했다. 미쓰히데의 손아귀에서 벗어난 명외가 몸을 모로 돌리며 웅크렸다.

도모유키는 일어나 앉는 마쓰히데의 턱을 발로 찼다. 마쓰히데는 넘어졌지만 다시 일어나 앉았다. 도모유키가 칼을 뽑아 마쓰히데의 목을 겨눴다. 칼날의 차가운 서슬에 마쓰히데는 움찔했다. 목을 뚫어버리고 싶었다.

"안 돼요!"

명외였다. 도모유키는 멈칫했다. 여자를 보았다.

"도모유키 님, 안 돼요!"

웅크린 명외는 두 손을 모았다. 도모유키는 깊은 숨을 쉬었다.

"밖으로 나가라."

마쓰히데는 도망치듯 움막 밖으로 기어 나갔다. 도모유키는 널브러진 옷을 명외의 어깨에 덮었다. 여자를 꼭 안아주고 싶었다. 도모유키가 다가와 앉자 명외는 깜짝 놀라 몸을 웅크렸다. 도모유키는 물러나며 일어섰다.

"명외, 다친 데는 없나?"

명외는 고개를 끄덕였다.

"괜찮은가?"

옷깃을 당기며 모로 앉은 명외가 고개를 끄덕였다. 도모유키는 한숨을 내쉬며 움막 밖으로 나갔다.

"마쓰히데 네놈을 당장……."

도모유키가 마쓰히데의 목에 칼을 댔다. 마쓰히데는 움찔했지만 도모유키의 눈을 피하지 않았다. 베어버리고 싶었다. 베어야 했다. 갈기갈기 찢어버리고 싶었다. 그러나…… 전투 중 명령 불복종을 제외하면 군막장에게 병졸을 벨 권한이 없었다. 도모유키는 분노를 가라앉히려 애썼다.

"겨우 조선 여자가 아니오. 조선 여자를 품지 못하게 하는 법은 어디에도 없소. 사사키 부장이 조선 여자들을 군막마다 나누어 배치한 이유가 뭐요? 전장의 적적함을 달래라는 배려가 아니오. 다른 군막의 무사들은 매일 밤 조선 여자를 품고 있소. 군막장님께서는 무엇 때문에 병졸들의 움막 출입을 금지하는 것이오?"

마쓰히데는 따지듯 물었다.

"닥쳐라, 마쓰히데!"

도모유키가 칼 손잡이를 휘감아 돌리며 마쓰히데의 얼굴을 쳤다. 마쓰히데는 휘청거렸지만 쓰러지지 않았다. 그의 눈이 분노로 이글거렸다. 조선 여자를 품지 못하게 하는 명령은 터무니없다고 말하는 듯했다.

"군막장님이 저 안에 있는 여자를 마음에 두고 있다면 다른 여자를 취하겠소. 움막 출입 금지를 풀어주시오."

"네놈을 죽여버리고 싶다. 짐승 같은 놈!"

도모유키는 마쓰히데의 목에 칼을 댔다. 치켜든 마쓰히데의 목이 가늘게 떨렸다.

"군막장님!"

늙은 초병 시나노였다. 그가 엉거주춤 손을 내밀어 도모유키를 막았다. 문제는 간단치 않았다. 마쓰히데를 벨 수는 없었다. 놈의 말은 틀리지 않았다. 군막의 병졸들이 문제를 삼을 수도 있었다. 사사키 부장은 일부러 군막마다 여자들을 배치했다. 성안의 군사들은 조선 여자를 번갈아 품었다. 잡아 온 조선 여자들을 모두 상인에게 팔아넘기거나 죽이지 않은 이유였다. 군사를 다스리는 그의 방식이었다. 도모유키도 병졸들의 불만을 알고 있었다. 그러나 그는 출입 금지를 고집했다. 낮에 다다오키는 죽은 여자의 알몸에서 눈을 떼지 못했다. 병졸들은 누구나 여자에 굶주려 있다. 마쓰히데를 베거나 윽박지른다고 해결할 수 있는 일이 아니었다. 부드럽게 매듭지어야 했다. 도모유키는 숨을 거칠게 몰아쉬었다.

"마쓰히데, 군막으로 돌아가라!"

마쓰히데는 대답하지도 움직이지도 않았다.

"생각해보겠다. 그러나 오늘 밤부터 당장 조선 여자들을 허락할 수는 없다. 내가 알아서 처리하겠다."

옆에 선 창병이 희미하게 미소를 지었다. 기대에 찬 얼굴이었다. 도모유키가 희미하게 웃고 있는 창병을 보았다. 눈이 마주친 창병이 겸연쩍은 낯을 숙였다.

"군막으로 돌아가라!"

마쓰히데는 고개를 숙인 채 발을 질질 끌며 군막으로 돌아갔다.

이제 곧 조선 여자를 품을 수 있다. 군막장님이 그렇게 말씀하셨다. 야간 경계 근무를 한 창병들이 군막에 소문을 퍼뜨릴 것이다. 하루나 이틀 안에 결정을 내려야 했다. 병졸들의 욕망을 허락하자면 명예를 지킬 수 없었고, 명예를 지키자면 병졸들의 불만을 풀어줄 수 없었다. 군막으로 돌아와 고단한 몸을 눕혔지만 도모유키는 잠들지 못했다. 선잠을 깬 탓이었다. 잠을 청했지만 잠은 좀처럼 다시 찾아오지 않았다.

성안에는 임신한 조선 여자들이 많았다. 여자들은 부풀어 오른 배 위에 돌덩이를 걸치듯 안고 뒤뚱거렸다. 뒤뚱거리는 여자들을 무사들이 재촉했다. 아기를 가져 배가 더 고픈 여자들은 흙을 파 먹었고, 흙을 삼킨 여자들은 토했다. 여자들은 누르스름한 물을 다 토해내면 다시 흙을 씹었다.

빗방울이 차갑던 어느 날 감독 무사는 기분이 나빴다. 화가 난 무사의 발이 배부른 여자의 허리를 찼다. 여자는 돌을 떨어뜨리며 고꾸라졌다. 떨어진 돌이 여자의 발등을 찍었다. 쓰러진 여자는 일어나지 못하고 신음했다. 무사가 여자의 배를 찼다. 여자의 몸에서 흘러나온 붉은 피가 빗물에 섞여 흘렀다. 여자는 몸뚱이를 뒤틀며 고통스럽게 울부짖었다. 괴상하고 불길한 울음소리였다. 미친 듯 화가 난 무사가 울부짖는 여자의 가슴과 옆구리를 닥치는 대로 찔렀다. 붉은 피가 빗물을 타고 도랑으로 흘렀다. 죽은 여자 옆에서 조선 여자들이 부른 배를 붙잡고 부들부들 떨었다.

임신한 조선 여자들은 태어나지 못할 아기와 함께 죽었다. 부른 배를 안고 뒤뚱거리던 여자들은 지쳐서 죽고, 몸속에 든 아기를 붉은 피와 함께 떨어뜨리다가 죽고, 감독 무사들의 매질에 죽었다. 군막에 딸린 여자의 수가 줄어들면 사사키 부장은 새로 잡아 온 조선 여자를 주었다. 새 여자가 도착하면 병졸들은 넘치는 힘을 자랑했다. 병졸들이 부지런히 여자들의 배를 부르게 했

164

고, 배가 부른 여자들은 공사장에서 신음하다가 죽었다. 운이 좋은 여자들은 피를 흘리고도 살아남았다. 배 속에서 자라던 아기가 떨어진 것이라고 했다. 명외의 배를 부르게 할 수 없었다. 배가 불러오면 명외는 죽을 것이 분명했다. 명외를 뺀 나머지 여자들만 품게 할 수도 없었다.

병졸들의 코 고는 소리가 피로했다. 검은 하늘에 박힌 별들이 군막 천장의 공기 구멍으로 도모유키를 내려다보았다. 도모유키는 눈을 감았다. 멀리서 쇠 두들기는 소리가 일정했다. 조총을 만드느라 대장장이들이 밤을 새우고 있었다. 쓰웅쓰웅 쇠 가는 소리가 어두운 성안을 기어서 돌아다녔다. 바닥에 깔아둔 깔판이 차가웠다. 도모유키는 모로 누워 움츠렸다.

10

배신

산을 오르며 병졸들은 잡담을 늘어놓았다. 지난번 보급 작업이 크게 성공했고 병졸들은 바깥 작전에 자신감을 보였다. 도모유키의 마음도 가벼웠다. 화살을 충분히 챙겼다. 토끼 몇 마리쯤은 잡을 수 있을 것이다. 사냥을 많이 해보았다는 조선인 영감을 앞세웠다. 영감은 히죽히죽 웃었다. 도모유키는 영감의 자신감을 믿지는 않았다. 그러나 토끼 한 마리 못 잡더라도 굶지는 않을 것이다. 지난번 마을 수색 때 몰래 빼돌려두었던 쌀을 챙겼다. 히로시가 짊어진 다와라*가 묵직했다. 쌀 다섯 되였다.

---

* 쌀을 넣고 등에 짊어지는 배낭 형태의 일본 포대.

166

높은 하늘은 서늘하고 파랬다. 군데군데 높은 구름이 떠다녔다. 숲에서 벌판은 보이지 않았다. 아침에 떠나온 성도, 명나라 군대의 검단산성도 보이지 않았다. 바람이 나뭇가지를 스칠 뿐 산속은 고요했다. 쇠 두들기는 소리도, 병졸들의 훈련 소리도, 무사의 고함 소리도, 조총 소리도, 전령의 말굽 소리도 들리지 않았다. 도모유키는 자신들이 성을 나서는 순간 전쟁이 끝나버린 게 아닐까 하는 터무니없는 생각을 했다. 암꿩 한 마리가 눈앞에서 푸드덕 날아올랐지만 어쩌지 못했다. 병졸들이 쓸데없이 아쉬운 탄성을 질렀다.

조선인 영감은 토끼 사냥에 덫이 제일이라고 했다. 토끼는 쫓아다니며 잡는 짐승이 아니라고 했다. 덫을 놓고 기다려야 한다고 했다. 도모유키는 받아들이지 않았다. 내일도 모레도 17군막이 사냥에 나설 수는 없었다. 운이 좋아 토끼가 덫에 걸린다고 해도 남 좋은 일을 해줄 뿐이었다.

"잡든 못 잡든 활로 잡아라."

조총을 쏠 수는 없었다. 화약을 아껴야 했고 무엇보다 조총 소리는 조선 군사의 습격을 부를 수 있었다. 산 중턱쯤에서 도모유키는 병졸들을 두 명씩 한 조로 나누었다. 후르르 산을 훑어가며 토끼를 쫓을 수는 없었다. 흩어지는 병졸들에게 돌아와야 할 시간을 단단히 알려주었다. 해가 진 뒤 산에 머무는 것은 위험했다. 적병이 아니더라도 굶주린 산짐승이 많았다. 며칠 전 16군막의 검병이 사냥 중에 산짐승을 만나 다쳤다고 했다.

"토깽이를 쫓아댕기미 잡기는 어렵당게요. 덫이 제일인디요이잉⋯⋯."

조선 영감은 못내 아쉬워했다.

"재미로 몇 개 놓아봐라."

미간에 굵은 주름이 팬 영감은 누런 이를 드러내며 웃었다. 도모유키와 병졸들이 영감을 따랐다. 영감은 허리를 굽히고 낙엽 쌓인 산을 꼼꼼하게 살폈다. 토끼가 다니는 길을 찾는 중이라고 했다. 영감이 가느다란 나뭇가지를 꺾고 당겨 덫을 만들었다. 가느다란 덫이 바람에 흔들렸다. 나뭇가지인지 덫인지 분간되지 않았다.

'솜씨가 좋은 영감이로군⋯⋯.' 도모유키는 산속에 숨어 이쪽을 노리는 조선 군사들을 떠올렸다. 보이지 않는 적들, 보이지 않는 덫⋯⋯. 멋모르고 달리는 토끼는 덫에 목이 걸려 죽을 것이다. 두 명씩 나눠 떠난 병졸들에게 한 번 더 조심하라고 당부했어야 했다.

도네와 한 조가 된 마쓰히데는 말없이 걷기만 했다. 마쓰히데의 빠른 걸음을 쫓느라 도네는 숨을 헐떡였다. 군막장이 "마쓰히데, 도네, 한 조!"라고 했을 때 도네와 눈이 마주친 마쓰히데는 씁쓸한 표정을 지었다.

"지랑 한 조가 돼서 기분이 안 좋은가유?"

도네는 걸음이 빠른 마쓰히데 뒤에 바싹 따라붙으며 말을 걸었다.

"……."

마쓰히데는 고개를 돌려 도네를 쳐다봤을 뿐 대꾸하지 않았다. 걸음을 늦추지도 않았다. 그는 사냥을 나온 사람이 아니라 목적지에 빨리 도착해야 하는 사람처럼 서둘렀다.

"염려 마세요. 방해되지 않게 조심할게유. 마쓰히데 님이 사냥을 하시는 동안 지는 가만히 있을게유. 시키시는 일만 조용히 할게유. 기분 나빠하지 마세유."

"아니다, 도네. 너랑 한 조가 돼 다행이다. 오히려 네가 운이 나쁘구나."

"무신 말씀을유. 마쓰히데 님 같은 무사와 한 조가 돼 지는 든든하구만유. 흐흐. 어디서 조선 놈들이 튀어나온다고 해도 걱정이 없구만유."

"그러냐……."

마쓰히데는 쉬지 않고 걸었다. 벌써 산봉우리가 가까웠다. 도네는 너무 멀리까지 가는 것이 아닐까 하는 걱정에 자주 뒤를 돌아보았다. 함께 사냥을 나온 병졸들은 흔적조차 보이지 않았다. 도모유키 군막장은 너무 멀리까지 가지 말라고 했다. 도네는 몇 번이나 입이 달싹거렸지만 감히 그만 가자고 말하지 못했다. 도네는 께름칙한 마음을 억누르며 마쓰히데의 빠른 걸음을 쫓았다. 숨이 찼다.

"너무 멀리 가시는 게 아닌가유? 군막장님이 근방에서 사냥하라고 하셨는디유."

도네는 망설이고 또 망설이다가 입을 뗐다.

"겁나냐?"

마쓰히데가 걸어가는 쪽은 명나라군이 자리 잡은 검단산성 쪽이었다. 적진에 조금이라도 가까워진다는 것이 께름칙했다. 마쓰히데는 도네의 말에 개의치 않고 걸었다.

"저어, 마쓰히데 님……."

"……."

"그만 돌아가시지유. 너무 멀리 왔는디유."

마쓰히데는 문득 걸음을 멈추고 도네를 향해 돌아섰다. 그의 눈이 도네를 물끄러미 쳐다보았다. 표정 없는 눈이었다. 도네는 겸연쩍은 미소로 답했다.

"그래…… 여기까지구나. 도네."

"……."

"그만 돌아가자, 앞장서라."

"예?"

"무얼 그렇게 빤히 쳐다보는 거냐? 돌아가자니까."

도네가 고개를 갸웃거리며 돌아섰고 마쓰히데는 소리 내지 않고 칼을 뽑았다. 굳은 얼굴이었다.

　해가 기울기 시작하자 흩어져 사냥에 나섰던 병졸들이 하나
둘 돌아왔다. 잡은 짐승은 많지 않았다. 산비둘기 다섯 마리, 꿩
한 마리가 고작이었다. 도모유키는 병졸들에게 주먹밥을 나누어
주었다. 급하게 밥을 삼키던 궁병이 딸꾹질을 했다.

　"천천히 먹어라."

　도모유키가 나무 그릇에 물을 퍼 주었다. 물그릇을 받아 든 궁
병이 웃었다. 날이 어둑어둑해지고 있었다. 도모유키는 하늘을
보았다.

　"다다오키, 인원 점검!"

　다다오키가 늘어져 앉은 병졸들을 확인했다.

　"다섯 명이 아직 돌아오지 않았습니다."

　"그래⋯⋯."

　도모유키는 사위를 둘러보았다.

　'그만큼 당부했건만⋯⋯.'

　병졸 셋은 날이 완전히 어두워지고 나서야 돌아왔다. 길을 잃
었다고 했다. 병졸들은 잡아 온 꿩을 도모유키에게 바쳤다. 마쓰
히데와 도네는 돌아오지 않았다. 도모유키는 초조했다. 성의 북
쪽이었고 적병이 숨어 있을 가능성은 적었다. 그러나 병졸들을
쪼개 사냥에 나섰던 것은 실수였다. 함께 움직였어야 했다. 해가

떨어진 산은 위험했다.

"산짐승은 없나?"

"이리가 있당게요."

영감이 몸을 움츠렸다. 도모유키는 일그러진 사사키 부장의 얼굴을 떠올렸다. 사냥을 나간 부대는 해가 지면 성으로 돌아와야 했다. 마쓰히데와 도네를 두고 돌아갈 수는 없었다. '병졸 몇 명을 먼저 성으로 보내 상황을 보고할까? 좀 더 기다리는 게 나을까?' 몇 명을 먼저 성으로 돌려보내는 것도 위험했다. 도모유키는 마음을 정할 수 없었다. 조금 더 기다려볼 수밖에 없었다. 병졸 넷을 앞뒤로 보내 경계하게 했다. 제법 서늘한 바람이 불기 시작했지만 야영을 해도 무리 없을 날씨였다. 해가 떨어지자 산속이 금방 어두워졌다. 마쓰히데와 도네는 돌아오지 않았다.

"좋다. 다다오키, 야영을 준비한다."

병졸들이 나뭇가지를 주워 오고 마른 풀을 긁어모았다. 낮은 자리를 골라 모닥불을 피울 작정이었다. 도모유키의 눈이 어둠 속에서 두리번거렸다. 늦게라도 마쓰히데와 도네가 돌아오면 성으로 돌아가면 된다. 병졸들이 잡아 온 짐승의 털을 벗겼다. 산짐승 울음소리가 어두운 산을 갈랐다. 꼬리가 길게 늘어지는 울음에 살기가 묻어 있었다.

"저게 무슨 짐승 소린가?"

도모유키가 조선 영감을 불러 앉혔다. 영감은 이리라고 했다.

성질이 사나워 사람을 해친다고 했다.

"산짐승들은 불을 겁냅니다. 불을 활활 피워두면 걱정할 게 없습니다."

창병이었다.

"이리는 불을 겁내지 않는당게요. 횃불을 휘둘러도 덤빈당게요."

달빛에 비친 조선 영감의 얼굴은 겁에 질려 있었다.

"그래봤자 짐승입니다. 총과 칼이 있는데 무엇이 걱정입니까?"

이번에도 창병이었다.

"저어, 저어기!"

조선 영감이 소리쳤다. 도모유키의 눈이 영감의 손가락 끝을 좇았다. 푸른 불빛이 산허리를 오르락내리락하며 달리고 있었다. 불빛은 나타났다가 사라지기를 거듭했다. 사라졌던 불빛이 훨씬 떨어진 곳에서 다시 나타났다. 푸른 불빛은 빠르게 달리고 있었다. 도모유키는 눈으로 불빛을 좇았다. 병졸들이 있는 쪽으로 달려오는 것 같지는 않았다. 도모유키는 안도의 한숨을 쉬었다.

"저 불빛은 뭔가?"

"글쎄요잉, 틀림없이 산짐승 눈빛이기는 한데……."

순간 도모유키는 정신이 번쩍 들었다.

마쓰히데와 도네다. 이쪽은 서른 명이 넘는 사람이 총과 칼로 무장하고 있다. 눈에 불을 켠 짐승들도 냄새를 맡았을 것이다. 짐승들은 따로 떨어진 마쓰히데와 도네다를 노리는 게 분명했다. 또 다른 푸른 불빛이 나타나 앞선 산짐승들이 달려간 길을 뒤쫓았다. 앞서 달리던 푸른빛이 어느 지점에 이르러 달리기를 멈추고 맴돌았다. 불빛은 나방처럼 춤췄다.

"저기다. 마쓰히데와 도네가 저기에 있을 것이다."

총을 쏠 수는 없었다. 총을 쏘면 짐승들을 쫓을 수 있겠지만 적병을 부를 위험이 높았다. 도모유키는 부대를 둘로 나눴다.

"나머지는 여기서 기다려라. 경계를 철저히 하라. 함부로 총을 쏘아대지 말라."

도모유키는 푸른 불빛이 춤추는 언덕을 향해 뛰었다. 검병과 창병 열 명이 따랐다. 불빛은 자꾸 늘었다. 먹이를 발견한 짐승들이 몰려드는 게 틀림없었다. 산등성이를 향해 오르는 길이라 숨이 컥컥 막혔다. 땅 위로 드러난 나무뿌리가 어둠 속에서 발부리를 휘감았다. 새들이 퍼덕거리며 날아올랐다. 이마에서 흐른 땀이 관자놀이를 타고 흘렀다. 도모유키는 멈추지 않았다. 병졸들이 거친 숨을 몰아쉬었다.

"뒤처지지 마라."

달빛 아래에서 먹이를 뜯던 이리들이 푸른 눈을 휙 돌렸다. 모두 여섯 마리였다. "크르릉." 이리들은 사람을 보고도 도망치지 않았다. 이쪽을 향해 이빨을 드러내고 크르릉대다가 다시 먹이를 뜯었다. 도모유키와 병졸들은 거친 숨을 들이켜고 뱉었다. 이리들은 달려온 병졸들의 눈치를 살폈지만 덤비거나 도망치지 않았다. 놈들이 뜯고 있는 먹이는 사람의 시체가 분명했다. 어둠 속에서 옷가지가 너덜거렸다.

도모유키가 칼을 빼 들었다.

"방어진!"

창병들이 대오를 갖추고 창을 앞으로 빼 들었다. 적의 기병대에 맞서도록 훈련된 병졸들이었다. 빈틈은 없었다. 창병의 등을 검병의 등이 맞대고 막아섰다. 도모유키는 한 걸음 한 걸음 앞으로 나아갔다. 등을 마주 댄 병졸들이 이리 떼 쪽으로 한 걸음씩 다가섰다. 이리들은 푸른빛을 쏘아대며 으르렁댔다. 이리와 병졸들의 거리가 점점 좁아졌다. 이리들은 먹이에서 물러났지만 도망치지 않고 이쪽을 노렸다. 한 마리가 천천히 다가왔다. 개보다 몸집이 컸다. 창병 하나가 어둠 속에서 긴 창을 내질렀지만 빗나갔다. 이리는 가볍게 몸을 틀어 창을 피했다. 민첩했다.

"덤비지 마라. 대오 유지!"

병졸들은 창을 앞으로 쑥 뻗은 채 한 걸음씩 앞으로 나아갔다. 시체를 끌고 달아나려는 이리의 옆구리를 창으로 찔렀다. 이리들이 거리를 두고 물러섰다. 병졸들이 조심스럽게 다가가 시체를 둘러쌌다. 도네였다. 머리는 보이지 않았다. 몸뚱이는 이미 너덜너덜했다. 이리 떼가 뱃가죽을 뜯어내고 내장을 먹어치운 모양이었다. 한쪽 다리와 두 팔도 이미 이리의 아가리로 들어간 것이 틀림없었다.

"마쓰히데! 마쓰히데!"

도모유키가 목소리에 힘을 주어 마쓰히데를 찾았다. 어쩌면 마쓰히데는 근처의 나무 위로 피신한 것인지도 몰랐다.

"어디에 있나? 마쓰히데!"

먹이를 빼앗긴 이리들이 으르렁댔다. 마쓰히데는 보이지 않았다. 이리들은 먹이를 포기하지 않았다. 물러섰던 놈들이 다가왔다. 도모유키의 이마에서 땀이 흘렀다. 이리 한 마리가 풀쩍 날았다. 창병이 반사적으로 창을 들었다. 이리는 긴 창에 찔려 허공에 떴다. 창병이 창 끝에 걸린 이리의 무게를 견디지 못하고 주저앉았다. 이리는 병졸들 뒤로 떨어졌다. 창에 찔린 이리는 일어섰지만 곧 쓰러졌다. 쓰러진 이리는 고통스럽게 낑낑거렸다. 제대로 걸린 것 같았다. 남은 이리는 다섯 마리였다. 한 마리가 창에 찔려 널브러졌지만 이리들은 물러가지 않았다. 창병들이 으르렁대는 이리를 겨눴다. 이리들은 사람들을 에워싸고 천천히 돌았다. 이리들을 따라 병졸들도 제자리를 돌았다. 도모유키는 병졸들을 다독거렸다.

"긴장할 것 없다. 기껏해야 산짐승이다. 달려드는 놈만 찔러라. 그냥 창을 쭉 뻗기만 하면 된다."

긴장한 병졸들이 창을 죽죽 뻗어 이리들을 쫓았다. 이리들은 병졸들의 느린 창을 힘들이지 않고 피했다.

"먼저 찌르려고 하지 마라. 달려드는 놈만 가볍게 받아넘겨라."

이리들은 병졸들이 창을 내지르는 순간 팔목을 노릴 것이다. 동작은 짧을수록 좋았다. 이리 두 마리가 풀쩍 날아올랐다가 창에 걸렸다. 한 마리가 창대에 맞아 나뒹굴었고 한 마리는 창에 찔린 채 땅바닥으로 떨어졌다. 창 끝에 걸린 이리의 무게에 병졸이 기우뚱했다. 이빨을 드러내고 으르렁대던 다른 이리가 그 순간을 노렸다. 창병의 팔을 문 이리를 도모유키가 긴 칼로 내리쳤다. 칼은 털이 북슬북슬한 이리의 목을 파고들지 못했다. 그러나 세차게 내리친 칼에 이리가 땅바닥에 나뒹굴었다. 도모유키의 칼에 맞은 이리는 더 이상 덤비지 못했다. 다른 이리들도 슬금슬금 물러났다. 검병 두 명이 도네의 너덜너덜한 시체를 들어 올렸다. 이리들은 으르렁댈 뿐 병졸들을 쫓지는 않았다.

도모유키는 달빛 아래에서 도네의 시체를 살폈다. 다리 한쪽과 두 팔, 머리와 내장을 잃은 도네의 몸은 처참했다. 살을 잃고 피를 잃은 몸뚱이는 가벼웠다. 한쪽 무릎을 꿇고 앉은 다다오키가 도네의 몸통을 유심히 살폈다. 다다오키는 말없이 머리통이 사라진 도네의 목을 손으로 가리켰다. 목덜미 한쪽이 매끈했다. 칼로 벤 자국이 분명했다. 도네의 허리춤에 있어야 할 칼집도 없었다. 큰 칼과 작은 칼 모두 사라지고 없었다. 마쓰히데가 도네를 죽여 그 목을 들고 도망친 게 틀림없었다. 마쓰히데는 도네의 목을 들고 적진으로 달려갔을 것이다.

'마쓰히데 이 새끼가……'

도모유키는 어둠 저편에 눈을 붙박은 채 말을 아꼈다. 다다오 키에게도 말을 조심하라고 알렸다.

"이리가요. 어린 아그들을 물고 사라지는디요이, 소리도 없당게 요오."

횃불 앞에 쪼그리고 앉은 조선 영감이 신이 나서 열을 올렸다. 잔뜩 긴장한 병졸들이 조선 영감의 말에 눈과 귀를 모았다.

"아, 긍게 큰 이리는 송아지만 하당게요. 20관이 넘는 놈도 있당게요. 이런 놈들이 낮에 산 위에서 마을을 살핀다 이겁니다요. 마을의 생김새나 아그들이 있는 집을 잘 봐뒀다가 밤에 몰래 내려온당게요. 우리 마을에 말입니다요, 고막이라는 사람이 살았는데, 애가 둘이었당게요. 근디 여름에 마당에 모깃불을 피워놓고 잤는데 말입니다요, 아, 글쎄 아침에 눈을 떠보니께 아그 하나가 사라지고 없더랑게요. 어른들 사이에서 잠자던 아그를 밤새 이리가 물고 가버린 것이당게요. 이리가 목을 콱 물면 어린 아그는 비명도 못 지른당게요. 날이 밝은 후에 아그를 찾다가 핏자국을 보고 이리가 물어간 줄 알았당게요. 참 나. 집 뒤에서 한참 올라간 곳에서 몸뚱이가 없는 대가리만 찾아냈당게요. 살점이 거의 다 떨어져 나간 얼굴이었는데, 으메 얼매나 끔찍했당가요. 긍게 이리란 놈은 교활하기 짝이 없당게요. 낮에는 동네에서 개들

하고 어울린당게요. 개들은 냄새를 잘 맡는데요. 이잉, 근디 발정 난 암컷 이리를 보면 분간을 못한당게요. 암내에 코를 처박고 졸졸졸 따라댕긴당게요. 하 참, 동네 수캐들은 발정 난 암컷 이리를 따라댕기다가 산에까지 끌려가서 잡아먹힌당게요. 이리는 암컷이 더 무섭당게요. 멋도 모르고 산속까지 쫓아온 수캐 모가지를 대번에 콱 물어부리요오. 개들은 꼼짝도 못 하고 디져부리요오. 징하당게요오."

조선 영감은 치가 떨린다고 하면서도 입을 다물지 않았다.

"성으로 돌아간다."

'사냥 중에 이리의 습격을 받았다. 이리들이 마쓰히데를 먹어치웠다. 뜯어 먹히다 만 도네를 겨우 찾았다.' 성으로 돌아가서 보고할 말을 생각하느라 도모유키는 말이 없었다. 도모유키는 병졸들을 시켜 도네의 죽은 몸뚱이를 질질 끌게 했다. 목에 난 칼자국을 감춰야 했다. 누가 봐도 칼로 벤 흔적이 뚜렷했다.

농성이 계속되면서 병졸들의 도망은 끊이지 않았다. 하루에 한두 명씩, 많은 날에는 대여섯 명이 조선 수군이나 명나라 육군 진영으로 도망쳤다. 투항한 병졸들은 항왜군이 돼 적의 군대를 안내했다. 투항자의 안내를 받은 적은 아군의 길목에 매복했다. 사냥을 나갔던 병졸들이 적의 습격을 받았고, 마을 수색과 벌목 작업에 나갔던 병졸들이 적들의 손에 목이 잘렸다. 성 밖에는 어디에나 적군이 숨어 있는 것 같았다. 적들은 밭에서 잡초를 뽑듯

느긋하게 아군의 목을 벴다. 적들은 투항자들을 통해 아군에게 부족한 물자를 정확히 알아냈다. 투항자가 늘수록 성 밖으로 나가는 일은 위험했고 병참 보급은 어려워졌다.

마쓰히데는 오래전부터 도망을 생각했는지 모른다. 놈은 말이 없었다. 놈의 눈은 먼 곳을 보고 있었다. 투항 의사를 분명히 밝히기 위해 놈은 도네의 목이 필요했을 것이다. '도네…….' 도모유키는 도네와 마쓰히데를 한 조로 묶었던 것을 후회했다. 제 앞가림을 해내지 못할 도네를 배려한 묶음이었다. 그러나 결국 그 배려가 도네를 죽이고 말았다.

"비가 내리는 날에 말입니다요, 이리들이 마을로 내려와서 개 사냥을 한당게요."

"이리가 마을로 내려와 개를 사냥해?"

"그렇당게요. 근디 말입니다요이잉. 비가 억수로 내리면 개들은 이리가 가까이 와도 냄새를 잘 못 맡는당게요. 비 냄새 때문이당게요. 하기사 개들이 이리 냄새를 맡아도 별 소용이 없당게요. 개가 아무리 짖어도 사람들이 비가 내리니까 귀찮아서 안 내다본당게요. 그러니 이리들이 개들을 모조리 물어 죽인당게요. 으메 기가 맥힌당게요. 개를 죽인 다음에는 이리들이 온 마을을 돌아다니믄서 아그들을 잡아먹는당게요. 이제 개를 모조리 죽여버렸응게 짖을 개도 없지, 이리들은 지 맘대로……."

"영감, 입 다물지 못해!"

도모유키가 버럭 소리를 질렀다. 조선 영감은 끝도 없이 이리 이야기를 쏟아냈다. 다른 때라면 영감의 이야기가 재미있었을지도 몰랐다. 그러나 도모유키는 잔뜩 긴장해 있었다. 영감의 목소리는 음산하고 불길했다. 당장에라도 어둠 속에서 굶주린 이리들이 달려들 것 같았다.

성의 횃불이 보이기 시작했을 때 도모유키는 휴식을 명령했다. 쉴 필요는 없었다. 병졸들은 지치지 않았고 서둘러 돌아가도 처벌을 각오해야 했다. 도모유키는 산에서부터 질질 끌고 온 도네의 목을 살폈다. 흙과 지저분한 풀이 잔뜩 달라붙어 있었지만 칼자국은 여전히 예리했다. 사사키 부장의 무사들은 죽은 도네를 꼼꼼히 살필 것이다. 목에 달라붙은 흙과 찌꺼기를 물로 깨끗이 씻어내고 살필 것이다. 도망자가 속출하고 있었다. 화약이나 조총을 만들 줄 아는 자는 빈손으로 도망쳐도 대접을 받았다. 기술이 없는 병졸들은 수급 한두 개를 챙겨 도망쳤다. 이리들이 도네의 시체를 너덜너덜하게 물어뜯어준 것이 오히려 다행인지도 몰랐다. 도모유키는 다다오키를 시켜 칼에 잘린 도네의 목덜미를 돌로 찢게 했다. 다다오키가 돌을 들고 칼에 잘린 부위를 긁었다. 멀찍이 떨어져 앉은 병졸들은 또 조선 영감의 이리 이야기를 듣고 있었다. 마쓰히데는 등 뒤에서 도네를 찌른 후 목을 베었을 것이다. 이리의 날카로운 이빨 덕분에 몸통의 칼자국은 사라지고 없었다.

"마쓰히데와 도네는 이리의 습격을 받아 죽었습니다. 마쓰히데의 시체를 찾아오려고 애를 썼지만 실패했습니다. 굶주린 이리들이 마쓰히데를 거의 다 뜯어 먹었습니다. 이리 떼는 사나웠고 좀처럼 잡은 먹이를 내놓으려고 하지 않았습니다. 겨우 도네의 시체를 빼앗는 데 성공했지만 살점을 거의 다 뜯어 먹은 뒤라 일부만 되찾았습니다. 달빛마저 가린 산속은 칠흑처럼 어두웠고 머리를 찾을 수는 없습니다. 피 냄새를 맡은 이리들이 자꾸 늘어나고 있었습니다. 급히 철수할 수밖에 없었습니다."

사사키 부장은 도모유키를 직접 신문했다. 도모유키는 땅바닥에 얼굴을 처박은 채 몇 번이나 외웠던 말을 지껄였다. 다다오키와 몇 명의 병졸들이 따로 신문을 받았다.

"사냥 중에 이리의 습격을 받았습니다. 우리가 달려갔을 때는 마쓰히데와 도네가 이미 죽은 후였습니다. 굶주린 이리들이 시체를 물어뜯고 있었습니다. 이리들은 미친 듯 울부짖었습니다. 창으로 찌르고 칼로 베었지만 이리는 자꾸 불어났습니다."

병졸들의 대답은 일치했다. 사사키 부장의 부하 무사는 처벌이 불가피할 것이라고 했다. "적군도 아니고 이리라니, 이것 참 가관이 아니냐?" 상급 무사는 도모유키가 이리 떼의 습격을 상세히 보고하는 동안 기가 찬다는 표정을 지었다. 산짐승의 공격에 대비하지 못한 것은 지휘관의 책임이었다. 사사키 부장은 마쓰히데의 도망을 알지 못했다.

도모유키는 발가벗겨진 채 갇혔다. 날씨는 완전히 가을로 접어들었고 감옥은 차가웠다. 감옥에는 도모유키 말고도 쇠사슬에 묶인 자들이 많았다. 크고 작은 잘못을 저지른 자들이었다. 모두 피투성이였다. 묶인 자들은 잠든 동안에도 앓는 소리를 토했다. 끈으로 발가락 두 개를 묶여 거꾸로 매달린 하급 무사는 정신을 잃은 지 오래였다. 사사키 부장의 무사들이 이따금 감옥 문을 열고 들어와 묶인 자를 끌어내 매질했다. 매질에 초주검이 된 자들은 다시 묶였다. 무사들은 밤새 매질과 신문을 거듭했다. 의식을 잃은 자는 매질에 의식을 되찾았고, 되찾았던 의식을 매질에 다시 잃었다. 피투성이가 된 무사 두 명과 병졸 한 명이 끌려 나가 돌아오지 않았다. 돌아오지 못한 자들은 참수됐다. 도모유키는 매질을 받지 않았다. 조사가 끝나지 않았고 처벌 수위는 결정되지 않았다. 병졸들 중에 한 명이라도 마쓰히데의 시체를 보지 못했다고 하면 끝장이었다. 이리 떼와 맞섰던 열 명의 병졸들은 마쓰히데가 도네를 죽이고 도망쳤음을 짐작했을 것이다. 도모유키는 운명을 하늘에 맡겼다. 무사들이 감옥 문을 열 때마다 도모유키는 두려움에 떨었다.

명외는 움막 앞에서 서성댔다. 밤이 깊었지만 도모유키는 군막으로 돌아오지 않았다. 왜병들과 함께 사냥에 나섰던 조선 영감은 이리를 만났다고 했다. 이리들이 병졸을 뜯어 먹었다고 했다.

183

눈치를 보아하니 왜병 마쓰히데가 도네의 목을 잘라 도망친 모양이라고 했다. 17군막에서도 기어코 도망자가 생긴 것이다. 도모유키 군막장은 처벌을 면치 못할 것이다. 군막의 왜병들은 수군거렸다. 군막장은 혼마루에 갇혔다고 했다. 산에서 병졸을 잃었고 문초를 당하고 있다고 했다.

지금이라도 도모유키가 돌아온다면 얼마나 좋을까. 군막으로 돌아온 병졸들이 하나둘 혼마루로 끌려갔다. 사사키의 무사들이 조사를 벌인다고 했다. 혼마루로 끌려갔던 병졸들은 차례차례 돌아왔다. 그들은 죽임을 당하지도 매를 맞지도 않았다. 병졸들은 차례로 돌아왔지만 도모유키는 돌아오지 않았다. 명외는 잠들지 못했다. 새벽이 됐지만 도모유키가 돌아온 기척은 없었다. 움막과 군막 사이를 오고 가는 초병들은 별다른 소리를 내지 않았다. 늦게라도 도모유키가 돌아왔다면 큰 소리가 났을 것이다.

명외는 움막 밖으로 나갔다. 늙은 병졸 시나노의 창이 명외를 막았다.

"밤에는 돌아다닐 수 없다. 움막으로 들어가라."

군막 쪽을 살폈지만 고요했다. 도모유키는 어떻게 됐을까? 움막으로 들어왔지만 명외는 앉거나 눕지 않았다. 잠든 여자들의 숨소리가 평화로웠다. 오늘따라 파도 소리도 들리지 않았다. 명외는 두렵고 고단한 한숨을 쉬었다.

기상을 알리는 고동 나팔이 울었다. 동쪽 하늘이 어슴푸레 밝아오고 있었다. 군막의 병졸들은 분주하게 움직였다. 조선인들도 제 몫의 일을 했다. 어제도 그제도 해오던 일이었다. 변한 것은 없었다. 다만 도모유키 군막장이 보이지 않을 뿐이었다. 명외는 밥을 지었다. 자주 고개를 들어 혼마루로 난 길을 살폈다. 쌀을 풀 때도, 뜨물을 말구유에 부을 때도, 아궁이에 불을 땔 때도 혼마루 쪽으로 눈이 자주 갔다. 도모유키는 돌아오지 않았고 해안 경계를 마친 야간 근무조가 제 군막을 찾아가고 있었다. 명외에게 혼마루로 난 길은 텅 빈 길이었다.

도모유키는 아침 늦게야 풀려났다. 감옥에서 하룻밤 새우는 것으로 조사와 처벌은 끝이 났다. 사사키 부장은 처벌해야 마땅하지만 지난번 조선 도공 노획을 고려했다고 말했다. 그러나 도모유키의 죄는 사사키 부장의 나무 팻말에 기록됐다. 다시 잘못을 저지를 경우 이전 잘못까지 함께 처벌하겠다고 했다. 부장의 팻말 상자는 가득했고, 군막장 이상 무사들의 잘못이 낱낱이 기록됐다. 군막장 이하 무사들과 병졸들, 역부들의 잘못은 군막장이 기록하도록 돼 있었다. 도모유키는 병졸들의 잘못을 팻말에 기록하는 대신 머릿속에 기록했다. 굳이 병졸들의 사기를 꺾을 필요는 없었다. 도망치는 자들은 대부분 이런저런 잘못을 저지른 자들이었다.

도모유키는 천천히 갑옷을 챙겨 입고 칼을 허리에 찼다. 사사키 부장에게 허리를 굽혀 인사했다. 사사키 부장은 감옥을 나서는 도모유키를 불렀다.

"도모유키!"

사사키 부장이 걸어왔다.

"……."

사사키의 칼날처럼 차갑게 빛나는 눈이 도모유키의 눈을 뚫어지게 보았다. 눈 속 깊은 곳에 숨겨둔 비밀을 꿰뚫어 보려는 듯했다. 도모유키는 고개를 숙여 사사키 부장의 눈을 피했다.

"고개를 들어. 도모유키!"

갑옷 아래 등에서 식은땀이 흘렀다. 사사키의 날 선 눈이 도모유키의 눈을 파헤쳤다. 하얗게 빛나는 그의 눈은 도네의 머리를 들고 적진으로 도망치는 마쓰히데를 보고 있는 것 같았다. 도모유키 옆으로 바싹 다가온 사사키 부장은 속삭였다.

"죽은 병졸들의 칼은 어디로 갔나? 설마 이리들이 칼까지 먹어치운 것은 아니겠지?"

도모유키의 가슴이 철렁 내려앉았다. 사사키 부장은 모든 것을 알고 있는 것일까? 도모유키는 머리를 숙였다.

"미처 칼을 찾아낼 생각을 못 했습니다. 워낙 어두운 데다 이리들이……."

"으하하하하! 됐다! 도모유키."

사사키 부장이 수그린 도모유키의 어깨를 쳤다.

"군막으로 돌아가라. 이 문제는 다시 논하지 않겠다. 며칠 뒤에 조선 마을 수색이나 한 번 더 다녀와라. 주군의 기대가 매우 크다."

도모유키는 허리를 깊이 굽혀 절했다.

줄지어 대장간으로 일을 나가던 명외는 도모유키를 보았다. 멀리서도 그를 알아볼 수 있었다. 도모유키는 뚜벅뚜벅 걸어왔다. 밤새 명외가 상상했던 그 모습 그대로였다. 그는 죽지 않았다. 살아서 걸어오고 있었다. 명외는 안도의 한숨을 쉬었다. 조선인들을 인솔해 가던 일본군들은 그제야 도모유키를 알아보았다.

병졸들이 앞으로 달려 나가 도모유키를 맞이했다.

"군막장님, 괜찮으십니까? 괜찮습니까?"

병졸 서너 명이 일제히 군막장의 안부를 물었다. 도모유키는 환하게 웃었다. 밤새 문초를 당한 사람 같지 않았다. 조선인들은 도모유키 앞에서 멈춰 섰다. 대열 속에서 명외는 도모유키를 보았다. 그의 검은 얼굴 위로 하얀 햇살이 쏟아졌다. 도모유키는 언뜻 눈살을 찌푸렸다가 이내 폈다. 그의 눈이 명외를 찾았다. 그는 희미하게 미소 지었다. 틀림없이 명외에게 보내는 미소였다. 순간 명외의 눈에 눈물이 고였다. 고개를 숙였다. 옆에 선 조선인들이 눈치챌까 두려웠다. 두 눈에 가득 고였던 눈물이 뚝 떨어졌다. 마른 땅에 검은 점이 찍혔다.

"걱정 마라. 괜찮다. 아무렇지도 않다. 문초를 당하지도 굶지도 않았다."

도모유키는 큰 소리로 답했다. 평소 그답지 않게 큰 목소리였다. 대열 속에 서 있는 명외가 들을 수 있도록 크게 답한 것이리라. 군막을 향해 걸음을 옮기던 도모유키가 소리쳤다.

"다다오키, 작업 때 사람이 상하는 일이 없도록 신경 써라. 조선인 중에서도 상하는 사람이 없도록 각별히 챙겨라!"

다다오키가 절도 있게 고개를 숙였다. 도모유키는 명외를 걱정하고 있었다.

'걱정 말아요. 다치는 일은 없을 거예요. 다치거나 죽지 않을 겁니다. 살아와주셔서 고마워요. 행복합니다. 아주 많이 행복합니다.'

밤새 한잠도 이루지 못했지만 명외는 통통통 참새처럼 가볍게 걸음을 옮겼다. 명외는 달라진 제 기분에 놀랐지만 피어나는 미소를 감추지는 못했다. 이마를 가르며 부는 바람이 시원했다.

11

히로시

염초장이 아침 일찍 17군막 앞으로 왔다. 그와 함께 온 조총병들은 오랫동안 조총을 쏘아온 자들이었다. 히로시처럼 급하고 짧게 훈련받은 조총병과 달랐다. 총을 잘 쏠 뿐만 아니라 조총을 만들 줄 알고 수리할 줄도 알았다. 그중 몇몇은 덴쇼 3년(1575) 노부나가 휘하에서 다케다 가쓰요리의 무적 기병대를 무너뜨린 경력도 있었다. 벌써 20년 넘게 조총을 써온 자들이었고 50이 넘은 조총병도 끼여 있었다. 염초 재료를 파 오는 작업에 함께 나설 사람들이었다. 염초장은 군막에 도착하면서부터 거드름을 피웠다. 기술을 가진 자였고, 우대를 받았다.

히로시는 미적거렸다. 도모유키는 히로시를 윽박지르거나 군

189

율로 다스리고 싶지 않았다. 그는 히로시가 부디 살아서 고향으로 돌아가기를 바랐다. 꾸물거리는 사람은 히로시가 아니라 도모유키 자신인지도 몰랐다.

작업에 나설 병졸들이 어슬렁어슬렁 모여들었다. 염초장은 하급 무사들과 아시가루 출신의 병졸들, 조선인 잡역부들을 앉혀놓고 지껄였다.

"시커먼 흙이라고 다 염초가 나오는 게 아니지이. 똥오줌에 오래오래 전 흙이라야 되는 기지이. 그러니까 무슨 말이냐? 산이나 논두렁에 있는 흙은 태산처럼 긁어 와도 쓸모없다, 이런 말이지이. 똥오줌을 잔뜩 품고 썩어 문드러진 흙이 좋은 흙이지이. 너그들 성에 들어온 후로 마구간이나 똥간 많이 뒤적거려봤지이? 왜 냄새나는 똥간을 뒤적거리라고 했겠냐? 바로 이 똥 썩는 데 염초 재료가 있다, 이 말이지이."

염초장은 간토 지방 사투리를 썼다. 성안에 간토 사람은 많지 않았지만 화약 제조 기술자들 중에는 간토 지방 사람이 많았다. 염초 기술자는 부대마다 한두 명씩, 많게는 서너 명씩 배치됐다.

염초장이 대오를 갖추고 앉은 무사들과 병졸들에게 검고 젖은 흙을 건넸다. 자세히 봐두었다가, 꼭 같은 흙을 찾아오라고 말했다. 마을 근처로 가야 했다. 똥오줌에 절어 썩은 흙이라면 마을 주변의 논밭일 것이다. 조선 농부들이 똥오줌을 쉴 새 없이 퍼다나른 논밭을 찾아야 염초 재료를 뽑아낼 수 있을 것이다. 염초장

190

은 염초 한 말을 얻으려면 흙이 대여섯 달구지쯤은 있어야 한다고 했다.

화약의 재료인 황과 숯은 지천에 넘쳤다. 종일 나무를 땠고 발에 걸리는 게 숯이었다. 문제는 염초였다. 화약에 가장 많이 들어가는 재료가 염초라고 했다. 염초가 적게 들어간 화약은 발화점이 높았고, 웬만큼 충격을 가해도 터지지 않았다. 근래에 조총병들 사이에서 불발탄이 많다는 불만이 쏟아졌다. 작전을 펼치기 어렵다는 말까지 나왔다. 사사키 부장은 불발 가능성이 높은 화약을 모두 거둬들였다. 그는 하루 이틀 내에 새 화약을 만들어내라고 염초장을 다그쳤다.

"보통 말이지이, 염초가 7할은 돼야 격발이 잘 되지이. 염초 7할에 황이 1할 5푼, 숯이 1할 5푼이지. 급하면 숯은 뭐 안 써도 그만이지이. 그런데 말이지이, 가장 중요한 염초가 늘 부족하다, 이 말이지이. 염초가 모자라면 조총병들은 총 한번 못 쏘아보고 뒈진다 이 말이지이. 메칠 전에도 말이지이. 성 밖으로 나갔던 조총병들이 조선 놈들을 만나서 총 한번 못 쏘고 도망치기 바빴단 말이지이. 한두 발 불발탄이 나오면 그걸로 모조리 다 뒈진다는 말이지이. 나머지는 다 멀쩡해도 헛일이란 말이지이. 너는 총 쏘아봤으니 알지이?"

염초장이 조총 든 병졸을 가리켰다. 지적당한 병졸이 멋쩍게 웃었다. 염초장은 거기까지 말하고 가래침을 카악 뱉었다. 침이 흙바닥에 착 달라붙었다. 누런 가래침이 애벌레처럼 꿈지락거렸다. 염초장이 가래침과 함께 뱉은 캭 소리는 무지렁이들 앞에서 내가 기술적인 말까지 해야 되겠느냐, 왜 빨리빨리 출발하지 않느냐고 따지는 소리였다. 시건방진 태도였지만 도리 없었다. 그따위 건방을 보기 싫으면 서둘러 출발할 수밖에 없었다.

"히로시! 뭘 꾸물대나? 히로시!"

히로시는 도모유키의 호통에 엉거주춤 조총을 집어 들고 달려 나왔다. 잔뜩 겁먹고 찡그린 얼굴이었다.

"어디 아픈가? 히로시!"

히로시는 아니라고 대답하며 대열에 끼어들었다. 도모유키는 히로시가 차라리 지독한 설사를 만났다거나 고열에 시달린다고 대답하기를 바랐다. 그러나 그는 미적댈 뿐 어디가 아프다고 변명하지 못했다. 그런 품성이었다. 이번에도 성 밖으로 나가고 싶지 않다고 말하기엔 그의 낯가죽이 얇았다. 도모유키는 혀를 찼다. 상대를 속이거나 속거나, 죽이거나 죽거나 둘 중 하나뿐인 전장에서 히로시는 너무 정직했다. 도모유키는 히로시가 살아서 처자식이 기다리는 고향에 돌아가지 못할 것이라고 생각했다.

성문이 열리고 해자 다리가 삐걱거리며 내려왔다. 히로시는 해자 다리를 물끄러미 쳐다보았다. 차라리 해자 다리가 고장이 나 내려오지 않는다면 얼마나 좋겠는가. 갑자기 비바람이라도 몰아쳐 성 밖 작업이 중단된다면 얼마나 좋을까. 그러나 하늘은 푸르렀고 바람은 없었다. 바다를 건너온 해풍은 포근하기까지 했다.

아침 해가 키 큰 그림자를 만들었다. 소달구지 석 대, 말 탄 기병 세 명, 히로시를 포함해 조총을 든 사람이 일곱 명, 일본인과 조선인 잡역부 스무 명, 하급 무사와 병졸이 스무 명이었다. 그 중에 17군막의 병졸은 열일곱 명이었다. 두꺼운 갑옷에 뿔 달린 투구를 쓴 성문 경비 무사는 졸린 눈으로 성을 떠나는 소달구지를 쳐다보았다.

앞선 기병들이 동북쪽으로 방향을 잡았다. 논밭이 많되 비교적 적의 습격이 없는 쪽을 목표로 정했다. 그렇다고 안심할 수는 없었다. 성 밖의 땅은 어디나 적의 땅이었다. 어두워지기 전에 돌아와야 했다. 도모유키는 서둘렀다.

"조금 더 빨리! 더 빨리 걸어라."

소고삐를 잡은 조선인들이 종종걸음 쳤다. 길가에 죽어 널브러진 조선인들의 시체엔 목이 없었다. 시체는 검었다. 여자와 남자, 어린아이가 한자리에 죽어 있었다. 피란길에 나섰거나 고향으로 돌아오는 길에 일본군을 만난 모양이었다. 그러나 목을 잘라 간 쪽은 조선군이나 명나라군일 것이다. 일본군은 코를 벨 뿐 목을 잘라 가지는 않았다.

철병 소문이 입에서 입으로 돌았지만 성안에 철병 움직임은 없었다. 사사키는 철병을 준비하지 않았다. 성주 고니시 유키나가는 천수각의 높은 자리에 앉아 바다를 바라보았다. 바다를 건너

193

오는 지원군을 기다리는 것인지도 몰랐다. 군대는 또다시 겨울을 성에서 보낼 태세였다.

부슬비가 내리던 날 성주는 군막을 돌며 화약 관리가 제대로 되지 않는다고 호통쳤다. 화약통은 진흙을 두툼하게 발라 시렁에 얹어 보관하게 돼 있었다. 비라도 내리는 날엔 시렁 밑에 화로를 갖다 두어 습기를 막아야 했다. 비가 내리는 날 군막의 병졸들이 성 바깥 작업에 동원되기라도 하면 화약은 고스란히 습기를 먹었다. 습기를 머금은 화약이 발견된 군막의 조총병들은 처벌받았다. 군막장들은 장 100대씩을 맞았다. 장독이 오른 7군막장은 아직 일어나지 못했다. 병졸이 군막장의 대소변을 받아냈다.

조선의 산은 부드러웠다. 산은 끊어질 듯하면서도 끊어지지 않고 먼 곳으로 뻗어나갔다. 산에는 곧은 나무가 많았고, 구릉마다 사람들이 사는 집이 비집고 앉았다. 사람이 파고든 곳은 어디나 논밭이 생겨났다. 조선인들은 타고난 농부 같았다. 그들은 어디에나 괭이를 댔고 씨앗을 뿌렸다. 성안에도 채소를 가꾸는 조선인이 하나둘 생겨났다. 군막 주변에 크고 작은 고랑이 늘었다. 본국에서 들었던 소문과 달리 조선의 강은 깊지 않았고 강물은 거칠지 않았다. 부드럽고 느린 강물이 산을 휘감아 흘렀고, 들판 깊숙이 실핏줄 같은 개울을 만들었다. 조선인들은 개울을 따라 집을 짓고 밭고랑을 팠다. 조선 땅은 어디나 푸르렀다.

병졸들이 달구지 위에 앉아 까닥까닥 졸았다. 먼지바람이 불었다. 서걱거리는 바람에도 병졸들은 눈을 뜨지 않았다. 도모유키는 입술을 비집고 들어오는 흙바람에 자주 침을 뱉었다.

"적병입니다. 예닐곱 명쯤 되는데 조선군인지 명나라군인지 모르겠습니다. 깃발은 없었습니다."

척후로 나갔던 다다오키가 달려왔다. 뒤따르는 적들이 있는지 확인하지 못했다고 했다. 성에서 25리 이상 벗어났다. 적들의 척후가 나타날 가능성은 충분했다. 다다오키의 말대로라면 적들은 500~600보 앞에서 걸어오는 중이었다. 도모유키는 주변을 살폈다. 길 아래는 도랑이었고 위는 낮은 언덕이었다. 어디든 병졸들과 소달구지를 숨겨야 했다.

"모두 달구지에서 내려라! 적병이다. 모두 언덕 위로 올라가라. 달구지도 저 위로 끌어 올린다."

도모유키가 소리쳤고, 달구지에 앉아 까닥까닥 졸던 병졸들이 놀라 달구지에서 뛰어내렸다. 느릿느릿 뒤따르던 기병들이 쏜살같이 달려왔다. 소고삐를 잡은 조선인들이 소들을 길 위쪽의 언덕으로 끌었다. 비탈이 심했고 소는 좀처럼 언덕을 기어오르지 못했다.

"조선인들은 소달구지를 밀어라."

조선인들이 소달구지를 들듯이 언덕 위로 밀어 올렸다. 병졸들이 달구지 바큇자국을 지웠다. 조총병의 우두머리인 자가 앞으로 나섰다.

"우리가 매복했다가 사살하겠소."

50이 넘은 노병이었다. 질끈 맨 끈 밖으로 흘러나온 흰 머리카락이 바람에 날렸다. 도모유키는 반대했다. 작전 목표는 염초 재료가 될 흙이었다. 게다가 예닐곱 명의 적병 뒤에 얼마나 많은 적군이 따르는지 몰랐다. 뒤에 대군이 없다고 해도 마찬가지였다. 다른 작전으로 나왔다고 하더라도 그들이 정해진 시간 안에 복귀하지 않는다면 수색대가 나올 것이 분명했다. 적병들이 지나가기를 조용히 기다리는 것이 최선이었다.

칼을 뽑아 든 검병들과 창병들이 조선인들을 한쪽 구석으로 몰았다. 조총병들이 언덕 위에서 길을 살폈다. 적병들은 길 앞쪽에서 천천히 걸어왔다. 모두 일곱 명이었고 조선 군사들이었다. 화약 장전을 마친 조총병들이 눈을 가느다랗게 뜨고 다가오는 적을 노려보았다. 히로시는 떨리는 손으로 허리춤에서 대나무 화약통을 풀었다. 화약통을 총구멍에 바짝 대고 기울였지만 화약이 구멍 밖으로 흘렀다.

"히로시! 화약을 다시 장전해라. 그 정도로는 격발이 어렵다. 총을 쏠 일은 없겠지만……."

도모유키의 말은 히로시를 위로하는 말이었고, 총을 쏠 일이 없기를 바라는 자신의 마음이기도 했다. 총구에 다시 화약을 붓는 히로시의 손이 떨렸다. 장전을 마친 히로시는 조총을 땅바닥에 세운 채 고개를 숙였다.

"히로시, 이쪽으로 와서 엎드리고 적을 똑바로 쳐다봐라. 머리를 숙인다고 적들이 물러가지 않는다."

히로시는 쪼그린 채 뒤뚱뒤뚱 다가와 늙은 조총병 옆에 엎드렸다.

"눈을 똑바로 뜨고 봐라. 히로시!"

활과 검으로 무장한 적병들이 30보 안으로 들어왔다. 무심한 듯했지만 눈으로는 민첩하게 사방을 살피고 있었다. 잘 훈련된 병졸들이 틀림없었다. 적병이 일본군의 점령지 안에서, 그것도 한낮에 길을 따라 나다닌다는 정보는 없었다. 대군이 움직이는 것일까? 성을 나설 때까지 대군의 움직임에 대한 정보 역시 없었다. 적병들은 느릿느릿 다가왔다. 말소리가 들렸다. 조선말이었다. 저들의 작전 목표는 무엇일까? 도모유키는 다가오는 적들을 노려보며 생각을 집중했다.

조선병들은 아직 이쪽의 흔적을 발견하지 못한 듯했다. 적병들도 멀리 나아가지는 않을 것이다. 멀지 않은 곳에 우리 척후병이 매복해 있다는 것쯤은 알고 있을 것이다. 적들은 곧 돌아갈 것이다. 적을 보내놓고 기다려보는 수밖에 도리가 없다. 도모유키는 오락가락하는 마음을 다잡았다. 조총병들은 화승줄에 불을 댕겨놓고 기다렸다. 화승줄 타는 냄새가 신경에 거슬렸다. 다행히 연기는 산 위로 오르고 있었다.

"타앙!"

총소리가 났다. 적들은 다람쥐처럼 굴러 도랑으로 뛰어들었다. 한쪽 구석에 몰아두었던 말들이 놀라 날뛰었다. 기병들이 날뛰는 말을 붙잡느라 허우적거렸다.

"뭐야?!"

도모유키가 조총병들을 돌아보며 외쳤다. 히로시였다. 겁에 질린 히로시가 조선 군사들이 코앞까지 다가오자 총을 쏜 것이었다. 순식간의 일이었고 다른 조총병들이 방아쇠를 당길 틈도 없이 조선 병졸들은 길 아래 도랑으로 뛰어들었다. 적들은 눈앞에서 사라졌고 이쪽의 매복은 들통나고 말았다.

"히로시! 이 미친 개자식아!"

도모유키는 악에 찬 고함을 질렀다. 히로시는 자신이 무슨 짓을 저질렀는지도 몰랐다.

"아아, 빌어먹을! 진작에 네놈을 베어버렸어야 했는데. 아아 정말!"

히로시는 땅바닥에 얼굴을 처박고 부들부들 떨었다. 한쪽 구석으로 내몰린 조선인 역부들이 무릎 사이에 머리를 처박고 떨었다.

조총병들이 일제히 도모유키를 보았다. 난감한 눈빛이었다. 길 위 언덕에 엎드린 아군에게는 길 아래 숨은 적이 보이지 않았다. 조총병들이 이리저리 자리를 바꾸며 애를 썼지만 사선은 확보되지 않았다. 도랑이 얕았지만 그 아래 엎드린 적병들은 보이지 않았다. 무작정 시간을 끌 수도 없었다. 적병들이 도랑을 따라 이동

할지도 몰랐다. 조선군들은 바람처럼 가벼웠고 다람쥐처럼 민첩했다. 눈앞에서 사라진 적들이 등 뒤에서 나타나지 않으리란 법이 없었다. 게다가 성 바깥은 어디나 적들의 땅이었다. 또 다른 적이 어디서 나타날지 알 수 없었다.

"밀고 나간다."

도모유키는 밀고 나갈 수밖에 없다고 생각했다. 기병들과 창병, 조총병 두 명이 조선인 잡역부들을 지켰다. 히로시는 여전히 머리를 땅바닥에 처박고 흐느꼈다. 나머지 조총병과 검병들이 소리 내지 않고 언덕을 내려갔다. 조총병들은 어깨에 개머리판을 댄 채 총을 쏠 태세를 취했다. 경험이 많은 자들이었다. 옆으로 넓게 퍼진 조총병들은 앞선 아군을 비켜 도랑으로 조총을 겨누었다. 병졸들이 조심스럽게 도랑을 향해 다가섰다.

화살이 먼저 날았고 적들이 도랑에서 뛰어올랐다. 칼과 칼이 부딪쳤다. 뒤늦게 조총 소리가 잇따라 터졌다. 적들이 쓰러졌고 이쪽의 병졸들도 쓰러졌다. 길 위로 뛰어올라 달아나던 적병이 총탄에 엎어졌다. 싸움은 순식간에 끝났다. 숨이 붙어 있는 적을 찾아 말을 건넸지만 놈은 대답하지 못하고 죽었다. 가슴에 화살 두 대를 맞은 병졸이 힘겹게 숨을 몰아쉰 후 죽었다. 눈을 뜬 채였다.

조선군 일곱을 죽였고, 병졸 넷을 잃었다. 죽은 병졸들 중 셋은 도모유키 휘하의 병졸들이었다. 다다오키가 달려와 조총병 두 명이 다쳤다고 보고했다.

"소달구지를 끌어 내려라. 모두 내려와라!"

조선인 마을까지는 앞으로 5리면 충분했다. 마을 근처 논밭에는 염초 재료로 쓸 흙이 많을 것이다. 그러나 교전이 발생한 상황에서 앞으로 나아갈 수 없었다. 적의 척후병이 나타났다면 조선인 마을엔 적의 대군이 들어왔을 게 틀림없었다.

"성으로 돌아간다. 서둘러라. 서둘러!"

다친 조총병들을 달구지 위에 태웠다. 죽은 적병의 코를 베고, 죽은 병졸들을 달구지 위에 실었다. 소몰이꾼이 걸음을 재촉했다. 소는 죽은 자를 싣고 뛰듯이 걸었고, 살아남은 자들이 소달구지를 따라 뛰었다. 히로시는 홀쩍이면서도 뒤처지지 않고 뛰었다.

도모유키는 히로시와 나란히 뛰었다. 도모유키는 아무 말도 하지 않았다. 히로시 역시 말이 없었다.

'히로시, 성으로 돌아가면 네놈부터 죽여버리겠다. 네놈이 모든 것을 망쳐버렸다. 멍청한 개자식, 히로시. 네놈을 베어버리겠다.'

도모유키의 분노는 입 안에서 맴돌았다. 도모유키는 앞만 보고 뛰었다. 어떤 일이 벌어졌으며 앞으로 어떤 일이 벌어질 것인지 생각하지 않았다. 서둘러 성으로 돌아가는 일 외에 자신이 생각할 수 있는 것은 없었다.

병졸들과 소달구지는 성이 보일 때까지 멈추지 않고 달렸다. 칼을 맞고 죽은 병졸의 몸뚱이에서 붉은 피가 쉼 없이 흘렀다. 성이 앞에 보이고 걸음을 늦추자 비린내가 코를 파고들었다. 어깨에

와 닿는 가을볕이 따뜻했다. 문득 사사키 부장의 얼굴이 떠올랐다. 부장은 잔뜩 일그러진 얼굴로 꿇어앉은 도모유키를 내려다보았다.

도모유키는 장 30대를 맞았다. 사사키 부장은 잃어버린 병졸에 대해서가 아니라 염초 재료를 확보하지 못한 책임을 물었다. 성 바깥 척후를 담당했던 무사들과 군막장들이 모두 끌려와 쇠사슬에 묶였다. 점령지 내에 상당한 규모의 적군이 들어와 있음을 파악하지 못한 죄였다. 사사키 부장은 사슬에 묶인 척후 무사들을 향해 도모유키가 베어 온 조선 병졸의 코를 던졌다. 척후병들은 모두 장 100대씩을 맞고 다시 쇠사슬에 묶였다. 하급 무사하나가 매질을 이기지 못하고 죽었다. 척후로 나갔던 부하가 적진으로 도망치는 바람에 매질을 당했던 군막장이 다시 끌려와 장 50대를 맞았다. 사사키 부장은 지난 일까지 재론했다. 장 30대를 맞고 나오는 도모유키를 병졸 두 명이 달려와 부축했다.

도모유키는 깔판 위에 모로 누웠다. 피떡이 돼버린 엉덩이가 깔판에 닿으면 불에 덴 것처럼 쑤셨다. 통증보다 두려운 것은 장독이었다. 매를 맞고 하루 이틀이 고비였다. 눈꺼풀이 저절로 감겼다. 군막 안팎은 고요했다. 병졸들 대부분이 공사장으로 나갔고, 남은 병졸들도 도모유키의 불편한 마음을 들쑤시지 않으려는 듯 바깥으로 나가고 없었다. 도모유키는 인기척에 눈을 떴다.

명외였다. 군막 안으로 들어온 명외가 물끄러미 내려다보고 있었다. 손에 조선 사발이 들려 있었다. 도모유키는 얼굴을 찌푸리며 손을 짚고 일어나 비스듬히 앉았다.

"언제 들어왔나?"

명외는 대답 대신 사발을 내밀었다. 장독을 막는 조선의 처방이라고 했다. 도모유키는 약사발을 받아 들었다. 지금껏 약을 먹어본 기억은 없었다. 자라는 동안 약을 먹어야 할 만큼 아픈 일이 드물었다. 웬만큼 아프다고 약을 쓸 만한 형편도 아니었다. 고향집에서도 먹어본 일이 없는 약이었다. 도모유키는 싸한 감정을 느꼈다. 시커먼 약에서 떫고 쓴 풀 맛이 났다.

"참을 만한가요?"

약사발을 돌려받은 명외가 물었다. 도모유키는 놀란 눈으로 여자를 쳐다보았다. 여자가 먼저 이야기를 꺼낸 것은 처음일 것이다. 명외는 거의 입을 열지 않았다. 도모유키의 물음에 기껏해야 고개를 끄덕이거나 가로젓는 게 고작이었다. 먼저 말을 꺼내는 것은 처음이었다.

"괜찮소."

조선인에게는 반말을 했다. 남녀노소를 가리지 않았고 명외도 예외일 수 없었다. 그러나 막상 명외가 먼저 물음을 던지자 도모유키는 자신도 모르게 높임말로 대답했다. 일방적으로 명령하는 것이 아니라 대화를 시작하고 보니 반말이 나오지 않았다.

"죽지 말라고 빌었어요……."

도모유키는 내가 이쯤 매질에 죽기야 하겠느냐며 호기를 부리고 싶었지만 깔판에 닿은 엉덩이와 빗맞은 허리의 통증으로 얼굴을 찌푸렸다. 몇 대 빗나간 매질이 허리를 때렸다. 뼈를 상하지 않은 것이 천만다행이었다.

"누구한테 빌었소?"

"천지신명님께……."

"히로시가 역질에 걸렸을 때 빌었던 그 조선의 신?"

"네……."

"조선의 신은 영험한가 보군요. 히로시도 죽지 않고 나도 죽지 않은 것을 보면 말이오."

도모유키가 웃었다. 명외도 희미한 미소를 지었다. 하얀 이가 살짝 드러나는 미소였다. 도모유키는 명외의 웃음에서 다시 이치코를 보았다. 유난히 흰 이를 가진 아이였고 그 웃음은 하얬다. 이치코의 웃는 얼굴은 이내 안쓰럽고 절망에 휩싸인 눈으로 변했다. 도모유키는 상인의 손에 끌려가던 이치코의 절망적인 눈을 생각했다.

"명외……."

"……."

"명외……. 나는 죽지 않을 것이오. 명외, 당신도 죽지 않을 것이오. 나는 당신을 꼭 지켜줄 것이오. 그리고 나도 살아서 고향으로 돌아갈 것이오."

도모유키는 명외를 마주 보지 않은 채 무슨 결심처럼 말을 쏟아냈다. 명외는 씁쓸한 웃음을 지으며 일어섰다. 도모유키는 명외와 더 이야기하고 싶었지만 붙잡지 못했다. 여자의 절망적인 눈을 참아낼 자신이 없었다.

길은 강을 따라 길게 뻗어 있었다. 마른 강바닥이 허연 배를 드러냈다. 여름 해가 아침부터 뜨겁게 타올랐다. 수레를 끄는 도모유키의 목덜미에서 땀이 떨어졌다. 도모유키는 고개를 숙인 채 아버지의 발치를 좇았다. 아버지의 걸음은 느리지도 빠르지도 않았다. 강가에 늘어진 버들가지가 목덜미를 긁었다. 소몰이꾼들이 함부로 꺾어 생채기가 난 버들은 오랜 가뭄으로 생기를 잃고 있었다. 가뭄 앞에 사람도 나무도 물기를 잃고 스러졌다.

도모유키가 괭이를 들고 막 집을 나설 때 아버지가 방문을 열고 나왔다.

"쌀자루를 수레에 실어라."

아버지는 설명하지 않았지만 도모유키는 기쁜 얼굴로 아버지를 보았다. 어머니의 얼굴은 환했지만 눈에는 물기가 돌았다. 아버지는 장꾼들에게 받은 쌀을 돌려주고 이치코를 데려오기로 결심했다. 이치코가 떠나고 보름이 지났지만 어머니는 쌀자루를 풀지 않았다. 하루도 빠지지 않고 보리쌀 섞은 풀죽을 쑤었지만 이치코의 몸값으로 받은 쌀자루에 손을 대지는 않았다.

아버지는 때 묻은 장지문을 열고 자주 먼 데를 보았다. 하늘과 산, 가뭄으로 불타는 논밭에 눈을 붙박고 있었지만 아버지의 눈은 더 먼 곳을 향하고 있었다. 아버지는 장꾼들 손에 끌려간 이치코를 찾고 있었다.

다이묘의 성은 마을에서 40리쯤 떨어져 있었다. 청루 골목은 성의 남쪽 문과 성읍 마을 사이에 자리 잡고 있었다. 마을과 시장통을 지나면 술과 여자를 파는 청루 골목에 닿았다. 성읍에 도착한 도모유키와 아버지는 늦은 점심을 먹었다. 청루 골목의 불이 밝으려면 저녁까지 기다려야 했다. 아버지는 마을 한 귀퉁이에 자리 잡고 움직이지 않았다. 도모유키도 수레 옆에 앉아 자리를 뜨지 않았다. 가만히 앉아 있어도 땀이 후줄근히 흘렀다. 성읍까지 왔지만 마을을 거닐거나 번화한 시장통을 둘러보고 싶은 마음은 생기지 않았다.

땅거미가 내리자 아버지는 일어섰다. 마을을 지나 시장통을 걸었다. 빠르지도 느리지도 않은 걸음이었다. 아버지도 도모유키도 곁눈질조차 하지 않았다. 작은 돌다리를 지나자 청루 골목이었다. 연등 같은 붉은 등이 하나둘 켜지고 있었다. 시장통보다 좁은 골목은 오가는 사람들로 왁자했다. 이제 막 해가 떨어졌을 뿐인데 불그스름하게 취한 얼굴들이 여기저기서 흔들리는 걸음으로 다가왔다가 멀어졌다. 가뭄이 3년째 이어지고, 지방마다 크고 작은 전쟁이 끊이지 않았지만 청루 골목의 붉은 등은 꺼지지 않았다. 문밖에 나와 선 여자들이 수레를 끄는 도모유키와 앞선 아버지를 낯선 눈으로 쳐다보았다. 허벅지를 훤히 드러낸 여자가 도모유키를 향해 야릇한 웃음을 보냈다. 얼굴이 확 달아오른 도모유키가 고개를 떨구었다. 골목 안을 휘감고 도는 분내가 머리를 아찔하게 했다. 아버지는 주저하거나 헤매지 않았다. 어디로 가야 이치코를 만날 수 있는지 분명하게 알고 있는 것 같았다.

"나리, 이쪽으로 오십쇼, 나으리."

허리를 잔뜩 숙인 놈이 아버지의 소매를 잡았다. 꼽추였다.

"천하의 미색이 고루 다 있습죠. 나리, 이쪽으로, 헤헤헤."

꼽추는 아버지의 소매를 붙잡고 어느 만큼 따라 걷다가 문득 물러섰다. 아마 놈들마다 손님을 붙잡는 구역이 따로 정해져 있는 모양이었다.

"헤헤, 나리, 쌀 두 가마면 긴 밤입죠. 이쪽으로……."

아버지 옆에 새로 찰싹 달라붙은 남자가 도모유키의 어깨 너머 수레를 쳐다보았다. 아마 종자를 데리고 유곽 나들이에 나선 사람쯤으로 본 모양이었다.

"상다리 부러지게 차려놓고…… 긴 밤입죠. 좋은 곳으로 모시겠습니다."

아버지는 붙잡는 남자를 쳐다보지도 걸음을 멈추지도 않았다. 여기저기서 여자들의 웃음소리가 터져 나왔다가 잦아들었다. 술

취한 자가 지르는 고함 소리도 끼어들었다.

문득 아버지가 걸음을 멈췄다. 고개를 숙인 채 아버지를 따르던 도모유키도 멈췄다.

"뭐 하는 자들이냐?"

풀어 늘어뜨린 머리를 질끈 동여맨 사내 둘이 아버지를 막고 섰다. 허리에 큰 칼과 작은 칼을 나란히 찬 무사들이었다. 품삯을 받고 청루를 지키는 말단 사무라이들이었다. 죽 찢어진 눈매와 툭 튀어나온 광대뼈가 사나웠다. 아버지는 다카하시 님을 만나러 왔노라고 말했다. 쌀을 돌려주고 딸을 데려가겠다고 했다. 무사는 "아하하하!" 하고 소리 내어 웃었다. 야비하고 잔인한 웃음소리였다.

몇 마디 거친 말이 오고 갔고 아버지가 고함을 질렀다. 무사가 아버지를 밀쳤다. 아버지는 마른 통나무처럼 쉽게 자빠졌다. 도모유키가 달려들었지만 무사의 주먹질에 소리 한번 지르지 못하고 나뒹굴었다. 주변 청루에서 이쪽을 바라보던 여자들이 동시에 웃음을 터뜨렸다. 재미난 구경거리라도 생긴 듯 사람들이 몰려왔다. 빙 둘러선 사람들이 한마디씩 시끄럽게 주고받으며 웃음을 흘렸다.

땅바닥에 자빠진 아버지를 향해 광대뼈가 툭 튀어나온 무사가 소리쳤다.

"계집을 데려가고 싶으면 쌀 스무 가마를 가져와야 한다. 다카

하시 님이 정하신 규칙이다."

그것으로 끝이었다. 이치코를 만날 수 없었다. 그날 밤 아버지는 취했다. 시장통으로 돌아 나온 아버지는 쌀 한 가마를 헐값에 팔아 술을 마셨다. 아버지는 밤새 마시고 토하기를 거듭했다. 이치코를 집으로 데려올 수 없었다.

도모유키가 고향을 떠난 것은 8년 전이었다. 어머니는 눈물 섞인 목소리로 말했다.

"아들아, 배고픈 괭이를 버리고 싶다면 상인이 되어라. 칼 따위로는 밭을 갈 수도, 씨를 뿌릴 수도, 익은 벼를 거둘 수도 없단다. 칼은 사람을 죽이는 물건이다. 칼 찬 사람은 죽이거나 죽을 뿐이다. 상인이 되어라. 제발 부탁이다. 도모유키, 괭이가 싫다면 상인이 되어라."

도모유키는 듣지 않았다. 장사는 아무나 하는 것이 아니다. 밑천이 있어야 하고 수완이 있어야 한다. 도모유키 자신에게 단단한 몸뚱이 말고 도대체 무엇이 있다는 말인가.

도모유키는 한숨지었다. 참 많은 세월이 지났다. 이치코는 아주 먼 낯선 지방으로 팔려 갔는지도 모른다. 어쩌면 몹쓸 병에 걸려 죽었는지도 모른다. 아니, 그런 일은 없을 것이다. 도모유키는 불길한 기분을 지우려는 듯 고개를 크게 흔들었다. 살아서 고향으로 돌아가는 것이다. 어떤 일이 있더라도 이치코를 찾아 집으로 데려갈 것이다.

조선인 마을에 도착하기 전에 적병을 만난 것이 다행인지도 모른다. 겁에 질린 히로시의 격발로 전투가 벌어졌고 물러날 수밖에 없었던 것도 어쩌면 다행인지도 모른다. 적의 척후를 보내고 더 나아갔다면 몰살을 면치 못했을 수도 있었다.

"히로시는 어디에 있나?"

군막 밖에서 잡담하던 병졸이 달려왔다. 병졸은 성으로 돌아온 후 히로시를 보지 못했다고 했다. 히로시를 본 사람은 없었다.

"히로시를 찾아서 데려와라. 다른 군막에서 눈치채지 않도록 소리 내지 말고 찾아라."

도모유키는 히로시가 또 다른 문제를 일으키지 않기를 바랐다. 성 바깥에서 히로시가 저지른 실수가 드러나면 또 한 차례 처벌을 면하기 어려웠다.

"매복 중인 조선군의 습격을 받았다. 척후를 내보냈지만 미처 적의 매복을 발견하지 못했다. 적에게 매복 공격을 받았지만 민첩하게 대응했고 이쪽의 피해를 줄였다."

도모유키는 성 바깥에서 발생한 전투를 그렇게 보고했다. 다시 깔판 위에 누웠다. 장독이 오르지 않기를 바랄 뿐이었다. 장독이 오른 7군막장은 고열에 시달렸다. 소나무 등걸 같은 팔뚝을 가진 사내였다. 쇠도리깨에도 끄떡없을 것 같던 7군막장의 단단한 몸뚱이는 장독 앞에 무너졌다.

날이 저물고 있었다. 명외가 불 피운 화로를 군막 안에 들여놓았다. 따로 화로 하나를 더 만들어 도모유키 앞에 놓았다. 도모유키가 고맙다고 했다. 명외는 도모유키를 물끄러미 바라보고 군막을 나갔다. 히로시는 돌아오지 않았다. 창병 다케시를 불렀다. 히로시의 단짝이었다.

"히로시를 보지 못했습니다. 군막에 돌아온 직후 염초 작업장으로 불려 갔다 돌아왔습니다."

"히로시는 가지 않았나?"

"네, 다다오키 님의 지시로 히로시는 군막에 남아 있었습니다."

도모유키는 군막의 병졸들을 밖으로 내몰아 성안을 이 잡듯 뒤졌다. 성은 육지의 혹처럼 바다로 불쑥 튀어나온 구릉이었다. 3면이 바다로 둘러싸인 땅이었다. 히로시가 성 밖으로 나갔을 리는 없었다.

히로시는 들것에 실려 군막으로 돌아왔다. 다리가 부러졌고, 머리에 상처를 입었지만 치명적이지는 않았다. 도모유키가 장을 맞았다는 소식에 군막에 들렀던 군승 오시마는 도모유키 대신 히로시를 살폈다.

"그 높은 곳에서 떨어지고도 죽지 않았다니, 운이 좋군."

무명천으로 히로시의 다친 머리와 부러진 다리를 친친 동여맨 오시마는 웃었다. 히로시를 처음 발견한 사람은 병선에서 경계 근무를 마치고 성으로 돌아오던 3군막의 병졸이었다.

"사람이 비명을 지르며 위에서 자갈밭으로 떨어졌습니다."

히로시는 해안 자갈밭에 떨어졌다. 바다를 면한 성 뒤쪽 해안이었다. 다리가 부러지고 머리에 피를 흘리고 있었다.

아무도 몰래 군막을 빠져나간 히로시는 조총으로 자살을 시도했다고 했다. 화승줄에 불을 붙이고 제 발가락을 방아쇠에 걸어 목을 쏘려고 했지만 차마 죽을 자신이 없었다. 그는 군막으로 돌아오는 길에 발을 헛디뎠다. 사위는 칠흑처럼 어두웠고 발 디딘 돌이 미끄러지면서 아래로 떨어졌다고 했다.

"화로를 곁에 갖다주어라."

도모유키가 제 앞에 있던 화로를 히로시 곁에 갖다 놓도록 했다.

"염치없습니다. 딸아이 얼굴이 가물거려서 죽을 수 없었습니다. 아직 어린 자식을 두고 죽을 자신이 없었습니다. 염치없습니다. 군막장님 죄송합니다. 참말로 죄송합니다. 모든 게 제 잘못입니다."

"됐다. 히로시. 네가 총을 쏘지 않았더라도 우리 쪽 피해를 막을 수는 없었을 것이다. 잊어버리고 빨리 나을 궁리나 해라."

그렇게 말했지만, 만약 히로시가 총을 쏘지 않았더라면 어떻게 됐을지 확신할 수 없었다. 아무도 죽지 않았을지도 모른다. 어쩌면 모두 죽었을지도 모른다. 어쨌거나 히로시가 일을 망친 것은 사실이었다. 그러나 더 이상 문제 삼고 싶지 않았다. 이미 엎질러

211

진 상황이었다. 게다가 히로시의 잘못을 문제 삼았다가 사사키의 귀에라도 들어가면 작전 실패의 책임을 면키 어려웠다.

팽팽한 군막이 타타타 소리 내며 떨었다. 밤바람이 차가웠다. 화로를 곁에 두고 이불을 덮었지만 히로시는 추위에 떨었다. 창병 하나가 낮에 죽은 병졸의 이불을 만지작거리며 도모유키의 눈치를 살폈다.

"가져가서 덮어라."

병졸들은 죽은 자들의 옷가지와 유품을 두고 밀고 당기며 다퉜다. 다다오키가 이불 두 장을 챙겨 하나는 제가 가지고 하나는 도모유키에게 바쳤다. 낮에 조선병의 칼을 맞고 죽은 이시마의 이불이었다. 도모유키는 병졸 셋을 잃고 이불 한 장을 얻었다. 멀리서 조선의 겨울이 오고 있었다.

12

적장

"간파쿠 히데요시 님이 철병을 명령했다. 간파쿠는 병졸 하나, 역부 하나 조선 땅에 떨어뜨리지 말라고 하셨다."

군막은 술렁댔다. 이전에도 철병 소문이 없었던 것은 아니었다. 그러나 간파쿠가 철병을 명령했다는 소문은 병졸들을 들뜨게 했다. 성안은 어디나 철군 소문으로 들떴다. 살아서 돌아가는 것이다. 정말 살아서 돌아가는 것이다. 히데요시는 나고야성에서 후시미성으로 자리를 옮겼다고 했다. 그는 여전히 호랑이 등가죽을 깔고 앉아 있다고 했다. 몇 달 전까지만 해도 간파쿠는 진격을 외쳤고 후퇴 소식에 가래침을 뱉었다. 히데요시의 분노 앞에 대신들은 고개를 조아렸다. 근래의 소문은 달랐다. 간파쿠가 철군을 원하고 있는 것이 분명했다. 도모유키는 고향 집을 생각했다.

　누런 논에서 농부들이 벼를 거두었다. 허리를 펴고 일어서는 농부의 이마에서 땀이 흘렀다. 시원하고 깨끗한 바람이 땀을 씻어주었다. 논밭은 황금물결로 출렁댔다. 황금물결 속에 허리를 굽힌 농부들이 부지런히 손을 놀렸다. 새들이 노래했다. 세상은 조용했고 누구도 새들의 노래를 방해하지 않았다.

　고향 집의 낮은 지붕 뒤로 밥 짓는 연기가 피어올랐다. 도모유키는 서둘러 걸었다. 밭에서 일하던 사람들이 도모유키를 발견하고 손을 흔들었다. 옆집 아저씨 기노는 밭에서 걸어 나와 도모유키를 반겼다. 걷어 올린 종아리에 흙이 덕지덕지 달라붙어 있었다. 싱싱한 흙냄새가 났다. "도모유키, 네가 살아서 돌아왔구나. 이제 다 끝난 게야. 이제 몬지 님의 고생도 끝이 난 게야." 기노 아저씨는 도모유키의 늙고 병든 아버지의 고생이 이제 끝났다고 말했다. 사실이었다. 도모유키가 집으로 돌아온 것이다. 이치코는 집으로 돌아올 것이고 아버지의 고생도 끝이 날 것이다.

　이치코의 기둥서방은 도모유키가 건넨 돈을 받고 이치코를 풀어주었다. 먼저 집으로 돌아온 이치코가 오빠를 반겼다. 늘 그랬던 것처럼 도모유키는 빙그레 웃었다. 이치코를 안았던 팔을 풀자 어머니가 달려 나왔다. 어머니는 도모유키의 마른 얼굴을 어루만지며 울었다. 기침을 토하던 아버지가 거적을 들치고 내다보았다.

도모유키는 달려가 아버지를 안았다.

이치코는 종일 떠들었고 어머니는 된장국을 끓이고 밥을 지었다. 붉은 저녁노을을 바라보며 도모유키는 식구들과 저녁을 먹었다. 하얀 쌀밥에서 따뜻한 김이 올랐다. 이치코는 입에 밥알을 넣은 채 웃었다. 행복하고 착한 웃음이었다. 어머니와 아버지도 미소를 지었다. 어머니는 어디 다친 데는 없느냐고 열두 번도 더 물었다. 도모유키는 다치지도 아프지도 않았다. 이제 조선 출병은 아득한 일이었다. 도모유키는 누렇게 출렁대는 논을 보았다. 살아서 집으로 돌아온 것이다.

고향 집으로 달려갔던 도모유키의 꿈같은 상상은 금방 상념이 되어 군막으로 돌아왔다. 낚싯바늘을 문 물고기처럼 그는 상념에 저항하지 못했다. 말을 타고 달려온 사사키 부장의 전령이 군막장들의 집합을 알렸다. 멀어지는 전령의 등 뒤에서 깃발이 나부꼈다. 간파쿠는 철수를 명령했다고 했지만 성안의 군대는 움직이지 않았다.

사사키 부장은 해안 낭떠러지 위에 더 많은 참호를 팠다. 철병 소문에 들떴던 병졸들은 힘없는 괭이질로 토굴을 파고 참호를 팠다. 식량과 화약을 확보하고 구부러지고 깨진 쇠를 녹여 총과 창을 만들었다. 대장장이들의 망치질 소리가 끊이지 않았다. 햇볕이 좋은 날엔 성안 곳곳에 화약을 펼쳐놓고 말렸다. 자주 내린 비로 화약통이 눅눅했다.

"화약을 바싹 말려라. 화약이 눅눅한 조총병은 참수할 것이다."

사사키 부장이 군막장들을 다그쳤다. 싸움은 끝나지 않았다. 간파쿠의 철수 명령은 다만 소문인지도 몰랐다. 간파쿠가 조선에 출병한 군대를 모두 잊어버린 것인지도 몰랐다. 사사키 부장은 철병과 관련해 어떤 말도 하지 않았다. 도모유키는 병졸들과 함께 눅눅한 땅을 팠다. 파낸 흙을 다져 방책을 쌓았다. 지치고 병든 병졸들은 말이 없었다. 떠들썩하던 군막은 다시 침묵했다.

군대는 해안을 따라 참호를 팠다. 성안 어디에서나 철병 소문이 돌았지만 사사키 부장은 작업을 강화했다. 이른 아침부터 해안을 따라 참호를 파고 진지를 구축했다. 비에 무너진 토굴을 보수하느라 병졸들은 서늘한 바람 속에서도 비지땀을 흘렸다.

바람이 불고 큰비가 이틀 동안 내렸다. 토굴은 다시 무너졌고 참호는 흘러내린 흙으로 메워졌다. 비바람이 몰아치던 날 아침에 교대하던 조총병 둘이 해안의 벼랑 아래로 떨어져 죽었다. 젖은 땅바닥에 미끄러진 것이라고 했다. 죽은 자의 몸뚱이에서 목을 잘라내고 시체를 바다에 던졌다. 잘라낸 목은 소금에 절여 창고에 보관했다. 소금을 잔뜩 쳤지만 창고는 비린내로 역했다.

비가 자주 내렸고 성 밖으로 물 보급 작전을 나갈 필요는 없었다. 성안의 우물과 연못마다 물이 넘쳤다. 물 보급 대신 물고기를 잡는 작업이 번갈아 이어졌다. 생선 한 마리씩을 받아 든 병졸들은 꼬리와 대가리, 뼈와 내장까지 모조리 먹어치웠다. 찌꺼기를 기대하며 입맛을 다시던 조선인들이 맥없이 돌아섰다.

작업은 늦은 밤까지 계속됐다. 해안을 따라 횃불이 활활 타올랐다. 조선 수군의 척후선이 먼바다에서 해안을 살폈다. 새로 파낸 참호마다 병졸의 삿갓을 쓴 허수아비가 자리를 잡았다. 조선인들도 조총병의 갓을 쓰고 참호와 참호 사이를 오고 갔다. 횃불을 막고 선 그림자가 길었다.

14군막장 곤도는 작업이 철군을 위한 위장술이라고 했다. 곤도의 말대로라면 참호 구축은 속임수일 뿐 철군은 정해진 사실이었다.

"적을 속이려면 아군을 먼저 속여야 한다. 철군 소문이 나면 아군은 사기가 떨어지고 적군은 사기가 치솟는다. 철군을 도모하는 장수는 주둔하는 것처럼 꾸며야 하고, 주둔하려는 장수는 철군하는 것처럼 보여야 한다. 병법의 기본이다."

곤도는 또 병법의 기본을 들먹였다. 무사 가문 출신임을 자랑하는 것 같았다. 농민 출신으로 병서를 읽어본 일이 없는 도모유키는 주눅이 들었다. 병법이란 게 도대체 뭐란 말인가? 개의 뿔처럼 존재하지도 않는 병법 때문에 자신과 병졸들이 비지땀을 흘리며 이 고생을 해야 한단 말인가? 도모유키는 병법을 알지 못했다. 그는 다만 고향으로 돌아가고 싶었다. 도모유키는 칼보다 괭이에 어울리는 자신의 손을 보았다. 오랜 세월 칼을 잡고 전장을 뛰어

다녔지만 그의 손은 분명히 괭이와 더 잘 어울렸다.

금으로 칠한 좋은 칼과 조선 돈, 황금을 담은 궤짝과 소금에 절인 병졸의 수급이 명나라 육군과 수군에게 전달됐다. 소달구지 두 대가 명나라 육군 진영을 향해 먼저 떠났다. 단단히 못질했지만 죽은 자의 머리통을 담은 궤짝에서는 썩은 냄새가 났다. 이틀 뒤에 또 다른 소달구지 두 대가 명나라 수군 진영을 향해 떠났다. 곧 화의가 이뤄지고 철수할 것이라고 했다.

'곧 철수할 것이다. 조선을 떠날 것이다. 곧 고향으로 돌아갈 것이다.'

군막장들 사이에서도 소문이 꼬리를 물었지만 군대는 움직이지 않았다. 조선 수군이 바다를 막고 있다고 했다.

적들이 바다를 열어주지 않고 있다고 했다. 조선 수군의 대장은 성주 고니시가 보낸 선물을 내쳤다고 했다. 적장은 삶은 돼지고기를 바다에 던져 물고기 밥이 되게 했고, 맑은 술이 담긴 항아리를 창으로 깨뜨렸다. 소금에 절여 바친 수급을 발로 찼다. 데굴데굴 구르는 수급을 독수리들이 물고 갔다. 고니시의 선물을 싣고 갔던 무사들이 죽어서 돌아왔다. 군막마다 우울한 소문이 얼굴을 들이밀었다.

조선 수군이 길을 열어주지 않는다는 소문은 사실이었다. 먼바다에는 적의 척후선이 밤낮 떠 있었다. 조선의 척후선은 잠들지 않았고 아군의 함대는 먼바다로 나갈 수 없었다. 빠른 배 두 척이 먼바다로 나아갔다가 적의 추격을 받아 해안으로 돌아왔다. 군대는 움직이지 못했다.

"조선 수군은 어째서 길을 열어주지 않는 것일까?"

도모유키는 혼잣말처럼 곤도의 생각을 살폈다. 초점을 잃은 곤도의 눈은 먼바다를 향하고 있었다.

"도모유키, 적장은 죽기를 바란다. 죽어서 영원히 살기를 바라는 것이다. 적장은 바다에서 죽기를 바라는 게 분명하다."

도모유키는 곤도의 말을 이해할 수 없었다. 죽기를 바라다니? 살아 있는 자가 일부러 죽기를 바라다니? 도모유키는 곤도의 말에 고개를 끄덕이지도 가로젓지도 않았다.

"도모유키, 자네는 돌아가야 할 집이 있는가? 부모 형제가 자네를 기다리는가?"

도모유키는 대답하는 대신 물끄러미 곤도를 보았다. 곤도는 무슨 말을 하고 싶은 것일까? 떠나온 자는 돌아가야 한다. 돌아가야 할 집이 없는 자, 기다리는 가족이 없는 자가 어디에 있다는 말인가? 가족이 없다고 해도 떠나온 자는 누구나 돌아가야 하는 법이다.

"자네에겐 돌아가야 할 고향이 있겠지? 기다리는 가족이 있을 것이고……. 그런데 도모유키, 조선의 수군 대장에게는 돌아갈 곳이 없다. 그에게는 고향도 가족도 없다."

"그걸 자네가 어떻게 알아? 적장에게 가족이 있는지 고향이 있는지 그걸 어떻게 아느냐 말이야?"

도모유키는 아는 체하는 곤도가 못마땅했다. 걸핏하면 무사와 병법을 이야기하는 곤도는 이제 얼굴도 모르는 조선 수군 대장의 가족을 이야기하고 있었다.

"하하하, 도모유키……. 나는 적장에게 가족이 있는지 없는지, 고향이 있는지 없는지 모른다. 그러나 이것만은 안다. 조선의 수군 대장은 바다를 떠나 살 수 없다. 적장은 육지에 오르는 순간 죽는다. 적장은 살아서 바다를 떠나고 싶어 하지 않는다. 무슨 말인지 알겠나?"

"……."

도모유키는 곤도의 말을 이해할 수 없었다. 조선의 수군 대장은 바다에서 결코 패하지 않았다. 그가 길을 열어주지 않는 한 퇴각은 만만치 않을 것이다. 그런 조선 수군 대장에게도 두려운 것이 있다는 말일까? 도모유키는 혼란스러웠다.

"도모유키, 조선의 수군 대장은 찰나에 죽고 영원히 살고자 하는 것이다. 그는 바다에서 죽어 육지에서 영원히 살 것이다. 그러니…… 적장은 함대를 물리지 않을 것이다. 금칠한 칼이나 수급을 아무리 갖다 바쳐도 적장은 바다를 열지 않을 것이다."

곤도는 확신했다. 그의 확신은 사사키 휘하의 무사들 입에서 나온 말일 것이다. 곤도는 사사키의 무사들과 자주 만나 이야기를 나눴다. 도모유키는 대답하지 않았다. 도모유키는 곤도의 확신을 믿을 수 없었다. 제 앞날조차 모르는 곤도가 적장의 머릿속을 어떻게 알 수 있다는 말인가? 도모유키는 눈을 끔벅거렸다. 곤도는 말이 많았다.

"도모유키, 오다 노부나가 님이 죽고 난 후에 히데요시 님은 이에야스 님과 연합해 오다와라의 호조 님을 격파했다. 아주 큰 싸움이었다. 그 싸움이 끝난 후 히데요시 님이 어떻게 했는지 아나? 가장 무서운 적을 박멸한 뒤에 어떻게 했는지 아느냔 말이다."

"……."

"히데요시 님은 이에야스 님을 간토로 전봉*시켰다. 추방한 것이다. 내심은 이에야스 님을 죽이고 싶었을 것이다. 하지만 이에야스 님의 군대도 만만치 않았다. 그를 죽이려고 덤볐다가 히데요시 님이 죽을지도 모를 일이지. 히데요시 님은 이에야스 님을 죽이는 대신 아주 먼 곳으로 쫓아냈다."

"이에야스 님이 전봉됐기 때문에 조선 수군 대장이 길을 열어주지 않는다? 그렇다면 조선 수군 대장과 이에야스 님이 내통하고 있다는 말인가?"

"도모유키. 두 사람은 아무 관계도 없다. 생각해봐라. 우리 군대가 떠나고 난 뒤에 조선 임금에게 가장 두려운 적이 누구라고

---

* 쇼군이 다이묘의 영지를 이동시키는 것을 말한다. 260∼270가(家)에 이르는 다이묘들은 영토가 주어지는 동시에 쇼군의 엄격한 통제를 받았다. 1590년에 도쿠가와 이에야스는 도요토미 히데요시에 의해 간토로 영지를 전봉(轉封)받아 오면서 거성을 에도로 정했다. 먼 곳으로 전봉당한 덕분에 이에야스의 군대는 조선 출병에 참가하지 않을 수 있었다.

생각하나? 조선의 수군 대장일 것이다. 자네가 조선의 임금이라면 수군 대장을 어쩌겠나? 백전백승으로 뭇 백성들과 장수들의 신망을 한 몸에 받고 있는 대장을 어떻게 할 것 같나?"

"상을 내리고 벼슬을 더 높이 주면 될 것이 아닌가?"

"호호, 자네는 역시 무사가 아니라 정직한 농민이다. 토끼 사냥이 끝나면 사냥개는 죽음을 면치 못한다. 조선 수군 대장은 그 사실을 잘 알고 있다. 그는 살아서 제 목을 조선 임금 앞에 결코 내밀지 않을 것이다. 두고 봐라. 적의 함대는 철병하는 우리 함대 앞에 나타날 것이다. 거기가 우리의 무덤이고 조선 수군 대장의 무덤이다."

곤도는 자리에서 일어섰다. 도모유키는 터벅터벅 걸어가는 곤도를 물끄러미 바라보았다. 곤도의 말을 이해할 수 없었다. 조선 수군 대장 따위는 아무래도 좋았다. 도모유키는 살아서 고향으로 돌아가고 싶었다. 그러나 곤도의 말대로라면 무시무시한 조선 수군 대장이 바다를 열어주지 않을 것이다. 고향으로 돌아가는 길은 멀고 험해 보였다.

13

나의 적들

"군막마다 병들거나 다친 병졸을 파악해 보고하라."

사사키 부장은 다친 병졸과 병든 병졸을 골라냈다. 다치거나 병들어 일할 수 없는 병졸을 먼저 귀국시킬 것이라고 했다.

"거짓으로 아프다고 꾸미는 자는 군율에 따라 처벌할 것이다."

사사키 부장이 엄히 경고했다.

귀국한다는 말에 군막마다 다치거나 병든 자들이 쏟아져 나왔다. 멀쩡한 제 팔을 돌로 쳐서 부러뜨리는 병졸이 나왔고, 기침을 호소하는 자들도 많았다. 열이 있다고 우기는 자, 배가 아파서 걷기도 힘들다는 자, 앞이 잘 보이지 않는다는 자, 피똥을 싼다는 자들이 나왔다. 군막장들은 아픈 병졸들을 가려냈다. 꾀병을 부리던 자들이 매를 맞고 돌아섰다. 돌아서서 우는 자들도 있었다. 병졸들은 매를 맞으면서도 포기하지 않았다. 환자에 포함되면 귀국할 수 있었다.

"군막장님, 거짓말이 아닙니다요. 정말이지 온몸이 늘 아픕니다. 아파서 죽을 지경입니다."

창병 시나노는 울부짖었다.

"죽도 삼키기 힘듭니다요. 머리가 어지러운 데다 창을 들 힘도 없습니다요."

시나노의 검고 마른 팔이 부들부들 떨렸다. 떨리는 팔 위로 검은 핏줄이 마른 지렁이처럼 꿈틀댔다.

"시나노, 내가 너를 환자 명부에 올려도 소용없다. 네 병은 겉으로 드러나지 않는다. 사사키 부장의 무사들이 다시 점검할 것이다. 거짓 환자로 몰리면 매를 맞고 죽을지도 모른다. 공연히 매를 사지 마라."

시나노는 물러서지 않았다.

"정말입니다요. 정말로 아파서 죽을 지경입니다요. 군막장님, 제발 저를 좀 살려주십시오. 아파서 잠도 못 잘 지경입니다요."

시나노의 말은 거짓이 아니었다. 그의 몸뚱이는 잠든 동안에도 고통스러운 신음을 토했다. 주먹밥을 삼키는 것마저 힘겨워했다. 쾡한 눈은 어딘가 단단히 병이 났음을 말해주고도 남았다. 작업장에서도 시나노는 좀처럼 힘을 쓰지 못했다. 그러나 겉으로 드러나지 않았다. 그는 제 혼자 아팠다.

"제발 이렇게 비옵니다요. 제발 살려주십시오. 군막장님, 제
발⋯⋯."

시나노는 도모유키의 발아래에 이마를 박고 빌었다. 웅크린 어
깨가 바르르 떨렸다. 도모유키가 시나노를 일으켰다. 벌게진 눈으
로 시나노는 애원했다. 도모유키는 안타까운 마음으로 늙은 사내
의 눈물을 보았다.

"시나노, 거짓 환자로 몰려 매를 맞으면 너만 손해다. 사사키
부장의 무사들은 무지막지하다. 맞다가 죽을지도 모른다. 그래도
좋으냐?"

"그럼요, 그럼요. 거짓이 아닙니다. 정말이지 아파서 숨을 쉬기
도 힘듭니다."

시나노는 엎드려 애원했다. 도모유키는 시나노와 낭떠러지에
서 떨어져 다리가 부러진 히로시를 환자 명부에 올렸다. 시나노
이름 밑에 멀쩡해 보이지만 환자가 분명하다는 말을 덧붙였다. 사
사키 가문이 자랑하는 정예의 무사들이었다. 그냥 보냈다가는 매
질을 피할 수 없을 듯했다. 시나노는 무사들의 매질을 견디지 못
할 것이다.

"뭔가 이상해."

야간 작업을 마치고 제 군막으로 돌아가던 곤도가 걸음을 멈

추고 고개를 갸우뚱거렸다.

"뭐가?"

"철수 말이야. 환자들을 먼저 철수시킨다는 게 께름칙하지 않나?"

"글쎄……."

"아무래도 이상해."

"환자들은 있어봐야 별 도움이 못 되니 먼저 보내겠다는 거겠지."

도모유키는 대수롭지 않게 생각했다. 곤도는 조선에 출병한 이래 환자를 먼저 철수시킨 일은 없었다고 말했다. 곤도는 눈을 가늘게 떴다.

"아무래도…… 틀림없이 뭔가 있어. 내막을 알아봐야겠어."

곤도는 짧은 인사를 남기고 멀리 앞서가는 제 군막의 병졸들을 따라 걸음을 재촉했다.

군막장들이 환자 명부에 올린 병졸들은 혼마루에서 다시 심사를 받았다. 매질 소리가 끊이지 않았다. 거짓으로 아프다고 고한 자들이었다. 매를 맞고 기어 나오거나 질질 끌려 나오는 자들이 수두룩했다. 도모유키는 초조한 마음으로 기다렸다. 히로시의 부러진 다리는 아물지 않았다. 아무는가 싶었던 다리가 썩어 들어갔다. 시커멓게 썩어가는 다리를 끌며 히로시는 고통스러워했다. 군승 오시마는 히로시의 다리를 고칠 수 없다고 했다. 히로시는 귀국 대상자에 포함될 게 분명했다. 그러나 시나노는 알 수 없었다. 특별히 부탁 말을 덧붙였지만 어디까지나 사사키 부장의 무사들이 결정할 바였다. 심사는 종일 계속됐다. 도모유키는 긴 하루를 보냈다.

도모유키가 작업을 끝내고 군막으로 돌아왔을 때 시나노와 히로시가 엎드려 절했다. 내일 새벽에 배를 탈 것이라고 했다. 귀국 환자에 포함된 것이다.

"군막장님, 고맙습니다."

시나노와 히로시는 도모유키의 발아래 머리를 조아렸다.

"이 은혜를 죽을 때까지 잊지 않겠습니다. 참으로 고맙습니다."

"다행이다. 시나노."

낮 동안 시나노를 걱정했던 도모유키는 이제 시나노가 부러웠다. 고향으로 가는 것이다. 도모유키는 쓸쓸하게 웃었다. 애써 미소 지었지만 누가 봐도 억지웃음이었다. 히로시가 시커멓게 썩어가는 한쪽 다리를 질질 끌며 군막 안을 돌았다. 시나노와 히로시는 군막의 병졸들과 일일이 손을 잡고 미안하고 아쉬운 마음을 주고받았다.

"염치없구먼……. 먼저 떠나게 됐네. 미안하네."

떠날 자의 손을 맞잡은 병졸들이 엉거주춤한 미소를 지었다. 부러움과 아쉬움을 감추지 못하는 눈빛이었다. 사선을 함께 넘나들었던 병졸들이었다. 손을 맞잡은 병졸들의 운명은 밤이 지나면

달라질 것이다. 시나노는 자신의 이불을 도시즈에게 주겠다고 했다. 도시즈의 눈에 눈물이 그렁그렁했다. 그의 눈은 시나노의 이불이 아니라 떠나온 고향을 보고 있었다.

고향으로 간다. 시나노와 히로시는 살아서 고향으로 돌아가는 것이다. 도모유키와 도시즈는 잠들지 못했다. 시나노와 히로시 역시 잠들지 못했다. 또 얼마나 많은 병졸들이 잠들지 못했을까? 밤이 깊었지만 군막 안에는 코 고는 소리가 평소보다 단조롭고 낮았다. 새벽 어둠을 틈타 환자들을 태운 배는 해안을 따라 부산포로 나아갈 것이다. 해안에 바싹 붙어 움직이는 한 조선 수군은 공격할 수 없었다. 해안을 따라 길게 늘어선 아군의 대포와 조총이 조선 수군의 접근을 막았다. 암초를 피할 수만 있다면 다치고 병든 병졸들을 태운 배는 아무리 늦어도 하루 반나절 안에는 부산포에 닿을 것이다. 부산포에서 꼬박 하루 뱃길이면 고향으로 돌아가는 것이다. 잠들지 못하는 밤은 길었다.

히로시 역시 잠들지 못했다. 기어이 살아서 돌아가는 것이다. 무사를 따라 집을 떠나기 전까지 히로시는 마을 밖으로 나가본 적이 없었다. 다이묘의 성을 떠난 후 히로시는 낯선 땅을 걸었다. 먼 길을 가고 오는 동안 여러 부대와 만나고 헤어지기를 거듭했다. 먼저 도착한 부대는 히로시가 속한 부대가 도착하면 떠났다. 새로운 부대가 도착하기를 기다려 히로시의 부대도 떠났다. 나중에 도착한 부대가 먼저 떠나는 때도 적지 않았다. 다이묘의 성에

서 나고야로, 나고야에서 겐카이지마로, 겐카이지마에서 이키섬
과 쓰시마섬을 거쳐 조선에 도착했다. 이키섬에 도착하자마자 도
망쳤던 곤지는 하루도 지나지 않아 잡혀 왔다. 곤지는 꿇어앉아
시퍼런 칼을 받았다. 다이묘의 성에서 만난 곤지는 네 살짜리 아
들이 혼자 집에 있다고 했다. 이키섬은 곤지가 도망치기에는 너무
좁았다. 섬이 그렇게 작은 줄 곤지도 몰랐고 히로시도 몰랐다. 부
대가 섬을 떠날 때까지 곤지의 잘린 머리는 작대기 끝에 매달려
이키섬의 포구를 내려다보았다. 시커멓게 썩은 얼굴에는 눈알이
빠지고 없었다. 도망자의 목이라고 써놓은 붉은 깃발이 바람에
펄럭거렸다. 부대는 관문과 임시 주둔지에서 짧게는 이틀, 길게는
보름씩 머물렀다. 집을 떠나고 2년이 조금 지났을 뿐이다. 길지
않은 세월이지만 젖먹이의 얼굴이 아득했다. 히로시는 살그머니
일어나 나무 인형을 하나하나 어루만지고 챙겼다. 딸아이에게 줄
아비의 선물이었다.

고동 나팔이 울었다. 창병이었던 시나노와 조총병이었던 히로
시는 창과 조총을 두고 작은 칼만 허리에 찼다. 병졸들은 군막 밖
으로 나가 떠나는 자들을 배웅했다. 시나노는 병졸들과 일일이
손을 잡고 인사했다.

"내가 먼저 가서 오사카에서 제일 예쁜 색싯집을 잡아둠세."

시나노의 농담에 군막의 병졸들은 덕담으로 답했다. 시나노와
히로시는 도모유키 앞에 엎드려 절했다.

"고맙습니다, 군막장님."

"잘 가게, 시나노. 고생이 많았다, 히로시. 고향으로 돌아가거든 다리부터 치료해라. 네 처가 기뻐하겠구나."

"고맙습니다."

히로시는 울먹였다.

"이제 그렇게 보고 싶어 하던 딸을 만날 수 있는데 왜 우나? 가서 마음껏 안아주어라."

두 사람은 어둠 속으로 멀어졌다. 떠나는 자들을 배웅하던 병졸들이 고개를 숙이고 군막 안으로 들어갔다. 군막마다 떠나는 자와 남는 자들이 인사하는 소리가 들렸다. 혼마루에 집합한 환자들은 인원 점검을 마치고 날이 새기 전에 배를 탈 예정이었다.

귀국 병졸은 200명이 넘었다. 어딘가 부러진 환자들이 대부분이었다. 시나노처럼 속병을 앓던 자들은 대부분 매를 맞고 군막으로 돌아왔다. 도모유키가 덧붙인 설명이 시나노의 귀국에 도움이 됐던 게 분명했다.

혼마루로 들어갔던 아픈 병졸들은 인원 점검을 마치고 다시 해안으로 이동했다. 병졸들의 대오는 비뚤비뚤했다. 사사키의 무사들이 따르고 있었지만 비뚤비뚤한 대오를 나무라지 않았다. 확실히 귀국하는 모양이었다. 아픈 병졸들은 허리에 차고 있던 작은 칼마저 반납한 빈 몸이었다. 호위병 서른 명이 환자들을 따랐다. 도모유키는 멀어지는 대열을 바라보았다. 시나노와 히로시는 병졸들 속에 묻혀 보이지 않았다. 세수를 하던 다다오키가 떠나는 병졸들을 보았다. 그의 얼굴에서 물이 뚝뚝 흘렀다. 다다오키는 뚝뚝 흐르는 물을 닦지 않았다.

귀국 병졸들은 낭떠러지의 가파른 계단을 걸어 내려갔다. 포구에서는 병선 다섯 척이 출항을 기다렸다. 돛대 끝에서 깃발이 바람에 펄럭였다. 사위는 아직 어두웠다. 도모유키는 천천히 걸었다. 낭떠러지까지 걸어간 그는 바위 위에 앉아 포구를 내려다보았다. 일렁거리는 횃불 아래에서 무사들이 다시 인원을 점검했다. 떠나는 자를 일일이 명부와 대조했다.

'저들과 함께 배를 탈 수 있다면……. 아무도 몰래 저들 사이에 끼어 성을 빠져나갈 수 있다면…….'

도모유키는 어둠 너머 먼바다를 보았다. 조선 수군의 척후선은 보이지 않았다. 천지는 검었다.

"자, 모두 힘을 내라!"

도모유키가 기운 없는 목소리로 기운 없는 병졸들을 다그쳤다. 힘을 내자고 소리쳤지만 좀처럼 힘이 솟아나지 않았다. 먼저 작업장으로 나온 조선인들이 참호를 파고 있었다. 그들도 떠나는 병졸들을 보았을 것이다. 성은 일본인도 조선인도 살아갈 곳이 아니었다. 결국은 떠나야 할 자리였다. 병졸들은 느리게 괭이를 휘둘렀고 자주 고개를 들어 먼바다를 보았다.

조선 수군의 척후선이 먼바다에 떠 있었다. 어둠을 타고 성을 빠져나간 배들은 어떻게 되었을까? 조선 수군이 장악한 바다를 무사히 빠져나갔을까? 도모유키는 자주 고개를 들어 바다를 살폈다. 대포 소리도 조총 소리도 들리지 않았다. 배가 조선 수군에게 발각되지 않은 게 분명했다. 괭이와 삽을 잡은 병졸들은 말이 없었다. 오사카의 술집과 나고야의 사창가를 이야기하는 병졸도 없었다. 병졸들은 시나노와 히로시를 입에 올리지 않았다.

작업은 밤이 이슥할 때까지 계속됐다. 해안을 따라 능선마다 횃불이 가물가물했다. 동쪽으로 뻗은 횃불이 부산포까지 이어져 있다고 곤도는 말했다. 연안 800리에 걸쳐 아군의 성이 들어앉아 있다고 했다. 성과 성 사이에는 참호와 토굴이 끊임없이 이어져 있다고 했다. 조선 수군이 바다를 점령하고 있다. 그러나 해안을 점령한 것은 아군의 조총과 대포다. 횃불을 따라 걷다 보면 부산포까지 갈 수 있을 것이다.

'검문을 피할 수 있다면…….'

길을 막는 초병들에게 어떤 핑계를 댈 것인가? 부산포에 도착한 다음에는 본국과 조선을 오고 가는 상선에 몰래 숨어 타는 것이다. 도모유키는 엉뚱한 생각에 빠진 자신을 비웃었다.

문득 고개를 돌린 도모유키는 포구로 들어오는 배를 보았다. 배들은 암초와 바위섬을 피해 느릿느릿 들어왔다. 하나, 둘, 셋…… 다섯 척이었다. 해안을 따라 들어오는 배들은 아침에 환자들을 태우고 떠났던 배가 분명했다.

'벌써 돌아올 리가? 조선 수군의 공격이라도 받은 것일까?'

도모유키는 포구로 들어오는 배의 깃발을 살폈다. 환자들을 태우고 떠난 배의 깃발이 아니었다.

'그럴 테지.'

조선 수군의 대포 소리는 들리지 않았다. 조선 수군의 대포는 천지를 울리며 수십 리를 뻗어 나갔다. 환자들을 태운 배가 조선 수군을 만났다면 대포 소리가 들렸을 것이다. 새벽에 성을 떠난 자들은 어디쯤 가고 있을까? 지금쯤 부산포 가까이 접근하고 있을까? 어쩌면 계획을 바꿔 곧바로 먼바다로 빠져나가 본국을 향하고 있을지도 몰랐다. 도모유키는 길고 피로한 한숨을 내쉬었다.

혼마루에서 출동한 무사들이 해안 절벽 계단을 뛰어 내려갔다. 사사키의 무사들이었다. 포구 경계병들이 허리를 굽혀 절했다. 배에 올라탄 무사들이 궤짝을 끌어 내렸다. 사사키 부장의 무사들이 직접 처리해야 할 만큼 중요한 물건이 틀림없었다. 궤짝에는 황금이나 도자기, 호랑이 가죽이 들었을 것이다. 도모유키는 궤짝을 끌어 내리는 사사키 부장의 무사들을 물끄러미 바라보았다. 무사들은 배에서 내린 궤짝을 해안가 소금 창고로 옮겼다. 창고 앞에는 사사키 부장의 무사들이 경비를 섰다. 혼마루와 마찬가지로 군막 병졸들의 출입과 왕래가 금지된 곳이었다.

고동이 길게 울었고 무겁고 긴 하루가 끝났다. 교대 작업조들

233

이 달빛을 받으며 걸어왔다. 야간 경계병들은 하품을 했다.

"도모유키!"

야간 작업에 나온 곤도였다.

"어, 곤도……."

도모유키는 어느 때보다 피로했다. 곤도가 쏟아낼 우울한 이야기를 듣고 싶지 않았다.

"수고하게."

도모유키는 짧게 인사했다.

"이리 와봐, 도모유키."

곤도는 도모유키를 나무 아래 달빛 그늘로 끌어당겼다. 아직 잎이 남은 나뭇가지가 달빛을 가렸다. 곤도는 묘한 웃음을 흘렸다.

도모유키의 낯이 흙빛으로 변했다. 곤도의 말을 믿을 수가 없었다. 그러나 도모유키 자신이 직접 본 장면까지도 곤도는 정확히 알고 있었다.

"사사키의 졸개들이 배에서 궤짝을 여러 개 끌어 내렸을 텐데, 못 봤나?"

"……."

"아마 소금 창고로 옮겼을걸?"

새벽에 배를 타고 떠났던 환자들은 모두 죽었다. 배의 창고에 가둬두고 한 놈씩 갑판으로 끌어내 죽이고 목을 벴다. 몸뚱이는 바다에 던졌다. 대가리는 소금에 절여 소금 창고에 보관했다. 나중에 명나라의 수군 대장에게 바칠 것이다. 오늘 죽인 병졸의 수급을 바쳐 적장의 공을 세워주면, 수급을 받은 적장은 바다를 열어줄 것이다. 환자들을 모조리 죽인 후에 호위병들까지 모두 죽였다. 사사키 부장의 무사들이 일을 처리했다.

"하지만 다른 배였는데……."

도모유키는 믿을 수 없는 사실을 믿지 않기 위해 중얼거렸다.

"깃발만 바꿔 달았을 뿐이다. 흐흐흐."

곤도는 웃었다. 도모유키는 진저리 쳤다.

"조심해라, 도모유키. 발설하면 자네나 나는 죽는다."

도모유키는 환자 명부에 이름을 올려달라고 엎드려 빌던 시나노를 생각했다. 딸이 보고 싶다고 자주 말하던 히로시는 어떤 얼굴로 죽었을까. 무사들이 갑판 위로 불러냈을 때 히로시는 부산포에 도착한 줄 알았을 것이다. 부산포에서 본국으로 떠나는 배를 갈아타려는 줄 알았을 것이다. 먼저 떠나는 게 미안해 말을 아꼈던 시나노는 얼마나 허망한 얼굴로 무사의 칼을 받았을까. 도모유키는 분노와 공포에 휩싸여 부르르 떨었다.

배 밑 어두컴컴한 창고에서 걸어 나온 히로시가 쏟아지는 햇살에 눈살을 찌푸렸다. 여기가 어디쯤일까 가늠하는 히로시를 사사키의 무사들이 뒤에서 찌르고 베었다. 칼에 찔려 쓰러지는 히로

235

시의 품에서 나무 인형과 함께 목숨이 빠져나가는 모습이 눈앞의 일처럼 생생했다. 히로시의 몸뚱이에서 목숨이 도망치고 있었다. 갑판 위를 또르르 구르는 나무 인형을 붙잡기 위해 히로시는 팔을 뻗었다. 그의 검고 가느다란 팔은 제 목숨에 닿지 않았다. 힘이 빠진 팔은 도망치는 제 목숨을 붙들지 못했다. 무사의 거친 발이 나무 인형을 걷어찼다. 히로시는 형언할 수 없이 절망적인 눈으로 제 몸에서 빠져나가는 목숨을 보았다.

'맥없는 눈꺼풀이 마침내 감겼을 때 히로시는 무슨 생각을 했을까? 정성 들여 깎은 나무 인형을 받아 들고 좋아할 딸아이를 생각했을까? 아직 젊은 처의 눈물 고인 눈을 떠올렸을까? 어린 자식을 두고 먼저 죽는 아비는 도둑보다 더 나쁜 놈이라고 욕을 해대던 늙은 어머니를 생각했을까? 딸아이에게 주려고 품속에 챙겨 간 나무 인형은 어찌 됐을까? 히로시의 목 없는 몸뚱이와 함께 차가운 바닷물 위를 떠다니고 있을까……?'

도모유키는 고개를 떨어뜨리고 걸었다. 소름이 돋았다. 제 어미보다, 제 처보다 더 오래 살아서 뒷일까지 제 손으로 마무리하겠다고 말하던 히로시는 사사키의 손에 죽었다. 곤도의 말은 사실일 것이다. 곤도는 사사키 부장의 직속 무사들 중에도 가까운 친구가 있었다. 본국에서 몇 번이나 죽음 앞에까지 함께 나아갔던 무사들이라고 했다. 곤도의 정보는 사사키 부장 휘하의 무사들에게서 나온 것이 틀림없었다. 아무도 믿을 수 없다. 간파쿠는 병졸 하나 역부 하나도 조선 땅에 남겨두지 말라고 했다. 그러나 사사키는 간파쿠의 명령을 따르지 않았다. 어쩌면 병졸 하나까지 거두라고 했던 간파쿠의 말은 거짓인지도 몰랐다. 사사키 혼자 처리한 일이 아닐 것이다. 성주 고니시 유키나가도 알고 있었을 것이다. 사사키도 고니시도 간파쿠도 믿을 수 없었다. 전장에서 적과 아는 따로 구분돼 있지 않다. 도모유키는 진저리 쳤다.

14

사랑

보름 가까이 성을 포위 공격하던 명나라 군대가 물러갔다. 벌판 멀찍이 떨어져 주둔한 명나라 군대는 간헐적으로 대포를 쏘아댈 뿐 성을 점령할 생각은 없는 것 같았다. 도모유키는 적들이 제자리에 서서 대포만 쏘아대는 이유를 알 수 없었고, 포위를 풀어버린 이유 역시 알 수 없었다. 명나라 군대와 조선 군대가 떠난 벌판엔 겨울이 오고 있었다. 누런 벌판에 이슬이 축축했다. 떠들썩하던 철병 소문은 희미해졌고, 조선의 겨울이 소리 없이 다가오고 있었다.

바다로 나아갔던 수군이 조선 수군에 막혀 해안으로 물러섰다. 명나라 육군과 수군은 군대를 물렸지만 조선 수군은 군대를 물리지 않았다. 곤도는 조선의 수군 대장이 죽은 자의 수급이 아니라 산 자의 모가지와 자신의 죽음을 원한다고 했다. 죽은 자의 수급과 산 자의 모가지 사이에서 도모유키는 혼란스러웠다. 곤도의 말대로라면 적장은 일본군을 모두 죽이고 자신도 죽겠다고 결심한 자였다.

작업은 계속됐다. 철수냐, 주둔이냐, 근심에 찬 병졸들이 거듭거듭 물어왔다. 도모유키는 사사키 부장의 의중을 알 수 없었고, 병졸들의 답답함을 풀어줄 수 없었다. 군막의 병졸들은 매일 진지 구축 작업에 동원됐다. 사사키 부장의 무사들이 병졸들이 파낸 참호를 일일이 검사했다. 흙을 제대로 다지지 않은 참호는 다시 작업했다. 무사들의 매질은 조금도 누그러들지 않았다. 무사들은 이제 막 전쟁을 시작하려는 자들 같았다.

성 밖 물자 보급과 약탈도 더욱 잦았다. 목숨을 건 성 밖 작업이 연일 계속됐다. 소달구지마다 조선인 마을에서 빼앗은 도자기와 그림, 그릇이 넘쳤다. 성 밖 작업조는 성에서 100리 이상 떨어진 조선 마을까지 무시로 출동했다. 살아서 돌아오지 못하는 병졸들이 갈수록 늘어났다. 성 밖 작업조는 부상당한 병졸을 버리고 돌아왔다. 사사키 부장은 부하들을 챙기지 못한 군막장을 벌하지 않았다. 병졸들은 적의 습격에 죽거나 도망쳤다. 이전과 달리 사사키 부장은 도망자와 죽은 자를 구별하지 않았다. 그는 부지런히 조선 마을을 습격했고, 부지런히 해안을 따라 참호를 늘려갔다. 사사키는 군막장들에게 멀리, 더 멀리 나아가라고 명령했다. 적의 습격과 병졸의 도망을 걱정하던 사사키가 아니었다.

도모유키의 물음에 곤도는 웃기만 했다.

"전에 다 말해주지 않았나? 철병이다. 철병을 위해 적을 속이고 아군을 속이는 것이다. 장기 주둔을 꾀하는 것처럼 속이는 것이다."

조선인 마을에서 들어오는 소달구지의 행렬이 길게 이어졌다. 달구지를 끌고 온 소는 무거운 달구지에서 벗어남과 동시에 세상의 무거운 짐에서도 벗어났다. 소는 그 자리에서 도살됐고 병졸들은 고기를 뜯고 피를 마셨다. 잡아 온 조선인들도 대부분 죽였다. 본국을 오가는 상인의 배는 더 이상 들어오지 않았고 성안에 조선인은 더 필요하지 않았다.

도모유키는 화로 앞에 앉아 있었다. 식사 당번 병졸이 장아찌와 삶은 야채, 나무 그릇에 담은 밥을 가져왔다. 근래엔 하루 두 끼 식사가 꼬박꼬박 나왔다. 싸움은 없었다. 적들은 움직이지 않았고 아군도 움직이지 않았다. 먼바다에서 조선 수군의 대포 소리가 들렸다. 훈련 중인 조선 함대였다. 바다를 헤집고 다니는 조선의 병선이 자주 보였다. 조선 수군의 배는 크고 높았다. 가까운 바다까지 다가온 조선 수군 함대가 대포를 쏘고 물러가기 일쑤였다. 육중한 배는 느리게 바다를 미끄러져갔다. 적선을 쫓던 배들이 금방 해안으로 돌아왔다. 먼바다로 끌어내려는 조선 수군의 술책에 사사키는 더 이상 속지 않았다.

밀물을 타고 해안 가까이 다가왔던 명나라 수군의 무거운 배가 썰물이 되자 갇혔다. 천병 깃발을 나부끼며 종일 큰 대포를 쏘아대던 명나라 병선은 저녁이 되자 덫에 걸린 호랑이 같았다. 연안 참호 속에 엎드린 병졸들이 대포를 쏘고 총을 쏘았다. 수군의 병선들이 달려가 움직이지 못하는 명나라의 큰 배를 깨뜨렸다. 조선 수군의 배가 달려왔지만 해안에서 쏘아대는 대포에 쫓겨 물러났다. 발이 묶인 명나라 수군의 배는 불탔다. 배에서 뛰어내린 자는 빠져 죽었고 남은 자는 총탄에 죽거나 불타 죽었다. 깨진 적의 병선은 스물세 척이었다. 병졸들이 가슴까지 물이 차는 바다에 뛰어들어 적병의 시체를 갈고리로 당겼다. 사사키 부장은 크게 웃었고 병졸들도 환호했다. 다치거나 죽은 병졸은 없었다.

도모유키는 화롯불을 뚫어지게 쳐다보았다.

지금까지는 운이 좋았다. 곤도는 곧 철군할 것이라고 말했지만 어디까지나 곤도의 짐작일 뿐이다. 군대는 겨울을 또 조선에서 보낼지도 모른다.

"히노를 불러라."

조선말을 배우면서 우울한 기분을 떨쳐버리고 싶었다. 검병 하나가 히노를 부르러 군막 밖으로 달려 나갔다. 명외를 앞에 앉혀 놓고 이야기를 늘어놓으면 기분이 훨씬 나아질 것 같았다. 그때 사사키 부장의 전령이 말을 타고 달려와 군막장들의 집합을 알렸다. 또 무슨 명령이 떨어지는 것일까?

혼마루는 부서지고 깨져 있었다. 명나라 군대의 포위 공격 때 무너진 것이리라. 도모유키는 부서져 내리는 혼마루를 곁눈질로 살폈다. 대포에 깨진 혼마루를 보수하지 않고 있었다.

'철군이다. 철군하는 것이 틀림없다.'

곤도의 말은 틀리지 않았다. 외성의 병졸들이 참호를 파고 토굴을 파는 것은 적군과 아군을 속이기 위한 것이 틀림없었다. 혼마루에 모인 군막장들이 사사키 부장을 기다리며 수군거렸다.

"살아서 가는 것이다. 살아서 고향으로 돌아가는 것이다."

도모유키는 사람들 눈에 띄지 않게 미소 지었다. 사사키 부장이 빠른 걸음으로 걸어왔다. 직속 무사의 구령에 맞춰 군막장들이 허리를 굽혔다.

"지금부터 내가 하는 말을 병졸들에게 알려서는 안 된다. 알았나!"

사사키 부장의 목소리에 잔뜩 힘이 배어 있었다.

"넵!"

군막장들이 일제히 허리를 굽혔다. 도모유키는 심호흡을 했다. 철병 명령이 떨어지는 것이다.

'철군, 철군……'

도모유키의 예상은 적중했다.

"전군은 철수한다."

사사키 부장의 말에 군막장들이 잠시 술렁거렸다. 곤도가 도모유키를 곁눈으로 바라보았다. 엷은 웃음을 띤 얼굴이었다.

"적과 철수를 협상 중에 있다. 적들이 길을 열어줄 때를 기다려 전원이 무사히 철수하는 것이 우리의 작전 목표다. 안팎의 소문을 차단하고, 병졸들을 잘 단속하라. 철수 날짜는 정해지지 않았다. 열흘을 넘기지는 않을 것이다. 그 이상 결정된 것은 아직 없다. 조선인들은 극소수만 데려간다. 데려갈 수 있는 조선인은 군막마다 두 명으로 한정한다. 나머지는 모두 벤다."

도모유키는 움찔했다.

'조선인들을 모두 벤다? 군막마다 두 명만 살려서 일본으로 데려간다. 그럼 명외는……?'

"내일 아침 기상 때까지 본국으로 데려갈 자와 베야 할 자를 구분해 보고하라. 아무나 데려갈 수 없다. 데려갈 자는 기준에 따라야 한다. 고니시 유키나가 님의 영지에서 일하게 될 것이다. 데려가지 않을 자는 내일 아침 식사 나팔에 맞춰 동쪽 훈련장에 집결시켜라. 단단히 묶어라. 불미스러운 일이 없어야 할 것이다. 모두 벨 것이다. 데리고 갈 자들은 가둬라."

사사키의 말이 끝나자 상급 무사가 본국으로 끌고 갈 조선인의 기준을 밝혔다.

"혹시 아직 군막에 남은 도자기공이 있나? 기술이 좀 어설프더라도 도공은 모두 살려서 데려간다. 도공을 붙잡고 있는 군막은 따로 보고하라. 한 배에 태울 것이다. 다음은 학식이 높은 자, 쇠를 다룰 줄 아는 자, 종일 노를 저을 수 있을 만큼 힘이 좋은 자, 그 외에 기술이 뛰어난 자 순이다. 각 군막별로 기준에 맞는 자 두 명씩을 보고하고 가둬라. 나머지는 모두 벤다. 데려가야 할 기술자가 많으면 따로 심사를 받아야 한다."

혼마루에서 물러 나온 도모유키는 터벅터벅 걸었다. 고개를 반쯤 숙인 그는 골똘히 생각에 빠져 있었다. 명외는 죽어야 하는가? 명외는……. 뒤따라온 곤도가 도모유키의 팔을 툭 쳤다.

"어때, 도모유키, 내 말이 맞지? 철군이야. 철군!"

곤도는 싱긋 웃었다. 그러나 그의 웃음은 허전했다. 곤도도 도모유키와 같은 고민을 하는 것일까? 이번에는 도모유키가 곤도의 어깨를 쳤다.

"왜 그래? 곤도. 무슨 고민이라도 있나?"

도모유키는 곤도의 지혜와 정보에 기대고 싶었다. 곤도가 자신과 같은 고민에 빠져 있다면 해결책 역시 가지고 있을 것 같았다. 곤도는 대답하지 않았다.

"왜 그러나? 자네답지 않게. 이제 곧 본국으로 돌아갈 텐데……."

도모유키가 곤도를 다그쳤다.

"흐흐, 본국으로 돌아간다……? 우리가 살아서 돌아간다는 말이지……?"

곤도가 흐릿해지기 시작하는 하늘을 올려다보았다. 이 자식은 또 무슨 얼토당토않은 말을 지껄이려는 것일까? 도모유키는 답답했다.

"도모유키, 자네는 우리가 살아서 돌아갈 수 있다고 생각하나?"

도모유키는 발걸음을 멈추고 곤도를 보았다. 철군한다는 사사키 부장의 말에 또 무슨 덫이 숨어 있는 것일까? 먼저 귀국시키겠다며 환자들을 바다로 데리고 나가 모조리 죽여버린 사사키였다.

"무슨 말인가? 곤도."

도모유키가 목소리를 낮췄다.

"도모유키, 내 말을 벌써 잊었나?"

"……."

"할 수 없는 농투성이로군!"

곤도의 비아냥거림에 도모유키가 곤도의 멱살을 잡았다.

"이 새끼가, 다시 한번 지껄여봐!"

곤도는 도모유키의 손을 홱 뿌리치며 외쳤다.

"네가 살아서 집으로 돌아갈 수 있다고 생각해?"

식식거리던 도모유키는 곤도의 말에 물러섰다.

"멍청한 놈아, 조선 수군이 바다를 열어줄 것 같아? 밤낮 대포를 쏘아대는 조선 수군이 도망치는 우리 군선을 보고 눈만 끔뻑 끔뻑거리고 있을 것 같아? 네놈 눈에는 밤마다 하늘에 떠다니는 조선 수군의 불새가 안 보여? 우리가 조선 수군의 손아귀에서 빠져나갈 수 있을 것 같아? 바다에서 모조리 죽는 거야. 싸움 한번 못 해보고 모두 뒈지는 거야. 이 등신 새끼야."

밤마다 조선 수군의 배는 불붙인 연을 하늘로 날렸다. 기름을 먹어 오래 불타는 연은 의미를 알 수 없는 모양을 그리며 함대와 함대 사이의 신호를 전달했다. 검은 하늘에서 조선 수군의 불타는 연이 굶주린 들짐승의 눈처럼 빛났다. 조선 수군은 정말 길목을 막을 것인가? 곱게 떠나도록 놔두면 모두 살아남을 수 있지 않은가? 이제 전쟁은 끝이 나고 있는데, 왜 죽어야 하는가? 도모유키는 곤도가 했던 말을 생각했다. '조선 수군 대장은 죽을 자리를 찾고 있다. 그가 파놓은 제 무덤 자리에서 우리도 같이 죽을 것이다.'

아니다. 곤도의 말대로 될 리 없다. 곤도의 확신은 사사키의 무사들이 흘린 정보에 근거한다. 그렇다면 사사키에게 해답이 있을 것이다. 사사키는 평생을 싸움터에서 보낸 무장이다. 그가 퇴로를 열어두지 않고 막무가내로 바다로 나아갈 리 없다.

"그래? 어디 네놈 말이 얼마나 맞는지 두고 보자고."

도모유키는 성큼성큼 걸었다. 곤도는 느릿느릿 뒤로 처졌다. 성큼성큼 걷던 도모유키의 걸음이 느린 걸음으로 바뀌었다. 내일 새벽까지였다. 새벽까지 본국으로 데려갈 자와 벨 자를 결정하고 보고해야 한다. 내일 날이 밝으면 명외는 죽어야 한다. 도모유키는 초조했다. 서늘한 바람이 불었지만 등은 식은땀으로 눅눅했다. 날이 어둑해지기 시작했고 성안에 횃불이 올랐다. 도모유키는 거무튀튀한 하늘을 보았다. 생각이 정리되지 않았다. 막연한 생각들이 뒤죽박죽 제멋대로 날뛰었다.

'명외에게 무슨 기술이 있다는 말인가? 설령 명외를 기술자에 포함시킨다고 해도 사사키 부장의 눈을 피하지는 못할 것이다. 무사히 일본으로 데리고 간다고 해도 다시는 만날 수 없을 게 분명하다. 기술자는 모두 고니시 유키나가 님의 영지로 들어가 일하게 될 것이라고 했다. 일본에 도착한 후에라도 기술이 없다는 사실이 밝혀지면 죽임을 당하거나 사창가로 팔려 갈 것이다. 사사키 님에게 사정을 애기해볼까? 엎드려 빌면 명외를 데려가도록 허락할까? 부장은 도공을 잡아 온 내 공을 잊지 않았을 것이다. 특별히 쇼기까지 내린 사람이 아닌가? 어쩌면 그는 내 간곡한 부탁을 받아들일지도 모른다. 그래, 그는 내 간청을 뿌리치지 못할 것이다. 아니다, 아니다. 그럴 리 없다. 사사키는 받아들이지 않을 것이다. 그는 사람 목숨을 쇳덩이로 바꾸어 계산하는 사람이다. 그가 퇴각에 도움이 되지 않을 여자를 살려줄 리 없다. 설령 명외를 살릴 수 있다고 해도 그 아비는 죽음을 면치 못할 것이다. 명외가 아비를 잃고 나와 더불어 행복할 수 있겠는가? 낯선 땅에서 아비

를 죽인 원수와 어찌 살 수 있다는 말인가?'

도모유키는 고개를 저었다.

'나는 너를 꼭 지켜주겠다'라고 큰소리쳤던 자신을 비웃었다. 명외는 좀처럼 도모유키를 쳐다보지 않았다. 도모유키가 히노에게 배운 조선말을 아무리 지껄여도 여자는 무표정했다. 그러나 도모유키가 '지켜주겠다'고 했을 때 명외는 도모유키의 눈을 보았다. 짧은 순간이었지만 여자는 도모유키의 눈에서 무엇인가를 찾고 있었다. 여자의 눈이 이내 허망한 빛으로 변하던 순간을 도모유키는 또렷이 기억했다.

'명외는 그때 내 눈에서 거짓말을 찾아냈는지 모른다. 내 혀는 지켜주겠다고 말했지만 내 눈은 자신이 없다고 말하고 있었는지도 모른다. 곤도라면 어땠을까? 곤도의 말대로 나는 어쩔 수 없는 농투성이에 불과한 것일까?'

도모유키는 제멋대로 설치는 생각을 붙잡을 수 없었다. 17군막은 횃불 아래에 꼼짝 않고 앉아 있었다. 장작불이 활활 타오르는 화로를 옮기는 여자는 틀림없이 명외였다.

군막으로 돌아온 도모유키는 안절부절못했다. 시간은 지치거나 쉬지 않았다. 사위는 점점 어두워졌고 성안에 횃불이 늘어갔다. 횃불은 곳곳에서 불긋불긋한 점으로 빛났다. 횃불이 없는 곳은 열 걸음 앞도 보이지 않을 만큼 어두웠다. 시로즈가 밥을 들고 왔다. 밥그릇을 받아 들었지만 도모유키는 먹지 않았다.

"요즘은 어쩐 일이냐? 끼니마다 꼬박꼬박 밥이 나오네."

밥그릇을 받아 든 병졸들이 히죽거렸다. 배를 채우는 순간은 언제나 행복했다. 그러나 철군을 눈앞에 둔 순간에 도모유키는 초조했다. 내일 아침이면 명외는 죽어야 한다. 도모유키는 밥그릇에 손을 대지 않고 군막 밖으로 나갔다. 바람이 싸늘했다. 조선인들은 움막 앞에서 죽을 먹고 있었다. 마지막 식사였다. 쪼그리고 앉은 열대여섯 명의 조선인들 중 한둘만 살아남을 것이다. 도모유키는 살아 있는 자의 몸부림을 보았다. 아직 살아 있는 자들은 한방울의 죽도 남기거나 흘리지 않았다. 도모유키는 하늘을 보았다. 달빛이 희미했다. 달 옆으로 구름이 느리게 흘렀다. 구름은 그먼 거리만큼이나 죽음과 무관해 보였다. 달무리는 희끄무레했다.

도모유키가 조선 여자들의 움막 앞으로 다가서자 움막을 지키던 초병들이 고개를 숙였다. 쪼그리고 앉아 죽을 먹던 여자들이 모두 일어섰다.

"앉아라. 앉아서 먹어라."

도모유키는 손짓으로 조선 여자들을 자리에 앉혔다. 엉거주춤 자리에 앉는 여자들 사이에서 도모유키는 명외를 보았다. 뺨을 타고 흘러내린 머리가 처연했다. 도모유키는 여자들의 움막을 지나 조선 남자들이 기거하는 움막까지 천천히 걸어갔다가 다시 여자들 움막 쪽으로 천천히 걸어왔다. 돌아오는 길에도 도모유키는 명외를 보았다. 명외는 고개를 들지 않았다. 명외는 죽 그릇에 얼

249

굴을 처박고 있었다. 여자는 아직 살아 있는 자였다. 도모유키는 한숨을 내쉬었다. 뿌연 입김이 차가운 밤공기 속으로 흩어졌다.

한숨을 거듭 내쉬던 도모유키는 결심이라도 한 듯 성큼성큼 군막을 향해 걸었다. 지금도 이미 늦었다. 하지만 더 늦으면 불가능하다. 밤이 깊어질수록 가능성은 사라진다. 도모유키는 군막의 출입구 거적을 홱 걷어 올리고 안으로 들어갔다. 식사를 끝낸 병졸들이 잡담을 늘어놓고 있었다.

깔판 아래 옷가지로 둘둘 말아 숨겨두었던 도자기와 그릇을 찾아냈다. 깊이 묻어두었던 금덩이도 제자리에 얌전히 놓여 있었다. 주먹만 한 금송아지와 금돼지였다. 북으로 밀고 올라가던 지난해 여름, 조선의 부잣집에서 찾아낸 금덩이였다. 금덩이를 쑤셔 넣은 갑옷 아래가 묵직했다. 도모유키는 시각을 가늠했다. 성문 출입을 통제하는 사사키 부장의 위병 무사들은 두 시진마다 교대했다. 지금 근무 중인 위병 무사는 저녁을 먹고 나온 무사가 틀림없다. 자정 전에 다시 교대할 것이다. 성 밖으로 나갈 때 근무 무사와 들어올 때 근무 무사가 달라야 했다. 조선인들을 데리고 나가 혼자 돌아온다면 의심할 것이다. 사사키 부장의 무사들은 이미 군대의 철수 계획을 알고 있다. 바보라도 오늘 밤 성 밖으로 나가는 조선인이 도망자란 것쯤은 알 것이다. 조급하게 생각을 펼치던 도모유키는 망설였다.

'불가능한 일이다. 오늘 밤 조선인을 성 밖으로 빼내는 것은 불가능하다. 명외도 죽고 나도 죽는다. 어째서 미리 명외를 성 밖으로 내보낼 생각을 하지 못했을까? 근래엔 인원 점검도 허술했다. 조선인 도망자가 생겨도 장 몇 대로 끝났을 것이다.'

도모유키는 어리석은 자신을 한탄하며 한숨을 쉬었다.

'그러나…… 이대로 명외를 죽게 할 수는 없다.'

도모유키는 명외의 흘러내린 머리카락을 생각했다. 명외의 가느다란 턱선을 생각했다. 길고 가는 손가락을 떠올렸다. 먼 곳을 바라보는 서글픈 눈을 생각했다. 도모유키를 바라보던 빛나는 눈을 생각했다.

'금덩이와 도자기를 건네고 성문을 열어달라고 하는 것이다. 성문을 열어주고 말고 할 것도 없다. 위병 무사가 눈을 감아준다면 어떻게든 성을 빠져나갈 수 있다. 어쩌면 어딘가 사사키의 무사들만 아는 비밀 통로가 있을지도 모른다.'

도모유키는 앞으로 벌어질 상황을 생각했다.

'목숨을 걸어야 할지도 모른다. 어쩌면 생각보다 쉬울지도 모른다. 어쨌든 명외를 이치코처럼 잃어버릴 수는 없다.'

도모유키는 짜낸 생각이 스스로 대견해 미소를 짓기도 하고 고개를 절레절레 흔들기도 했다. 일이 제대로 풀릴 것 같은 생각이 들 때는 자신도 모르게 얼굴이 환해졌다. 그러다가 아니다 싶은 생각에 휩싸일 때면 낯빛이 변했다.

'초저녁을 넘기지 말아야 한다. 초저녁을 넘기면 명외를 데리

고 성을 나가기도, 다시 돌아오기도 어렵다.'

병졸들은 햇불 아래에서 키들거렸다. 주사위 던지기를 하거나 농담을 늘어놓으며 웃음을 터뜨렸다. 조선 여자의 군막을 기웃거리는 병졸들도 있었다. 나이 든 창병이 순번을 정했다.

"오늘은 빠지라니까, 이 사람들이……."

나이 든 창병은 뒤늦게 끼어든 젊은 창병들을 막았다. 팔을 쭉 펴 막는 모습이 어린아이들이 장난하는 듯했다.

"알았수, 알았수."

젊은 창병들이 순순히 물러서며 웃었다. 마쓰히데의 항의가 있은 후 도모유키는 병졸들에게 조선 여자를 허락했다. 병졸들마다 열흘에 한 번씩 여자를 품을 수 있도록 했다. 병졸들은 스스로 순번표를 만들어 공평하게 나누었고 순번을 정해 여자를 품었다. 열흘에 두 번, 세 번 여자를 품는 병졸이 있었고, 한 달이 지나도록 여자를 품지 않는 병졸도 있었다. 여자를 품지 않는 병졸들은 제 순번표를 넘기는 대신 물건을 챙겼다. 조선의 그릇과 비단이었다. 여자가 그리운 병졸들은 애써 긁어모은 조선 그릇이나 비단을 주고 순번표를 샀다. 내일이나 모레쯤 죽을지도 모를 병졸들이 그릇과 비단을 탐했다. 그릇과 비단을 챙기는 병졸들은 살아서 돌아갈 확신이 있는 것 같았다. 도모유키는 병졸들의 일을 상관하지 않았다. 그러나 명외만큼은 허락하지 않았다. 병졸들도 군막장의 체면을 지켜주었다. 늙은 여자와 젊은 여자를 가리지 않고 품는 병졸들도 명외에게 접근하지는 않았다. 마음속에 숨겨둔 생각을 들킨 것은 언짢았지만 병졸들이 명외를 넘보지 않는 것은 다행이었다.

병졸들이 조선 움막 안에서 여자를 품는 동안 명외는 밖에서 서성대거나 설거지를 했다. 땔감을 쪼개거나 제 아비와 이야기를 나누기도 했다. 병졸들이 조선 여자를 품는 동안 대여섯 발자국 떨어진 조선 남자들의 움막은 고요했다. 수십 명이 넘는 남자들은 하나같이 귀를 막은 채 듣지 않았고 눈을 가린 채 보지 않았다.

다다오키는 군막 뒤에서 병졸들과 농담을 하며 키득거리고 있었다. 도모유키가 다가서자 병졸들의 웃음이 멎었다.

"뭐, 재미있는 일이라도 있나?"

도모유키가 끼어들자 나이 든 병졸이 두 손을 내저었다.

"하이고, 아닙니다. 군막장님처럼 점잖은 분이 들을 만한 이야기는 아닙지요. 헤헤헤, 낄낄낄, 하하하……."

병졸들의 웃음소리가 높았다.

"날씨가 찬데 안으로 들어가서 쉬지? 공연히 바닷바람 쐬어 좋을 거 없어."

병졸들은 남은 웃음을 흘리며 군막을 향해 걸었다. 군막으로 돌아가는 병졸들 뒤를 도모유키가 따랐다.

"다다오키!"

도모유키가 앞서가는 다다오키를 불러 세웠다. 병졸들은 군막

쪽으로 멀어졌고 다다오키만 남았다. 도모유키는 주위를 찬찬히 살폈다. 파도 소리와 어둠뿐이었다. 바람이 위잉 울었다. 불길한 징조가 숨어 있는 것 같았다.

"다다오키, 지금부터 내가 하는 말은 비밀이다. 군막의 병졸들이 알아서는 안 된다."

도모유키는 목소리를 낮췄다. 다다오키가 고개를 절도 있게 숙였다.

"곧 철수한다. 아마 열흘 안이 될 것 같다."

다다오키의 검은 눈이 반짝였다. 바다에서 찬 바람이 세차게 불어왔다. 다다오키는 눈을 빛내며 도모유키의 다음 말을 기다렸다.

"내일 조선인들을 모두 벨 것이다. 군막마다 한두 사람만 살려서 본국으로 데려갈 것이라고 한다."

다다오키가 고개를 끄덕였다.

"여자를 살려주고 싶다. 나 혼자 조선인을 데리고 성 밖으로 나가면 누가 봐도 의심할 것이다. 같이 나갔다가 올 수 있겠나?"

다다오키는 이번에도 절도 있게 고개를 숙였다. 명령에 따르겠다는 뜻이었다.

"명령이 아니다. 잘 생각해서 결정해야 한다. 성문을 지키는 사사키의 무사들이 의심할 것이다. 오늘 밤 성 밖으로 나가는 조선인이 도망자란 것쯤은 바보라도 알 것이다. 어쩌면……."

그리고 도모유키는 말을 멈췄다.

"어쩌면…… 사사키의 무사들에게 죽임을 당할 수도 있다. 무사히 성 밖으로 나간다고 해도 조선 병졸의 습격을 받을 수도 있다."

"염려 마십시오."

다다오키가 고개를 끄덕였다.

"고맙다, 다다오키. 지금 바로 나간다. 군막 안에 들어가지 말고 말구유 앞에서 기다려라."

도모유키는 다다오키의 단단한 팔뚝을 툭 치고는 곧장 조선 여자들의 움막을 향해 성큼성큼 걸어갔다. 거침없이 거적을 걷어 올리고 명외를 찾았다. 조선 여자들이 물러나 앉았고 명외가 도모유키를 보았다.

"나와라."

도모유키는 손짓으로 명외를 불렀다. 명외는 쪼그리고 앉은 채 고개만 들었다.

"내 말 안 들리나! 나와라."

쪼그리고 앉은 조선 여자들이 명외를 툭툭 밀쳤다. 조선 여자 하나가 웃음 띤 묘한 얼굴로 도모유키와 명외를 번갈아 보았다. 여자들이 명외를 밀어내다시피 했다. 앉은 채 밀리던 명외는 도모유키의 손에 잡혀 움막 밖으로 끌려 나왔다. 움막 안에서 여자들이 수군거리는 소리가 났다. 웃음소리도 섞여 있었다. 팔목을 잡힌 명외는 꼼짝하지 못하고 끌려갔다. 바다가 보이는 낭떠러지 앞이었다.

도모유키는 조선말을 했다. 바람은 찼다. 명외의 머리카락이 흩날렸다. 도모유키가 명외의 두 어깨를 꽉 잡으며 말했다.

"내 말 잘 들어요."

갑작스러운 도모유키의 도발에 명외는 고개를 돌려 외면했다.

"지금 성 밖으로 나가야 합니다."

도모유키는 입에서 나오는 대로 일본말과 조선말을 마구 섞어 지껄였다.

"우리 군대는 곧 떠나요. 일본으로 돌아갑니다. 여기 있으면 죽어. 당신과 당신 아버지는 오늘 밤, 지금 바로, 성 밖으로 나가야 합니다. 내 말 알아들었소?"

명외는 도모유키를 보았다. 그는 군대가 철수한다고 말하고 있었다. 왜군이 철수한다는 소문은 조선인들 사이에서 오래전부터 나돌았다. '전쟁이 끝이 나는구나. 결국 왜병들이 도망을 치는구나.' 명외는 도모유키만큼 다급하지 않았다. 초조해하지 않는 명외를 보고 도모유키는 화가 났다. 여자가 자신의 말을 제대로 알아듣지 못한 게 분명했다.

"당신 아버지를 여기로 불러와요. 지금 당장 당신 아버지를 불러와!"

"……."

"아버지를 여기로 데려오란 말이오!"

도모유키가 집게손가락으로 발 딛고 선 땅을 찌르듯 가리켰다.

명외는 도모유키가 무엇인가 다른 말을 하고 싶어 한다는 것을 알았다. 그의 눈이 무엇인가를 호소하고 있었다. 명외는 조선인 움막 쪽으로 서둘러 걸어갔다.

혼자 남은 도모유키는 바다를 보았다. 검은 바다는 하늘과 구별되지 않았다. 명외를 기다리는 시간은 초조하고 지루했다. 명외의 아비가 절룩거리는 다리를 끌며 어둠 속에서 걸어왔다. 티 내지 않으려고 애를 썼지만 영감의 몸은 기우뚱거렸다. 도모유키가 애써 숨기지 않았다면 영감의 절룩거리는 다리는 진작에 작업 감독 무사들의 눈에 띄었을 것이다. 다치거나 아픈 조선인은 성안에서 살아남지 못했다.

명외의 아비는 도모유키의 말을 알아들었다. 영감은 도모유키 앞에 무릎을 꿇고 눈물을 흘렸다. 영감이 앉은 채로 조선인 움막 쪽을 돌아보았다. 동료들을 남겨두고 떠난다는 게 내키지 않았던 것이다. 도모유키가 영감을 일으켜 세웠다.

"지금 바로 가야 합니다. 조선인 움막에 들러서는 안 되오. 모두 살리려다가는 다 죽어. 그냥 나를 따라오시오."

아비가 딸에게 짧게 도모유키의 말을 전했다. 명외는 도모유키를 보았다. 도모유키는 명외와 아비를 돌려세웠다.

"갑시다."

도모유키는 두 사람을 앞세우고 걸었다. 조선인 움막을 지나칠 때 명외와 아비는 고개를 돌려 움막을 보았다. 도모유키가 미적거리는 영감의 등을 밀쳤다.

"쳐다보지 마시오!"

다다오키가 군막 앞에서 기다리고 있었다. 도모유키는 군막으로 들어가 보자기에 싸두었던 그릇과 도자기를 들고 나왔다. 명외의 아비가 초조한 눈으로 도모유키를 보았다. 도모유키와 다다오키가 앞섰다. 명외와 아비가 뒤를 따랐다.

성안 군데군데 횃불이 타올랐다. 횃불은 성을 가로질러 걷는 네 사람을 낱낱이 뜯어보았다. 경계 중인 초병들마다 가로막았다. 그때마다 도모유키는 암구호를 대고 신분을 밝혔다. 성문까지는 멀었다. 유난히 멀다고 느끼는 것인지도 몰랐다. 영감의 절룩거리는 발걸음이 횃불 아래에서 도드라졌다. 경계 근무 중인 초병과 횃불이 많았다. 성안 경계가 더 강화된 것 같아 불안했다. 횃불을 환하게 밝힌 성의 망루가 보였다. 커다란 해자 다리가 비쭉 솟아 있었다. 도모유키는 서두르지 않았다. 다다오키는 말이 없었다. 성문 근처에는 커다란 횃불들이 활활 타오르고 있었다. 사람 키보다 더 높은 불길이었다. 커다란 횃불 아래를 지날 때 성문 안쪽의 초병이 고함쳤다.

"정지! 정지!"

도모유키는 암구호를 대고 신분을 밝혔다.

"정지!"

도모유키가 신분을 밝혔음에도 초병들은 겨눈 창을 내리지 않왔다.

"제17군막장 도모유키라고? 무슨 일이냐?"

어둠 속에서 누군가 소리쳤다.

"위병대장 무사를 만나고 싶다."

어둠 속에서 무사가 걸어왔다. 하급 무사였다. 투구 위로 우뚝 솟은 뿔이 위압적이었다. 하급 무사의 투구에서는 보기 드문 뿔이었다. 사사키 가문의 무사들은 계급보다 화려한 투구를 썼고 두껍고 빛나는 갑옷을 입었다.

"무슨 일이오?"

무사의 눈이 네 사람을 번갈아 보았다.

"위병대장 무사를 뵙고 싶소. 안내해주시오."

상대는 자신보다 하급 무사였지만 도모유키는 높임말을 썼다. 처음 보는 얼굴이었다. 사소한 것으로 상대의 기분을 건드릴 필요는 없었다.

"무슨 일인데 그러시오?"

하급 무사의 말투는 부드러워져 있었다.

"위병대장 무사께 말씀드리리다."

무사는 네 사람을 다시 한번 훑어본 후 앞장섰다. 망루 아래에 비집고 앉은 위병대장 무사의 근무처는 견고했다. 크고 검은 돌을 쌓아 올리고, 흙을 이기어 틈을 메웠다. 무사는 도모유키 일행을 문밖에서 기다리게 했다. 도모유키와 다다오키, 명외와 명외의 아비는 건물의 검은 그림자 아래 서 있었다. 횃불 장작이 타닥타닥 소리 내며 타들어갔다. 도모유키는 걸어온 길을 돌아보았다. 활활 타오르는 횃불에 비친 내성은 웅장했다. 천수각의 높고 우람한 지붕이 검은 적막 속에 우뚝했다. 안으로 들어간 무사는 좀처럼 밖으로 나오지 않았다. 도모유키는 초조했다. 위병대장 무사가 만나기를 거부할지도 몰랐다. 계급으로 따지자면 위병대장 무사가 군막장보다 뚜렷하게 높은 위치라고 할 수는 없었다. 그러나 중요한 직책마다 사사키 가문의 무사들이 배치돼 있었고, 그들은 계급 이상의 힘을 가졌다. 그들의 뒤에 사사키 부장이 있었다.

기다리는 시간은 지루하고 두려웠다. 금방이라도 성문을 지키는 병졸들이 창끝을 겨누고 달려들 것 같았다. 도모유키의 이마에서 식은땀이 흘렀다.

"고맙다, 다다오키."

벽에 기대고 서 있던 다다오키가 몸을 세우고 고개를 숙이며 엷은 미소를 지었다. 도모유키는 다다오키에게 미안했다. 목숨을 내놓아야 하는 일에 다다오키를 끌어들인 것이다. 며칠만 지나면 고향으로 돌아갈 수 있는 다다오키를 사지로 내모는 것인지도 몰랐다. 명외는 고개를 숙인 채 말이 없었다. 맞잡은 두 손이 가늘게 떨렸다. 여자는 이제야 상황을 온전히 파악한 듯했다.

"다 괜찮을 것이오. 살아서 나갈 것이오."

도모유키가 목소리를 낮췄다. 명외에게 하는 말이었고 자신을 다독거리는 말이었다. 명외는 도모유키를 보았다. 굵고 억세 보이는 턱선 아래로 수염이 자라 있었다. 명외는 그제야 도모유키가 들고 있는 보자기를 보았다. 큰 보자기는 틀림없이 도자기일 것이다. 왜병들은 도자기를 좋아했다. 왜병들은 도자기가 아니라 길바닥에 굴러다니는 조선 밥그릇 하나를 두고도 탐욕스러운 눈알을 부라리며 주먹다짐을 했다. 명외는 무슨 말이든 해야 할 것 같았다. 그러나 좀처럼 입을 뗄 수 없었다. 입 안이 바싹 말랐고 목이 따끔거렸다.

"군막장 들어오시오."

건물 안으로 들어갔던 하급 무사가 밖으로 나왔다. 도모유키는 다다오키를 향해 고개를 끄덕였다. 다다오키가 고개를 끄덕였을 때 도모유키는 이미 건물 안으로 발을 들여놓고 있었다.

안은 바깥에서 보는 것보다 넓었다. 짚으로 짠 다다미 바닥 한쪽에 요가 깔려 있었다. 돌벽에 뚫어놓은 작은 구멍으로 성 바깥 벌판이 보였다. 검은 벌판에서 횃불들이 흔들렸다. 위병대장 무사는 눈을 감은 채 팔걸이에 팔꿈치를 괴고 요 위에 반쯤 누운 채 도모유키를 맞았다. 그의 삐딱한 자세는 왠지 못마땅한 기분을 드러내고 있는 것 같았다.

"17군막장 도모유키요. 위병대장 무사님께 부탁을 좀 드리려고……."

무사는 일어나지도 눈을 뜨지도 않았다. 도모유키는 망설였다.

'놈은 의심하고 있다. 지금이라도 돌아가버릴까? 아무 일도 없었다는 듯 돌아가버리면 그만이다. 그래, 돌아가버리는 것이다. 오늘 밤을 보내고 아무 일도 없었던 것처럼 고향으로 돌아가는 것이다. 하지만 명외는……? 밖에서 기다리는 명외에게 무엇이라고 말하지……? 이대로 돌아서면 명외는 죽는다.'

도모유키는 어쩌지 못하고 미적거렸다.

"그래, 군막장께서 무슨 일로 여기까지 왔소?"

위병대장 무사는 눈을 떴지만 일어나 앉지는 않았다. 도모유키는 침을 삼켰다. 위병대장 무사는 말없이 도모유키를 바라보았다. 말을 재촉하는 눈빛이었다. 도모유키는 도자기를 든 손에 힘을 주었다.

"성 밖으로 잠시만 나갔다가 올 수 있으면 좋겠습니다."

"바깥으로?"

위병대장 무사는 자세를 고쳐 앉았다. 펄쩍 뛰거나 소리쳐서 병졸들을 부를 줄 알았지만 무사의 눈은 고요했다. 그의 눈이 도모유키의 눈과 붉은 보자기를 천천히 훑었다.

"바깥이라……. 사사키 부장님의 허락이 있었소?"

"그건 아닙니다. 조용히 나갔다가 왔으면 싶습니다만……."

"혼자 말이오?"

"아닙니다. 조선인 두 명과 병졸 하나가 더 있습니다."

"조선인이라……."

무사는 도모유키를 뚫어지게 보았다. 도모유키는 서둘러 이유를 설명했다.

"조선인을 앞세워 성 밖에서 찾아와야 할 물건이 좀 있습니다."

"찾아와야 할 물건이 있다……?"

"그렇습니다."

"대체 그 물건이 뭐요?"

무사는 다시 팔꿈치를 괴고 비스듬히 누웠다. 도모유키는 식은 땀을 흘렸다.

"조선 도자기입니다. 도자기 몇 점을 숨겨둔 곳을 안다는 조선인이 있어서……."

"……."

"아시다시피 곧 철수한다니……. 그 전에 미리 챙겨둬야 할 것 같아서……."

도모유키는 붉은 보자기에 싸서 들고 온 도자기를 무사 앞에 꺼내놓았다. 보자기를 푸는 손이 바르르 떨렸다.

"우선 이걸 드리겠습니다. 조선의 큰 부잣집에서 찾아낸 것입니다. 그리고 성 밖에서 조선 도자기를 찾아내면 한두 점 더 드리겠습니다."

"도자기를 가지러 나가기 위해 도자기를 주겠다? 대체 밖에 숨겨둔 도자기가 몇 개나 되오?"

"글쎄요, 서너 개쯤 되는 것 같습니다만, 직접 본 적이 없는지라 정확하게는 모릅니다."

"직접 본 적이 없다?"

"……."

"도자기가 몇 개인지, 어떤 도자기인지도 모른다? 허허."

위병대장 무사는 웃었다. 웃음기는 조금도 묻어 있지 않았다. 무사는 도모유키를 노려보았다. '지금 나를 바보로 아는가?' 그의 눈은 그렇게 말하고 있었다. 도모유키가 갑옷 아래에 단단히 쑤셔 넣어두었던 금송아지와 금돼지를 끄집어냈다.

"이걸 무사님께 드리겠습니다. 잠시만 성 밖으로 내보내주시오."

도모유키는 생사를 걸었다. 이미 엎질러진 물이었다. 이제 와서 그냥 군막으로 돌아가겠으니 모른 척해달라고 할 수는 없었다. 무사가 도자기를 빼앗고 도모유키와 다다오키를 묶어버릴 수도 있었다. 무사는 자리에서 벌떡 일어섰다. 성큼성큼 다가온 무사가 도모유키의 손에서 금덩이를 빼앗았다. 무사는 소리 내지 않고 웃었다. 차갑고 교활한 웃음이었다.

"좋소. 군막장이 무슨 이유로 성 밖으로 나가든 내가 상관할 바 아니오. 조용히 나갔다가 오시오."

도모유키는 깊은 안도의 한숨을 쉬었다. 무사는 금송아지와 금돼지를 사사키 부장에게 보고하지 않을 것이다.

"하나, 당장은 나갈 수 없소. 조금 기다리시오. 성 밖 보급 작전에 나갔던 병졸들이 하나둘 돌아올 때가 됐소. 그들이 먼저 들어

오고 난 후에 잠시 틈을 두었다가 해자 다리를 끌어 올리겠소. 그 틈에 나가시오. 밖에 있는 무사가 안내할 거요. 나가보시오."

위병대장 무사는 간단명료했다. 도모유키는 고개를 숙이고 밖으로 나갔다. 건물 밖에서 기다리던 다다오키와 명외가 도모유키를 쳐다보았다. 도모유키는 웃음으로 답했다.

"조금만 기다리면 나갈 수 있다."

다다오키가 안도의 한숨을 쉬었다. 명외가 미소를 지었다. 어여쁜 미소였다. 도모유키는 처음 보는 명외의 미소를 놓치지 않았다. 여자의 얼굴에서 눈을 뗄 수 없었다. 그 미소를 잊지 않기 위해 눈에 새기고 새겼다. 뿔 달린 투구를 쓴 하급 무사가 도모유키에게 다가왔다.

"따라오시오."

네 사람은 무사를 따랐다. 도모유키는 칼 손잡이에서 손을 떼지 않았다. 누구도 믿을 수 없었다. 금덩이를 받아 챙긴 무사가 약속을 지킨다는 보장은 없었다. 놈이 약속을 어기면 베어버릴 것이다. 위병 무사를 베고 자신이 살기를 바랄 수는 없을 것이다. 도모유키는 다짐했다. 놈을 베어버리는 것이다. 뒷일을 생각하고 싶지 않았다. 내일이 있다고 확신할 수 없었다. 씨를 뿌리면 싹이 트고, 싹이 자라서 열매를 맺는 것은 전장이 아니라 논밭의 약속이었다. 전장에서 내일을 약속할 수는 없었다.

전장에서 적과 아는 구분되지 않았다. 조선과 싸우고 있지만 적은 조선 군대뿐만이 아니었다. 사사키 부장과 그의 휘하 무사들은 병든 병졸들을 바다로 끌고 나가 죽였다. 죽인 병졸들의 목을 잘라 적장에게 바쳤다. 병졸들은 도자기를 차지하기 위해 서로 때리고 죽였다. 군막끼리 싸움이 빈번했고 군막 내에서는 도둑질과 싸움이 끊이질 않았다. 마쓰히데는 제가 살겠다고 도네를 죽여 그 목을 들고 도망쳤다. 도모유키 자신은 도네의 목에 남은 칼자국을 없애기 위해 죽은 몸뚱이를 질질 끌고 돌아왔다. 제가 살기 위해 한 짓이었다. 죽은 부하의 몸뚱이에 할 짓이 아니었다. 도모유키는 모든 존재의 적이었고, 모든 존재는 도모유키의 적이었다.

도모유키 일행이 무사를 따라 도착한 곳은 반쯤 허물어진 길쭉한 참호였다. 명나라 군대의 포위 공격 때 허물어진 게 틀림없었다. 성벽을 따라 동쪽으로 길쭉하게 파놓은 참호는 망루에서도 잘 보이지 않았다.

"참호 안에 엎드리고 기다리시오."

안내한 무사가 말했다. 도모유키는 참호로 풀쩍 뛰어내리려다가 흠칫 놀랐다. 바닥에 사람들이 죽어 널브러져 있었다.

"함정이닷!"

도모유키는 칼을 뽑으며 홱 돌아섰다. 다다오키도 칼을 뽑았다.

"이 개새끼!"

도모유키가 소리쳤다. 하급 무사는 흠칫 물러나며 손사래를 쳤다.

"걱정하지 마시오. 다들 비슷한 처지니까. 모두 이 밤에 성 밖으로 나갈 사람들이오."

도모유키는 참호를 내려다보았다. 죽은 줄 알았던 자들은 모두 살아 있는 자들이었다. 무사는 다시 부를 때까지 꼼짝 말고 엎드려 있으라는 말을 남기고 떠났다. 도모유키는 참호 아래로 뛰어내렸다. 조선인들과 일본 병졸들이 여기저기 엎드려 있었다. 언뜻 보아도 스무 명이 넘어 보였다. 참호 속에 엎드린 자들은 살기 위해 죽은 자처럼 엎어져 있었다. 엎드린 자들은 미동도 하지 않았다. 그들은 도모유키 자신만큼이나 살고 싶은 자들이었다. 도모유키가 손가락으로 눈물을 닦았다. 뿌리를 알기 힘든 눈물이 고였다. 명외와 아비가 참호 속으로 뛰어내렸다. 도모유키는 명외를 향해 눈짓했다.

"이쪽에 누워요."

명외와 아비는 말없이 자리를 잡고 누웠다. 다다오키는 웅크리고 앉아 바깥을 살폈다.

"다다오키, 이제 군막으로 돌아가라. 누가 나를 찾으면 바닷가에서 잠시 쉬고 있다고 둘러대라."

다다오키와 동행한 것은 성문을 지키는 무사의 의심을 피하기 위해서였다. 혼자서 조선인 둘을 데리고 성 밖으로 나간다는 것은 아무래도 의심을 살 만했다. 하지만 위병대장 무사는 이미 거래를 하고 있다. 철수를 눈앞에 둔 사사키는 조선인의 목숨값으로 제 배를 채우고 있었다. 사사키가 이미 거래를 시작한 이상 성 밖으로 나가는 것은 어렵지 않았다. 그러나 성 밖의 상황은 다를 것이다. 조선 군사의 습격을 받을 수도 있고 성으로 다시 돌아오기 어려울 수도 있다. 더 이상 다다오키의 목숨을 잡고 있을 수는 없었다.

"하지만 군막장님 혼자서……."

다다오키는 망설였다.

"괜찮다, 다다오키. 오늘 밤 안으로 다시 돌아오겠다. 걱정하지 말고 군막으로 돌아가라."

다다오키가 참호 밖으로 뛰어올랐다.

"다다오키!"

어둠 속에서 다다오키가 돌아섰다.

"잊지 않겠다."

다다오키는 고개를 숙였다. 그는 소리 없이 어둠 속으로 멀어졌다.

하늘의 별이 촘촘했다. 초저녁에 하늘을 메웠던 구름은 걷히고 없었다. 도모유키는 고향 집을 생각했다. 고향 집 지붕 위의 검푸른 하늘에도 깨알처럼 별이 박혀 있었다. 차가운 바람이 참호 아래로 불어왔다. 등을 대고 누운 바닥은 차가웠다. 찬 기운이 갑옷을 뚫고 여린 살을 파고들었다. 눅눅한 차가움이었다. 찬 바닥에 엎드린 사람들은 꼼짝하지 않았다. 배가 고팠다. 도모유키는 저녁을 거른 것을 후회했다. 스르르 눈을 감았다. 잠이 쏟아졌다. 꿈속에서 명외를 보았다. 명외는 먼 산을 바라보고 있었다. 조선의 산은 울긋불긋했다. 명외의 머리카락이 바람에 날렸다. 꿈속에서 도모유키는 추위에 떨었다.

"빨리빨리, 빨리 나와!"

다급한 목소리에 도모유키는 잠을 깼다. 도모유키가 칼을 잡으며 일어섰을 때, 조선인들과 병졸들은 참호 밖으로 기어오르고 있었다. 앞선 자는 벌써 어둠 속으로 달려가고 있었다. 다리가 부러진 영감은 참호를 기어오르지 못했다. 도모유키는 영감의 몸을 들어 참호 밖으로 밀어 올렸다. 제 아비의 팔을 잡은 명외를 도모유키가 밑에서 들어 올렸다. 명외의 몸은 가벼웠다. 사람들은 어둠을 뚫고 성문을 향해 달렸다. 명외의 아비는 절룩거리는 걸음으로 따라갔다. 명외가 제 아비를 부축했다. 걸음이 늦었다. 앞서 달려가는 자들은 벌써 성문에 다다르고 있었다.

보급 작전을 마치고 성으로 돌아온 소달구지가 힘겹게 언덕을 오르는 중이었다. 내일 아침에 닥칠 제 운명을 모르는 조선인들이 짐 실은 소달구지를 밀고 있었다. 창을 든 병졸들이 욕지거리를 쏟아내며 조선인들을 다그쳤다. 도모유키는 명외의 손을 잡고 달렸다. 명외는 제 아비의 손을 잡았다. 감독 무사의 말대로 해자

다리가 그대로 내려져 있었다. 앞선 자들이 해자 다리를 건넜다. 성문을 지키는 위병 무사들이 도망치는 자들을 물끄러미 바라보았다. 조선인들과 병졸들이 성 밖으로 달려 나갔지만 벌판 참호 속의 병졸들은 움직이지 않았다. 위병대장 무사가 미리 연락을 해둔 모양이었다.

성을 빠져나온 사람들은 어둠 속을 무작정 달렸다. 달리는 자들에게는 방향이 없었다. 그들은 다만 성에서 멀어지려고 할 뿐이었다. 뒤따르는 자들은 앞선 자를 따라 무작정 달렸다. 벌판 곳곳에 참호가 있었고 참호마다 초병들이 숨어 있었다. 그들에게까지 위병대장 무사가 연락을 넣지는 못했을 것이다. 사사키 휘하의 무사들과 그 병졸들은 성문 출입을 감시했다. 그러나 성 바깥 먼 벌판의 경계는 여러 군막이 번갈아 맡았다.

"방책을 지나면 곧장 산으로 들어가야 한다!"

해자 다리를 건널 때 뒤에서 하급 무사가 소리쳤다. 도모유키는 하급 무사의 말을 더듬었다. 벌판에서 근무 중인 다른 군막 소속의 병졸들과 내통이 되지 않은 게 분명했다. 초병들이 잠들어 있다면 운이 좋을 것이다. 그러나 한 놈이라도 깨어 있다면 모조리 죽는다. 어둠 속을 향해 무작정 달리던 도모유키는 걸음을 멈췄다. 앞선 조선인들과 병졸들이 이미 눈앞에서 사라지고 없었다. 성의 횃불이 멀리서 가물거렸다.

명외와 아비가 가쁜 숨을 몰아쉬었다.

"벌판으로 가면 안 되오. 벌판에는 일본군들이 있다."

도모유키는 벌판을 손으로 가리켰다.

"내 말 알아듣겠소?"

명외의 아비는 숨을 헐떡이며 고개를 끄덕였다. 명외는 말없이 도모유키를 바라보았다.

"산으로 가야 하오."

도모유키는 눈앞에 보이는 검은 산을 가리켰다. 산은 멀지 않았다. 명외의 아비는 이번에도 고개를 끄덕였다.

"그리 높지는 않은 산이오. 오늘 밤 안으로 산을 넘어가야 하오. 산을 넘어서 하루쯤 걸어가면 안심해도 될 것이오. 저쪽. 저쪽이오."

도모유키는 명외와 아비가 걸어가야 할 방향을 손으로 가리켰다. 도모유키의 손가락은 명나라 유정의 군대가 들어앉은 서북쪽을 가리켰다. 일본군의 성 밖 보급조는 명나라군이 진을 친 검단산성의 반대쪽으로 작업을 나가는 게 보통이었다. 벌판으로 달려간 자들은 참호에 웅크린 초병들에게 발각되거나 성으로 돌아오는 보급조와 맞닥뜨릴 게 분명했다.

"명나라 군대든 조선 군대든 일본 군대든 군사들은 모두 피해야 하오. 어쨌든 민간인 마을을 찾아가시오. 알아들었소? 조선 병졸이든 일본 병졸이든 군사들이 보이면 무조건 숨어야 하오."

도모유키는 조선 병졸들이 일본군에 부역한 조선인을 살려주지 않는다는 것을 기억했다. 명외와 그 아비가 고개를 끄덕였다.

'명외, 이제 가야 한다. 우리는 다시는 볼 수 없을 것이다.'

도모유키는 명외를 보았다. 명외는 도모유키의 눈을 피하지 않았다. 여자의 입술이 달싹거렸다. 명외의 아비가 서툰 일본말로 감사를 표시했다.

"군막장님, 고맙습니다. 고맙습니다."

명외의 아비는 머리를 거듭거듭 조아렸다. 도모유키는 두 사람을 돌려세웠다.

"어서 가시오. 어서."

명외와 아비는 자꾸 뒤를 돌아보았다. 도모유키는 멀어지는 두 사람을 보았다. 뒤를 돌아보며 걷던 명외의 아비가 털썩 무릎을 꺾고 주저앉았다. 도모유키가 달려갔다. 급하게 도망치느라 부목을 묶은 새끼줄이 풀렸던 모양이었다. 다리를 지탱하던 부목은 떨어지고 없었다. 도모유키가 가는 나무줄기를 잘라 부목을 만들었다.

"우선 이거라도 처매시오."

도모유키가 붉은 보자기를 품에서 꺼냈다. 도자기를 쌌던 보자기였다. 보자기를 길게 찢어 부목의 아래위를 꽁꽁 묶었다. 아비는 명외의 부축을 받아 끙 소리를 내며 일어섰다.

"자, 가시오. 날이 밝기 전에 최대한 멀리 가야 하오."

도모유키는 명외를 보았다. 달빛에 비친 여자의 얼굴은 시리도

록 고왔다. 도모유키는 명외를 와락 껴안았다. 명외는 깜짝 놀랐
지만 어쩌지 못했다. 명외의 아비가 물끄러미 두 사람을 쳐다보다
가 얼굴을 돌렸다. 여자의 따뜻한 몸이 가늘게 떨렸다. 시간이 얼
마나 지났을까. 바람이 차갑다는 것을 그제야 깨달았다. 조직적
인 추격을 염려할 필요는 없었다. 그러나 성에서 빨리 멀어져야
했다. 성 밖으로 나갔다가 돌아오는 보급조와 마주치거나 척후병
들의 눈에 띌 수도 있었다. 도모유키가 껴안았던 팔을 풀었다. 명
외는 도모유키를 바라보았다.

"자, 가야 하오."

도모유키가 손가락으로 산을 가리켰다.

"도모유키 님, 같이……."

명외였다. 도모유키는 놀란 눈으로 명외를 보았다.

"……."

"같이…… 도모유키 님, 같이 가요."

명외의 눈이 도모유키의 눈을 붙들었다.

"그럽시다. 군막장님, 같이 가십시다."

명외의 아비였다. 명외의 아비는 도모유키의 눈에 고이는 눈물
을 보았다. 제 눈이 먼저 흐릿해진 명외는 도모유키의 눈물을 볼
수 없었다.

"명외, 나는 돌아가야 하오…… 집으로 가야 하오."

도모유키는 더 이상 말을 잇지 못했다. 명외도 더 이상 말하지

않았다. 명외의 아비가 명외와 도모유키를 번갈아 보았다. 서늘한 바람에 명외의 옷고름이 날렸다. 도모유키는 망설였다. 명외의 눈에서 눈을 떼지 않았다.

"와타시와 아나타오 아이시테이마스(私はあなたを愛しています, 당신을 사랑합니다)."

"……."

명외는 안타까운 얼굴로 도모유키를 보았다. 근래 자신에게 말을 할 땐 거의 일본말을 하지 않던 도모유키였다. 답답하고 서툰, 때로는 전혀 알아들을 수 없는 말까지 조선말을 고집하던 그였다.

'그는 무슨 말을 하는 것일까?' 명외는 도모유키의 눈을 똑바로 바라보았다. 그의 말을 알아들을 수 없었으나 그가 무슨 말을 하고 싶은 것인지는 알 수 있었다.

도모유키는 히노에게서 배운 '사랑한다'는 조선말을 잊어버린 적이 없었다. 수없이 되뇌던 말이었다. 그러나 '사랑한다'는 말을 조선말로 할 수는 없었다. 이 순간조차 속내를 명외가 분명하게 알아듣도록 말하지 못하는 자신이 싫었다.

"어서 가시오. 어서!"

도모유키가 명외와 아비를 돌려세웠다. 도모유키의 목소리에 콧소리가 섞여 있었다. 어둠 속에서 두 사람은 고개를 돌려 도모유키를 보았다. 돌아서서 걷던 도모유키도 뒤를 돌아보았다. 도모유키가 가라고, 어서 가라고 손짓했다. 명외가 다시 뒤를 돌아보았을 때 도모유키의 모습은 보이지 않았다.

15

철군

조선인들이 움막에서 끌려 나왔다. 팔이 뒤로 묶이고 목은 새끼줄로 줄줄이 묶여 있었다. 훈련장으로 끌려가는 동안 조선인들은 울었다. 아무도 말해주지 않았지만 자신들이 죽을 자리로 끌려가고 있음을 알았다. 아직 세상을 얼마 살지 못한 자가 울었고, 세상을 살 만큼 산 자도 울었다. 얼굴이 피로 물든 남자도 흐느꼈다. 묶이지 않으려고 발버둥 치다가 두들겨 맞거나 찔린 자들은 절룩거렸다.

병졸의 발길질에 넘어진 조선인이 앞선 자와 뒤따르는 자의 목줄을 죄었다. 한 명이 넘어지면 줄줄이 목이 엮인 사람들이 덩달아 넘어지거나 자빠졌다. 발길질에 차여 넘어진 사람과 목이 졸려 기던 사람이 동시에 일어섰다. 한 사람이 먼저 일어나면 줄줄이 엮인 줄이 다른 사람의 목을 당겼다. 병졸들이 쓰러진 조선인들을 동시에 일으키느라 애를 먹었다. 성 동쪽의 훈련장으로 향하는 대열은 느렸다. 군막을 지날 때마다 손과 목이 묶인 자들이 끌려 나와 대열과 대열 사이에 끼었다.

"살려주시오. 살려주시오!"

17군막에 속해 있던 조선 남자가 소리쳤다. 일본말이었다. 도모유키는 귀를 막은 채 앞을 보고 걸었다. 창병이 소리치는 영감의 등을 창대로 쳤다. 영감은 비틀거렸지만 넘어지지 않았다. 영감은 더 이상 소리치지 않았다. 소리쳐도 소용없다는 것을 묵직한 쇠몽둥이에 맞고 나서야 알았다. 영감은 소리치는 대신 훌쩍거렸다. 여자들이 울었다. 늙은 여자와 젊은 여자가 울었다.

"살려주시오."

여자들은 제각각 다른 병졸의 이름을 불렀다. 제 몸을 품었던 병졸의 이름이었다. 조선 여자 강희가 여러 병졸의 이름을 번갈아 불렀다. 여자는 목이 반쯤 쉬어 있었다.

"살려주시오. 일본으로 따라갈 테니 살려주시오. 살려주겠다고 하지 않았소. 살려주시오! 시로즈, 살려줘. 시로즈. 살려준다고 했잖아, 시로즈. 제발 살려줘, 시로즈. 나는 죽기 싫어, 시로즈으……."

시로즈의 발걸음이 흔들렸다. 마음이 흔들린 병졸들이 흔들리는 걸음으로 걸었다. 전쟁은 이제 끝이 난다는데, 함께 먹고 함께 굶고, 함께 일한 조선인들을 죽여야 한다는 것을 병졸들은 이해할 수 없었다.

도모유키는 먹먹함과 함께 때 아닌 요의를 느꼈다. 소변이 나오려는 것은 분명 아니었다. 납득할 수 없었다. 도무지 납득할 수 없는 일이 눈앞에서 벌어지고 있었다. 납득하기 힘든 상황을 도모유키 자신이 묵묵히 수행하고 있다는 사실 역시 납득할 수 없었다.

"시로즈, 똑바로 걸어라!"

도모유키가 걸음이 흔들리는 시로즈를 다그쳤다. 흔들리는 자기 마음을 다잡으려고 질러댄 고함이었다. 병졸들은 옆으로 고개를 돌리거나 땅바닥으로 고개를 떨구었다. 남의 눈에 띄지 않게 눈물을 훔치는 자들도 있었다. 도모유키가 똑바로 걸으라고 몇 번이나 고함쳤다. 병졸들에게 떠밀린 조선인들은 울먹이며 훈련장으로 걸었다. 멈추면 목이 졸렸다.

훈련장이 보였다. 먼저 도착한 조선인들이 꾸물거리며 울타리 안으로 들어서고 있었다. 사사키의 무사들이 미적거리는 조선인들을 때리고 차며 울타리 안으로 몰았다. 조선인들은 악에 받친 욕지거리를 쏟아냈다. 욕지거리 사이사이에 살려달라는 울부짖음이 섞여 있었다. 도모유키는 고개를 돌려 벌판 너머 산을 보았다. 명외가 제 아비를 부축하며 넘었을 산이었다.

"간밤에 조선인들이 도망쳤다. 병졸들이 조선인들을 도망치게 해줬다."

훈련장 울타리에 갇힌 조선인들이 소리쳤다.

"도망친 조선인이 있다. 일본 병졸이 도망치도록 도와줬다."

여기저기서 고함 소리가 터져 나왔다. 악에 받친 절규였다. 죽더라도 혼자 죽지 않겠다는 악다구니였다. 조선인들이 고함쳤지만 사사키 부장은 말이 없었다. 고함치는 자를 무사들이 발로 차고 창으로 찔렀다. 조선인들은 더 이상 고함치지 않았다. 훈련장으로 끌려온 조선인은 500명이 넘었다.

열 개 군막에서 500명의 병졸이 대오를 갖추고 걸어왔다. 창검을 든 병졸들이 묶인 조선인들을 뒤에서 찌르고 뺐다. 두 팔과 목이 묶인 조선인들이 몸부림치다가 죽었다.

사사키 부장은 죽은 자의 목을 베라고 하지 않았다. 더 이상 적장에게 바칠 수급이 필요하지 않다는 것이었다. 시체를 모아 태우라고 명령하지도 않았다. 죽은 자들은 훈련장에 그대로 버려졌다. 조선인들을 찌르고 벤 병졸들이 대열을 갖춰 군막으로 돌아갔다. 하늘은 낮았고 바람이 불었다. 독수리 두 마리가 훈련장 하늘에 떠 있었다. 바람에 피비린내가 진동했다. 도모유키는 성밖 벌판을 바라보았다. 명외와 헤어진 자리를 눈으로 가늠했다. 명외가 제 아비를 부축하며 넘었을 산이 높고 멀게 느껴졌다.

'같이 가요, 도모유키 님.'

도모유키는 명외의 말을 기억했다. 명외의 목소리를 떠올리려고 했지만 좀처럼 기억나지 않았다. 도모유키는 그동안 배운 조선 말을 깡그리 잊어버렸다. 히노가 가르쳐준 조선말은 한마디도 생각나지 않았다. 이제 히노가 가르쳐주고, 자신이 외우고 내뱉던 말은 모두 죽은 말이 되어 있었다. 그에게 살아 있는 조선말은 단한 마디뿐이었다.

'같이 가요, 도모유키 님.'

살려서 일본으로 데려갈 조선인들은 모두 창고에 가뒀다. 비를 머금은 바람이 진작부터 불었지만 비는 내리지 않았다. 훈련은 없었다. 성 바깥 작업도 없었다. 병졸들은 모두 해안 작업장으로 나갔다. 참호를 파고 진지를 구축하는 작업이 계속됐다. 사사키 부장의 무사들은 작업장에 나타나지 않았다. 병졸들의 괭이질은 느리고 허술했다. 느린 괭이질 사이에 병졸들은 종일 수군거렸다.

"잡담 금지!"

도모유키가 병졸들을 다그쳤지만 그때뿐이었다. 게으른 손과 부지런한 입은 병졸들의 정직한 마음이었다. 포구에 정박한 배들이 파도에 출렁댔다. 혼마루에서 달려온 사사키 부장의 무사들이 낭떠러지 층계를 뛰어내려 포구로 달려갔다. 검은 갑옷을 입은 무사들이었다. 무사들은 세 명씩 나누어 배 위에 올라탔다. 배를 조사하는 것 같았다. 목수와 대장장이들이 밤낮으로 배에 붙어 작업하고 있었다. 배에서 뛰어내린 무사가 목수를 주먹으로 쳤다. 무사는 모랫바닥에 쓰러진 목수의 허리와 가슴을 닥치는 대로 찼다. 무사들이 목수들을 불러 지시를 내렸다. 목수들이 거듭거듭 머리를 조아렸다. 무사들은 대오를 갖추고 층계를 뛰어올랐다. 도모유키는 능선 위에서 물끄러미 바다를 보았다. 그러고 보니 성 안에서 대장장이의 망치질 소리가 들리지 않았다. 언제부터인가 대장장이와 목수는 모두 배에 붙어서 작업했다. 철병 준비는 진작부터 진행돼왔던 게 분명했다.

저녁 식사를 알리는 고동 소리가 쓸쓸했다. 군막에 남았던 식사 당번 병졸들이 주먹밥이 든 궤짝을 지고 걸어오고 있었다. 말을 탄 사사키의 전령이 밥 궤짝을 짊어지고 걷는 병졸들을 앞질러 달려왔다. 전령은 군막장들의 집합을 알렸다. 바닷바람이 찼다. 전령은 말발굽 소리를 내며 돌아갔고 도모유키는 혼마루로 달려갔다. 작업장에 남은 병졸들이 주먹밥을 씹었다.

혼마루에서 돌아온 도모유키는 곧장 군막으로 향했다. 뒤에 다와라를 멘 사사키 부장의 병졸이 따랐다. 사사키 부장은 군막마다 쌀 한 말씩을 내렸다. 군막에 남아 있던 식사 당번 병졸은 눈을 끔뻑거렸다. 이미 저녁을 먹은 후였다.

"한 말 모두 밥을 지어라. 주먹밥으로."

도모유키는 짧게 말했다. 도모유키는 작업장으로 걸어갔다. 저희들끼리 남은 식사 당번 병졸들이 투덜댔다.

"뭐야, 이거. 저녁밥 실컷 해 먹었는데 또 한 말씩이나 밥을 지으라니……."

"밤에 성 밖 작업이라도 나가는 모양이지, 뭐."

"그러니 말이야. 곧 철병한다는 소문이 자자한데 무슨 성 밖 작업이야? 그러다가 조선 놈들이라도 만나면 어쩌려고."

"조심해야 해. 마지막에 조심해야 하는 법이라고……."

"으이고……."

묶인 쌀자루를 푸는 병졸의 손놀림이 지루했다.

해안을 따라 작업장마다 횃불이 환했다. 새로 파낸 참호마다 허수아비를 세웠다. 조선인들이 지키던 참호에도 허수아비를 세웠다. 괭이를 든 병졸들이 푸념했다.

"공연히 조선인들을 죽이는 바람에 일만 더 늘었네. 조선 여자들이 없으니 이제 어쩌나? 이 긴 밤을 어떻게 새우나? 새로 잡아 와야 하는 거 아닌가? 좀 젊은 것들을 잡아 와야 할 텐데……."

"곧 철수한다는데 여자는 무슨……."

"어허, 답답하기는. 철수할 때 하더라도, 하룻밤이 천 리야……."

병졸들은 투덜대다가 킬킬 웃었다. 다다오키가 병졸들을 물끄러미 바라보았다. 군막마다 작업은 일찍 끝났다. 서둘러 작업을 끝낸 병졸들은 일찌감치 군막으로 돌아왔다. 예상치 못한 휴식에 병졸들은 느긋한 기분이 돼 잡담을 늘어놓았다.

"모두들 딴생각 말고 일찍 자둬라. 내일 일찍 일어나야 한다."

도모유키는 병졸들에게 더 이상 설명하지 않았다.

"내일 새벽 철군한다. 자정을 넘기면 곧 전령이 돌 것이다. 고동은 평소처럼 불 것이다. 하나 소라 고동 소리는 무시한다. 성안에도 첩자들이 숨어 있다. 전령의 명령과 함께 모든 병졸들은 짐을 챙겨 배에 탄다. 불을 더 밝혀서는 안 된다. 병졸들에게는 제 등에 짊어질 만큼의 짐만 허락한다. 명령을 어기는 자는 목을 벨 것이다. 주먹밥은 내일 새벽 배를 타기 전에 군막에서 먹는다. 병졸들에게 주먹밥 하나씩을 더 배급하라. 배에서 따로 식사는 없다. 전원 무장을 갖추고 승선한다. 무기를 버리는 자는 목을 벨 것이다. 내일 새벽 사천에서 온 시마즈 님의 함대가 바닷길을 열 것이다. 제시간에 맞춰 승선해야 한다. 모든 군막은 철병 준비를 완료하고 군막 앞에 대기하라. 지휘 무사들의 명령에 따라 승선한다."

군막장들을 혼마루로 급히 불러들인 사사키 부장의 말이었다. 열흘 안으로 철수한다고 말했던 사사키 부장은 하루도 지나지 않아 철군을 명령했다.

병졸들은 금방 곯아떨어졌다. 도모유키는 쉬이 잠들지 못했다.

'철군⋯⋯.'

드디어 고향으로 돌아가는 것이다. 도모유키는 이치코를 생각하고 연기가 피어오르는 집을 생각했다. 아침 햇살을 맞으며 들로 나가는 제 모습을 상상했다. 괭이를 어깨에 걸친 도모유키 뒤로 어머니와 이치코가 따랐다. 먼저 밭으로 나온 농부들이 인사를 건넸다. 도모유키의 굳센 손에 잡힌 괭이가 부드러운 흙을 깊이 파고들었다.

속살을 드러낸 흙에서 생명의 냄새가 솟구쳤다. 집으로 돌아가는 것이다. 다시 예전처럼 가족이 둘러앉아 식사를 하는 것이다.

'명외…… 이제 우리는 영영 이별하는구나.'

가슴이 아렸다.

'우리는 바다에서 죽을 것이다.'

불현듯 곤도의 말이 생각났지만 도모유키는 빙긋 웃었다. 사사키 부장은 전장에서 평생을 보낸 무장다웠다. 사천에서 달려온 시마즈 요시히로의 함대가 바닷길을 연다. 그사이에 성안의 모든 병졸을 태운 배가 먼바다로 빠져나간다. 얼마나 기막힌 작전인가.

자정이 지나고 한 시진이 겨우 지났을 때 말을 탄 사사키의 전령들이 군막을 돌았다. 고동은 울지 않았다. 도모유키는 병졸들을 깨웠다. 단잠을 깬 병졸들이 눈을 비비며 하품을 했다.

"모두 정신 차리고 들어라. 오늘 철군한다."

병졸들은 졸린 눈으로 서로를 번갈아 보았다.

"철군한다. 각자 등에 짊어질 만큼의 짐만 허락한다. 등짐 외에 따로 짐을 챙기는 자는 군율에 따라 목을 벨 것이다. 짐을 아까워하지 말고 목숨을 아까워하라. 각자 짐을 챙기고 제자리에서 밥을 먹는다. 주먹밥 두 개씩을 나눠 줄 것이다. 하나는 지금 먹고 나머지 하나는 짐 속에 챙겨라. 배에서는 따로 밥이 없다. 무기를 버리지 마라. 승선 때 개인 무기를 지니지 않은 자 역시 목을 벨 것이다."

병졸들은 우왕좌왕했다. 쑤셔 넣은 짐을 다시 푸는 자, 풀었던 짐을 다시 싸매는 자들로 시끌벅적했다. 군막 밖으로 뛰어나가 어딘가에 숨겨둔 물건을 들고 오는 자들이 있었고, 성 밖에 물건을 숨겨두었다며 탄식하는 자들도 있었다. 일찌감치 제 보따리를 여민 병졸이 어깨에 짐을 지어보고 고개를 갸우뚱했다. 짐이 차곡차곡 들어가지 않았다고 생각한 병졸이 짐을 내려 다시 풀었다. 제 짐을 챙길 생각에 마음이 급한 당번병이 서둘러 주먹밥을 배급했지만 밥을 씹는 자는 없었다. 병졸들은 주먹밥을 한쪽으로 밀쳐둔 채 짐을 챙기기에 바빴다. 그릇 하나를 두고 서로 제 것이라며 다투는 자들도 있었다. 도모유키는 챙길 짐이 없었다. 조선 출병 동안 챙긴 물건을 성문 출입 감독 무사에게 고스란히 바쳤다. 아깝다는 생각은 들지 않았다. 제 머리통보다 높은 짐을 진 자들이 다시 짐을 풀고 넘치는 물건을 골라내 버렸다. 크게 인심 쓰듯 옆자리의 병졸에게 버려야 할 제 물건을 나누어 주는 자들도 있었다.

"주먹밥을 챙겨라. 짐을 작게 하라. 짐 높이는 어깨에서 엉덩이를 벗어나지 않아야 한다. 사사키 부장의 명령이다."

도모유키의 고함에 병졸들은 짐을 풀고 묶기를 반복했다. 군막 안은 난장판이었다.

"군막 앞으로 집합하라. 대오를 갖추고 대기하라. 서둘러라. 서

285

둘러!"

짐을 챙긴 병졸들이 하나둘 군막을 빠져나갔고 군막 안은 태풍이 지나간 헛간처럼 너저분했다. 나이 어린 창병이 다른 병졸이 버린 그릇을 주워 들고 고개를 갸우뚱거렸다. 반쯤 깨진 조선 밥그릇이었다. 가지고 가야 할 것인지 말 것인지 고민하던 병졸은 그릇을 바닥에 휙 던지고 군막을 나갔다.

등짐을 지고 칼과 창을 든 병졸들이 히죽거렸다. 벚꽃놀이라도 떠나는 사람들 같았다. 서로 짐 보따리를 풀고 묶어주는 자, 새벽 추위를 이기기 위해 제자리에서 깡충깡충 뛰는 자도 있었다. 도모유키는 인원을 확인했다. 어디론가 사라졌다가 헐레벌떡 달려오는 자가 있었고, 이제 생각이 났다는 듯 대열에서 빠져나가는 자도 있었다.

"이탈 금지. 대오를 유지하라. 모두 제자리에 앉아. 제자리에 앉아!"

집으로 돌아간다는 마음에 들뜬 병졸들의 귀에는 도모유키의 명령이 들리지 않는 모양이었다.

"앉아! 이 새끼들아!"

병졸들이 엉덩이를 땅에 깔고 앉았다. 달은 구름에 가려 보이지 않았다. 병졸들이 다 모이자 군막별로 대오를 갖추고 해안으로 걸어갔다. 이동하는 병졸들의 선두에는 소속을 알리는 깃발이 나부꼈다. 사사키 부장의 무사가 말을 타고 달려왔다.

"17군막장! 17군막장 어딨어!"

무사는 말 위에서 도모유키를 찾았다. 고삐가 당겨진 말이 이리저리 몸을 틀었다.

"내가 17군막장이오."

도모유키가 나섰다.

"17군막은 16군막 뒤에 바싹 붙어 이동한다. 인원 점검을 철저히 하라. 한 번에 승선을 완료해야 한다."

도모유키는 고개를 끄덕였다. 무사는 시끌벅적한 옆 군막으로 말을 몰았다.

"개새끼."

도모유키는 멀어지는 무사의 뒷모습을 향해 침을 뱉었다. 함부로 반말을 지껄여대는 무사가 아니꼬웠다.

규모가 제각각인 부대들이 깃발을 나부끼며 17군막 앞으로 다가왔다가 해안으로 멀어졌다. 군막 깃발들 사이에 가문의 깃발을 앞세운 부대들이 끼여 이동했다. 대장인 고니시 가문 휘하의 작은 가문 소속 병졸들이었다. 깃발마다 문장은 엇비슷했다. 크리스트교의 열십자 모양 깃발을 휘날리는 고니시 가문의 행렬이 길게 이어졌다. 그 뒤로 여러 가문의 깃발이 따랐다. 도모유키의 눈에 낯선 모양의 깃발도 섞여 있었다. 14군막의 깃발을 앞세우고 곤도가 다가왔다. 곤도는 대열을 인솔하며 도모유키를 향해 손을 흔들어 인사했다.

"도모유키, 살아서 돌아갈 수 있겠나?"

곤도는 큰 소리로 웃었다. 곤도의 말은 물음도 아니고 당부도 아니었다. 그렇다고 비웃음도 아니었다. 도모유키는 말없이 곤도를 보았다.

"나고야에서 만날 수 있기를 바라네."

14군막의 병졸들이 곤도의 인솔 아래 해안 쪽으로 멀어졌다. 17군막은 16군막 끝에 바싹 붙어 걸었다. 빈 군막이 바람에 타타타타 소리를 내며 떨었다.

16

검은 구름

마른 억새가 바람에 춤췄다. 겨울이 오고 있었다. 이곳저곳에서 합류한 군사들은 소속을 알 수 없었다. 병졸들은 한데 뭉쳐 다닐 뿐 인사를 하거나 자신을 소개하지 않았다. 조선인 옷을 훔쳐 입은 자도 있었고, 너덜너덜한 갑주를 걸친 자도 있었다. 서로 얼굴을 아는 자들끼리 서너 명씩 조를 이룬 낙오병들은 저희들 뜻대로 움직였다. 그러나 누구도 무리에서 벗어나려 하지는 않았다. 어디로 가야 하는지 아는 자가 없었다. 사방엔 어디나 적병이었다. 조선과 명나라 군사들이 산과 들을 샅샅이 뒤지고 다녔다. 적들은 승리했고 토벌 작전 중이었다. 적들은 개미 떼처럼 새까맣게 몰려다녔다. 조총 소리가 들렸고, 이따금 대포 소리도 들렸다.

낙오병들은 걸었다. 그냥 앞으로 걸었다. 목적지는 없었다. 적병이 보이면 숨었고, 대포 소리가 들리면 엎드렸다. 멀리서 들리는 대포 소리에도 낙오병들은 땅바닥에 오래도록 엎드려 있었다.

죽은 줄 알았던 다다오키를 다시 만난 것이 큰 위안이었다. 성을 떠나 한배에 오른 군막의 병졸들은 배가 침몰하는 순간 바다로 뛰어들었다. 물에 빠진 병졸들은 얼어 죽거나 맞아 죽었다. 조선 수군은 바다에 빠진 일본군을 향해 활과 총을 퍼붓듯이 쏘아댔다. 이미 죽은 자들이 무수히 많은 화살을 받았다. 화살을 받은 시체들이 갈대 섬처럼 떠다녔다. 살아 헤엄치던 자는 육중한 조선 병선에 부딪혀 머리가 깨지고 허리가 부러져 죽었다. 일본군 병선은 바다에 빠진 아군을 구하지 않았다. 물에 빠져 허우적거리는 병졸들을 향해 병선은 빠르게 다가왔다가 빠르게 멀어졌다. 병선이 지나가고 난 바다엔 시체가 떠올랐다. 숨이 붙어 있던 자들은 시체로 변했고, 갈가리 찢어졌다. 먼바다를 향해 달아나던 병선은 조선 병선의 대포에 가라앉았다.

물에 빠진 조선 수군이 살려달라고 소리쳤고, 조선 병선이 물에 빠진 조선 수군을 향해 화살을 쏘았다. 살아 있는 자는 죽은 자와 맞섰고, 배에 탄 자는 물에 빠진 자와 맞섰다. 아직 살아 있는 자들이 이미 죽은 자들을 또 죽였고, 배에 탄 자는 물에 빠진 자를 향해 긴 낫을 휘둘렀다. 배와 배는 부딪치고 깨졌다. 조선 수군의 두꺼운 판옥선에 부딪힌 아타케부네*는 마른 낙엽처럼 부서졌다. 멀찍이 떨어진 명나라군이 도망치는 아타케부네를 대포로 부쉈다. 일본과 조선의 병선들이 접전을 벌이는 바다를 향해 명나라군은 쉬지 않고 포를 쏘아댔다. 판옥선이 깨졌고, 아타케부네가 하늘로 떠올랐다가 바닷속으로 사라졌다. 헤엄을 칠 줄 아는 자와 헤엄을 치지 못하는 자 모두에게 죽음은 공평했다. 성난 바다는 모든 것을 분별없이 삼켰다. 깨진 선체를 붙잡고 파도에 밀리던 도모유키는 밤이 이슥할 무렵 해안에 닿았다. 바다의 싸움은 밤이 이슥할 때까지 멈추지 않았다. 벌건 불덩이들이 섬처럼 떠다니다가 가라앉았다.

서너 명에 불과하던 낙오병은 시간이 갈수록 늘었다. 낙오병들은 갈대숲에서, 바닥이 드러난 개울에서도 기어 나왔다. 일본말을 한다는 것으로 서로가 아군임을 인정했다. 스무 명에 이르는 낙오병들이 억새숲을 헤치며 걸었다. 산으로 달아나야 한다는 패들이 있었고, 바다로 나아가야 한다는 패들이 있었다. 낙오병들에게는 계통이 없었고 지휘와 명령은 통하지 않았다. 아시가루가 하급 무사에게 대들었고 하급 무사가 군막장에게 대들었다. 갑주를 걸친 장수가 말없이 낙오병들을 따랐다.

낙오병들은 모두 사나운 몰골이었다. 갈수록 낙오병들의 말수

---

* 아타케부네(安宅船). 임진왜란 당시 일본 수군의 대표적 전함. 조선의 판옥선보다 얇고 약했다. 바닥이 뾰족해 순풍에 빨리 달릴 수 있었지만 암초가 많은 연안에서는 방향을 바꾸기가 힘들었다.

는 줄었다. 흔적이 남는다며 억새를 쓰러뜨리지 말라고 신경질적으로 말하던 자도 입을 닫았다. 더 이상 지껄일 기운이 남아 있지 않았다. 굶주림과 추위, 공포에 휩싸인 채 무리는 앞선 자의 뒤를 따라 걸었다. 목적지도 없었고, 가는 곳을 몰랐다. 조총을 가진 자는 없었고, 허리에 찬 칼과 주운 창이 고작이었다. 그나마 죽은 자의 몸을 뒤적여 거둔 병장기가 대부분이었다. 차라리 다행이었다. 조총을 쏘아대면 적에게 발각될 위험만 높았다.

우거진 억새 너머로 작은 오두막집 두 채가 보였다. 지붕 위로 가는 연기가 오르고 있었다. 사람이 사는 집이 틀림없었다. 뿔뿔이 흩어져 걷던 낙오병들이 처음으로 둘러앉았다.

"모두 들어가는 것은 위험하다. 두세 명이 가서 상황을 살피자."

도모유키와 다다오키가 나섰다. 하급 무사가 함께 가겠다며 일어섰다. 다다오키가 "닥치고 가만있어"라고 소리쳤다. 놈은 물러서는 대신 칼을 뽑았다. 해볼 테냐는 식이었다. 하급 무사는 적의가 가득한 눈빛으로 다다오키를 쏘아보았다. 사람을 믿지 않는 눈빛이었다.

"됐다, 다다오키. 먹을 만한 게 있으면 같이 먹는다. 둘이든 셋이든 마찬가지다."

도모유키와 다다오키, 하급 무사가 허리를 숙이고 앞으로 나아갔다. 억새숲 속에 남은 낙오병 무리는 이내 보이지 않았다. 적들이 불을 지르지 않는 한 억새숲 속은 안전할 것 같았다. 세 사람은 허리를 숙이고 우거진 억새를 가로질렀다. 사람 키 높이만큼 자란 억새들이 가지런히 넘어졌다.

억새숲 가운데서는 보이지 않던 집이 뒤에 하나 더 있었다. 맨 앞집은 돌담조차 없었다. 마당에서 사내아이가 아장아장 걸었다. 대여섯 살쯤 돼 보이는 계집아이가 사내아이의 허리를 껴안고 힘겹게 들어 올렸다. 남매처럼 보이는 두 아이는 장난을 치고 있었다. 사내아이가 까르르 웃음을 터뜨렸다. 여자아이도 따라 웃었다.

소리 내지 않고 다가섰다. 부엌에서 불을 때던 여자가 물이 담긴 장독을 들고 나와 마당에 뿌렸다. 아이들의 어미 같았다. 사내아이가 물 머금은 마당을 찰박찰박 소리 내며 밟았다. 헛간에서 나온 남자가 장난치는 아이를 번쩍 안아 마른 쪽으로 옮겨다 놓았다. 남자는 다리를 조금 절었다. 아기가 알 수 없는 소리를 지르며 남자를 따랐다.

집으로 달려가려는 다다오키를 도모유키가 막았다.

"우선 뒤에 있는 두 집을 먼저 살펴야 한다. 몇 사람이 더 있는지 알아내야 한다."

다다오키가 고개를 끄덕였다. 하급 무사와 다다오키는 허리를 숙이고 빠른 걸음으로 맨 앞쪽 집을 지나쳤다.

그다음 집은 비어 있었다. 돌과 짚을 흙에 섞어 바른 담은 허물어지는 중이었다. 처마에 걸린 거미줄이 바람에 흐느적거렸다.

부엌문은 부서져 있었고 안에는 빈 솥 하나 남아 있지 않았다. 마당에 시든 잡풀이 무성했다. 오랫동안 사람이 다녀간 흔적이 없었다.

다다오키와 하급 무사가 세 번째 집을 향해 뛰었다. 집은 앞집과 조금 떨어진 곳에 있었다. 연기는 오르지 않았지만 사람 소리가 들렸다. 가래가 잔뜩 걸린 기침 소리가 연이어 터졌다.

어깨가 넓은 남자가 등을 이쪽으로 향한 채 마당에 앉아 토끼 가죽을 벗기는 중이었다. 앉아 있었지만 덩치가 커 보였다. 문 닫힌 방 안에서 다시 기침 소리가 터졌다. 하급 무사가 집을 한 바퀴 에돌아 제자리로 왔다. 두 사람 외에는 없는 것 같다고 했다. 기침을 하는 사람과 덩치가 큰 남자, 첫 번째 집의 젊은 부부와 어린아이 둘이었다. 다다오키가 도모유키의 얼굴을 보았다. 결정을 바라는 얼굴이었다. 근처에 적병의 기미는 보이지 않았다. 굳이 조선인들을 죽일 필요는 없었다.

"거기 누구요?"

생각에 빠져 있느라 뒤를 살피지 않았다. 사람이 더 있을 것이란 생각을 못 했다. 대나무 광주리를 이고 오던 여자가 세 사람을 발견했다.

"왜놈이다!"

여자가 소리를 질렀다. 토끼를 잡던 남자가 일어섰다. 토끼 가죽을 벗기던 칼을 손에 쥐고 있었지만 남자는 얼어붙은 듯 제자리에 서 있었다. 하급 무사가 달려들어 남자를 찌르고 벴다. 몸놀림이 눈에 띄게 유연하고 빨랐다. 남자는 입에서 피를 뿜으며 앞으로 고꾸라졌다. 여자는 광주리를 내팽개치고 달아났다. 다다오키가 도망치는 여자를 쫓아가 뒤에서 베었다. 어깨부터 허리까지 잘린 여자는 외마디 비명과 함께 마른 풀 위로 쓰러져 꿈틀거렸다. 먼지가 풀썩 일어났다. 해소 기침을 해대던 늙은이가 방문을 열었다. 늙은이가 무슨 말을 하려다가 다시 해소 기침을 쏟아냈다. 하급 무사는 늙은이의 기침이 멈추기도 전에 그의 상투를 잡고 목을 베었다. 반쯤 베인 늙은이의 목이 열린 방문 아래로 맥없이 늘어졌다. 붉은 피가 방문턱을 타고 꾸물꾸물 마당으로 흘렀다.

세 사람은 처음 발견한 집으로 달렸다. 바람이 시끄럽게 불고 있었다. 바람 소리 때문에 조선인들은 아무 소리도 듣지 못했을 것이다. 소리를 들었더라도 조선인들이 도망칠 여유는 없었다. 조선인들이 조총을 가지고 있지 않는 한 문제 될 것은 없다. 도모유키는 휙휙 떠오르는 생각을 잡풀처럼 헤치며 달렸다.

마당에서 아이들이 여전히 까르르 웃음을 터뜨리고 있었다. 무사가 방에서 나오던 남자를 잡아 쓰러뜨렸다. 도모유키는 부엌에서 불을 때던 여자를 끌어냈다. 여자는 살려달라고 빌었다. 두 손을 합장한 채 여자는 빌었다. 계집아이가 울음을 터뜨리자 멀뚱한 눈으로 바라보던 사내아이도 울음을 터뜨렸다. 아비가 무릎걸음으로 다가가 두 아이를 안았다. 아비가 달랬지만 놀란 아이들은 울음을 그치지 않았다. 꿇어앉은 아비가 칼을 든 낙오병들과 우는 아이를 번갈아 살폈다. 안타까움과 절망, 공포가 밴 얼굴이었다.

여자는 살려달라고 빌었다. 여자는 손바닥을 마주 비비며 거듭 머리를 조아렸다. 성으로 잡혀 온 조선인들도 그렇게 빌었다. 잡혀 온 자들의 소망은 부질없었지만 조선인들은 빌기를 멈추지 않았다. 맨손으로 비는 조선인의 소망은 칼을 찬 병졸에게 전달되지 않았다. 조선인들의 소망과 운명 사이에는 차갑고 깊은 강물이 흘렀다. 남자는 꿇어앉아 두 아이를 안았다. 일본군 주력은 퇴각했고 전쟁은 막바지로 치닫는 중이었다. 젊은 부부와 아이들은 전쟁 끝자락에서 그들의 전쟁과 마주 섰다.

도모유키가 빌고 있는 여자의 머리채를 잡았다. 여자는 겁에 질린 눈으로 도모유키를 보았다. 눈물이 고여 있었다.

"죽이지 않겠다. 당신들을 모두 살려주겠다. 알겠나?"

여자는 대답이 없었다. 말을 알아들을 턱이 없었다. 도모유키는 조선말로 말했다.

"밥을 달라. 밥."

여자는 머리를 끄덕였다.

"남자는 살려둘 필요가 없지 않습니까?"

다다오키의 목소리에는 감정이 묻어 있지 않았다. 다다오키는 위험하고 성가시니 베어버리자고 했다. 도모유키는 내키지 않았

296

다. 상대는 혼자고 어린 자식을 둔 아비다. 도망치거나 목숨을 걸고 저항할 처지는 아니다.

"아니다, 다다오키. 쓸모가 있을지도 모른다. 우선 새끼줄로 묶어둬라."

다다오키가 엎드려 있던 남자를 일으켜 세워 헛간 기둥에 묶었다. 아이들이 묶인 제 아버지의 다리를 붙잡고 훌쩍거렸다. 아비가 낮은 소리로 아이들을 달랬다.

여자가 손으로 마당 한구석을 파고 쌀 항아리를 끄집어냈다. 작은 조선 항아리였다. 여자는 헛간의 짚단 속에서도 쌀을 꺼냈다. 떨리는 손이었다. 여기저기서 긁어낸 쌀은 한 되가 넘었다. 여자는 양식을 모두 줄 테니 살려달라고 말하고 있었다. 도모유키는 고개를 끄덕였다. 죽이지 않겠다. 죽일 이유가 없다. 도모유키는 조선인들을 죽이지 않겠다고 생각했다. 여자가 부엌으로 들어갔다.

"다다오키, 억새숲으로 돌아가서 모두 기다리라고 해라. 있었던 그대로 말하고, 밥을 지어서 가져갈 테니 기다리라고 해라."

"그자들이 제 말을 믿을까요?"

"믿지 못하겠다는 자가 있으면 네가 남고 다른 놈 하나를 이쪽으로 보내라. 밥이 다 되면 가져가겠다. 모두 집으로 몰려오면 어떤 일이 벌어질지 모른다."

하급 무사도 그게 좋겠다고 했다. 다다오키는 집을 힐끗 훑어본 후 억새숲 속으로 사라졌다. 다다오키의 발에 눌린 억새가 누 웠다가 슬그머니 일어났다.

하급 무사는 시마즈 휘하의 마타이치라고 신분을 밝혔다. 사 천에서 달려온 시마즈 함대의 무사였다. 도모유키는 고니시 휘 하 신성산성의 17군막장이라고 자신을 소개했다. 마타이치는 고 개를 숙여 예의를 갖췄다. 그는 다시 맨 뒷집으로 가서 먹을 만한 게 있는지 살펴보겠다고 했다. 여자가 부엌에 큰솥을 얹고 불을 지폈다. 무겁고 검은 하늘 저편에서 남빛 하늘이 물러나고 있었 다. 북쪽 하늘에서 찬 바람이 불었다.

다다오키는 금방 돌아왔다. 혼자가 아니었다. 열대여섯 명의 낙 오병들이 모두 몰려왔다.

"어쩔 수 없었습니다."

다다오키가 화난 얼굴에 민망한 표정을 지었다. 낙오병들은 조 선인의 집을 들쑤시고 다녔다. 짚단 더미를 긴 창으로 푹푹 찔러 대고, 닫힌 문을 모조리 열어젖혔다. 다른 집으로 갔던 자들은 물독과 그릇을 챙겨 왔다. 죽은 조선인의 옷을 벗겨 입은 자도 있 었다. 장수의 갑옷을 입은 자는 흙담 아래 앉아 말이 없었다. 도 모유키가 다가가 앉았다. 옷을 훔쳐 입은 게 아니라면 그는 지위 가 높은 장수가 틀림없었다.

도모유키가 먼저 소속과 지위를 밝혔다. 장수는 고개를 들어 도모유키를 보았다. 공허한 눈빛이었다.

"고니시 님 휘하 신성산성의 17군막장 다나카 도모유키라……."

장수는 도모유키의 말을 그대로 뇌까렸다.

"고니시 님 휘하 사사키 부장 아래에 있었습니다."

"순천에 있었군."

그가 고개를 떨군 채 혼잣말처럼 뱉었다.

"집에 있는 것은 위험합니다. 적들이 도처에 깔렸습니다. 아침에도 명나라 군사들을 봤습니다. 이 근처에 적병들이 없다는 보장이 없습니다. 장군께서 병졸들을 모두 억새숲으로 돌려보내는 게 좋겠습니다. 몇 명이 남아서 밥을 나르겠습니다."

도모유키가 빠르게 지껄였다.

"도모유키, 그대는 토벌전을 치러본 적이 있나……?"

도모유키는 대답하지 않았다. 이자도 곤도처럼 무사의 근성을 이야기하려는 것일까? 첫 조선 정벌 때 평양성까지 진군한 적이 있었다. 패한 적들은 도망쳤고 도모유키의 부대는 적의 뒤를 쫓았다. 토벌전은 아니었다. 도모유키는 다만 행군했을 뿐이었다. 적이 버리고 간 성을 점령했고, 적이 떠나고 없는 길을 걸었다.

"패잔병은 어차피 죽는다. 더구나 여기는 조선 땅이다. 항복하더라도 우리는 죽게 돼 있다. 얼마나 빠르게 죽느냐가 다를 뿐이다. 내버려둬라."

그는 다시 침묵 속으로 빠져들었다.

"모두 숲으로 돌아가서 기다려라."

도모유키가 일어나면서 소리쳤다.

"밥이 다 되면 모두 함께 먹을 것이다. 모두 억새숲으로 돌아가 엎드려 기다려라."

도모유키의 고함 소리에 다다오키와 마타이치가 옆으로 와서 섰다. 도모유키는 마타이치를 흘끗 보았다. 그가 고개를 끄덕였다. 집 안을 뒤적거리던 역부와 병졸들이 못마땅한 눈으로 도모유키를 보았다.

"너희들끼리 밥을 다 처먹겠다고?"

조선 옷을 입은 땅딸막한 자가 나섰다.

"나는 고니시 유키나가 님 휘하 17군막장 다나카 도모유키다. 지금부터 내 말은 명령이다. 너의 소속을 밝혀라."

패잔병들에게 군율이 통할지 알 수 없었다. 그러나 오합지졸인 상태로는 전멸을 면하기 어려웠다.

"나한테 소속 따위는 없어. 나는 오사카의 무역상이다. 고니시 님과 오래 거래를 해왔던 사람이다. 네 졸병이 아니니 네 말을 들을 필요는 없을 것 같은데……."

상인은 가소롭다는 듯 미소를 흘렸다.

"상인이든 무사든 상관없다. 모두 억새숲으로 돌아가라. 돌아가지 않는 자는 군율에 따라 목을 벨 것이다."

"군율? 헛소리 집어치워라, 군막장. 우리가 마음에 들지 않으면 네가 떠나라. 우리와 같이 있는 게 싫으면 네놈이 떠나란 말이다!"

머리를 풀어 헤친 병졸이 짐승처럼 으르렁거렸다. 역시 조선 옷을 입고 있었다. 그는 소속을 밝히는 대신 도모유키의 명령을 받을 만큼 신분이 낮지 않다고 말했다.

"다다오키, 저놈을 베라."

다다오키가 긴 칼을 빼 들고 병졸을 향해 천천히 다가섰다.

"오냐, 어디 오너라."

병졸은 물러서지 않고 칼을 빼 들었다. 슬금슬금 물러선 병졸들이 두 사람을 중심으로 빙 둘러섰다. 개싸움이라도 구경하려는 자들 같았다. 군율의 집행이 아니라 다다오키와 놈의 한판 대결장이 되고 말았다. 검 실력을 겨루는 자리가 아니었다. 군율에 따라 놈을 처벌해야 했다. 도모유키가 칼을 빼 들고 다다오키를 지원했다.

"그만두라!"

웅크리고 앉아 있던 장수가 일어섰다. 낙오병들은 마치 장수의 복장을 그때 처음 발견한 사람들처럼 놀란 표정을 지었다.

"나는 시마즈 요시히로 님 휘하의 부장 게이넨이다. 우리는 낙오됐다. 주력군은 깨지거나 본국으로 떠났다. 너희끼리 죽이지 않아도 적군들이 곧 너희의 목을 찾을 것이다. 목숨을 재촉하지 마라. 우선 여기서 밥을 먹는다. 모두 지금 서 있는 자리에 앉아라.

밥이 다 되면 조선인을 시켜 공평하게 나눌 것이다. 누구도 밥솥에 손을 대서는 안 된다. 이건 명령이다. 모두 지금 그 자리에 앉아라."

장군은 유키나가 휘하의 병졸과 시마즈 휘하의 병졸을 구분했다. 신성산성 병졸 둘을 뽑아 경계하도록 했다.

제 아비의 다리를 붙들고 앉아 있던 조선 아이들이 마당으로 나왔다. 낯선 사람들이 얼마쯤 익숙해진 듯했다. 계집아이가 여기저기에 널브러진 병졸들 사이를 헤집고 다녔다. 겨우 걸음마를 배운 사내아이가 누이를 뒤쫓다가 넘어졌다. 옆에 있던 병졸이 저리 꺼지라며 고함쳤다. 조선 여자가 달려 나와 아이들의 손목을 잡고 부엌으로 끌고 갔다. 부엌에 앉아 있던 아이들은 얼마 지나지 않아 다시 마당으로 나와 뛰어다녔다. 헛간 기둥에 묶인 아비가 아이들을 불렀다. 아이들은 아버지를 향해 까르르 웃었다. 아비가 낮지만 엄한 목소리로 아이들을 불렀다. 아이들이 아비를 향해 떠들어댔다. 아비가 다시 낮지만 노한 목소리로 소리쳤다. 아이들은 그제야 묶인 아비 옆에 앉았다. 거의 드러눕듯 널브러진 병졸 하나가 밥이 왜 이렇게 늦느냐고 투덜댔다.

장군은 약속대로 경계에 나선 병졸들에게 맨 먼저 밥을 줬다.

"모두 제자리에서 기다려라. 밥은 조선 여자가 공평하게 나눌 것이다."

김이 무럭무럭 오르는 밥이었다. 여자는 낙오병들 사이를 오가며 밥을 퍼 주었다. 뒷집에서 그릇을 훔쳐 온 자들은 훔친 그릇에 밥을 받았다. 역부 하나가 뜨거운 밥을 손바닥에 받았다가 서둘러 제 옷 위에 내려놓았다. 조선인 옷을 입은 병졸은 아예 웃옷을 벗어 제 몫의 밥을 받았다. 밥을 먼저 받은 자들이 허겁지겁 제 입으로 밥을 집어 넣었다. 뜨거운 입을 벌리고 후후 불어댔다. 반찬은 없었다. 된장조차 없었지만 병졸들은 불평하지 않았다. 도모유키도 제 몫의 밥을 받았다. 희고 따뜻한 밥이었다. 조선 여자가 조금이라도 더 퍼 주면 좋겠다고 생각했다. 다다오키와 마타이치도 제 몫을 받았다. 뜨거운 밥을 후후 불며 다다오키는 만족한 미소를 지었다. 다다오키와 눈이 마주친 도모유키도 웃었다. 따뜻하고 부드러운 밥이 목구멍을 타고 내려갔다. 배와 창자까지 온기가 번졌다. 이틀 만에 처음 먹어본 밥이었다.

"뭐야, 이거. 내 밥이 없잖아!"

누군가가 고함쳤다. 허겁지겁 밥을 쑤셔 넣던 사람들이 고개를 들었다. 병졸 하나가 일어나서 밥솥을 찼다. 한 숟가락 조금 더 될 밥이 흩어졌을 뿐 밥솥은 비어 있었다. 옆에 앉아 있던 깡마른 병졸도 욕을 하며 일어섰다.

"내 밥도 너무 작았어. 공평하게 나눈다더니 내 밥은 왜 작아!"

조선 여자가 무릎을 꿇고 빌었다. 손바닥을 비비며 여자는 처음 잡혔을 때처럼 빌었다.

"밥을 내놔, 내 밥을 내놓으란 말이다!"

병졸이 꿇어앉은 여자를 찼다. 마당에 둘러앉은 자들은 다시 제 몫의 밥을 먹느라 바빴다. 도모유키와 다다오키도 무심히 밥을 씹었다.

"쌀이 더 없나?"

게이넨이 일어섰다. 조선 여자는 대답 대신 꿇어앉아 빌기만 했다.

"쌀이 더 없나? 누구 조선말 할 줄 아는 자 없나?"

제 몫을 모두 먹은 상인이 흐뭇한 얼굴로 조선말을 했다. 조선 여인이 대답했다.

"쌀은 더 없다고 합니다."

"쌀을 내놓지 않으면 식구들을 모조리 죽이겠다고 해라."

상인과 조선인이 이야기를 주고받았다.

"쌀은 없답니다. 조선 여자가 살려달라고 말합니다. 자신을 풀어주면 이웃 마을로 가서 쌀을 구해 오겠다고 합니다."

그 순간 밥을 내놓으라고 고함쳤던 병졸이 조선 여자를 발로 차 쓰러뜨리고 긴 칼로 내리 찔렀다. 그는 고통에 몸부림치는 여자를 마구 찔러댔다. 순식간의 일이었다. 여자의 비명 소리가 높이 솟았다가 끝을 맺지 못하고 사그라졌다.

헛간 기둥에 묶인 조선 남자가 울부짖었다. 여자아이가 제 아비의 다리를 붙잡고 울었다. 남자아이도 울음을 터뜨렸다. 마당에 앉은 역부와 병졸들은 꾸역꾸역 밥을 삼켰다. 밥을 받지 못한 병졸은 분노로 으르렁댔고 죽은 조선 여자의 몸뚱이에서 뜨거운 피가 흘렀다. 역부 하나가 꾸물꾸물 흐르는 피를 피해 앉은걸음으로 자리를 옮기며 밥을 씹었다. 날뛰던 병졸은 밥솥을 껴안고 소리 나게 긁어댔다. 일어섰던 다다오키도 다시 앉아 밥을 씹었다. 도모유키도 게이넨도 마타이치도 밥알을 삼켰다.

사위는 어둡고 바람은 거칠었다. 병졸들이 나뭇가지를 꺾고, 잔가지를 주워 모았다. 마른 억새를 덮어 움막 두 개를 만들었다. 바닥에는 억새를 두툼하게 깔아 찬 기운을 막았다. 움막의 세 방향을 모두 막고 남쪽을 열어두었다. 역부가 움막 앞에서 불을 피웠다. 부장 게이넨은 무엇인가 말을 하려다가 그만두었다. 무사 하나가 막 피기 시작한 불을 밟아 껐다. 추웠다. 추위를 막으려면 불을 피워야 했고, 적을 피하려면 불을 꺼야 했다. 사람들은 역부가 불을 피우기 시작했을 때도, 무사가 막 피기 시작한 불을 밟아 껐을 때도 참견하지 않았다. 적은 두려웠고, 추위는 진저리 났다.
대충 덮어둔 움막 지붕 위로 달빛이 밝았다. 북풍은 산을 넘고 강을 건너왔다. 바람 소리가 적병의 고함 소리 같았다. 말굽 소리도 섞여 있었다. 창검 부딪치는 소리도 섞여 있었다. 긴 창을 들고, 힘센 말을 타고 달려온 바람이 얼기설기 엮어놓은 움막을 할퀴었다. 움막 틈으로 파고드는 바람 소리가 음산했다.
성을 떠난 지 고작 이틀이 지났을 뿐인데 겨울이 성큼 다가와 있었다. 움막 안에 드러누운 낙오병들은 금방 코를 골았다.

"어이, 춥다. 차라리 조선인 집에 남아 있을 걸 그랬나?"

밖에서 경계 근무 중인 병졸이 중얼거렸다. 바다에 떨어진 후 파도에 밀리고 부딪힌 몸뚱이들이 끙끙 앓는 소리를 냈다. 앓는 소리와 코 고는 소리가 규칙적이었다. 부엉이가 울었다.

설핏 잠이 들었을 때 누군가 도모유키의 어깨를 흔들었다. 다다오키였다. 경계에 나서야 할 차례였다. 도모유키는 쑤시는 허리에 힘을 주지 않으려 애쓰며 움막을 나왔다. 바람이 찼다.

배가 고팠다. 조선인 집에서 밥을 먹고 곧 떠나 오래 걸었다. 기왕 조선인 집에서 떠나기로 한 이상 멀리 벗어나는 편이 좋았다.

집을 떠나기 전에 조선인들을 모두 죽였다. 어린아이까지 죽였다. 전장이었다. 상대를 죽이지 않으면 내가 죽어야 했다. 조선인은 일본군과 마주치는 곳에서 죽어야 했고 낙오병은 토벌대를 만나는 자리에서 죽어야 했다. 전장은 그런 곳이었다. 죽은 조선인 가족을 한 구덩이에 묻었다. 옷을 훔쳐 입은 자들은 벗어버린 갑옷을 함께 묻었다. 내일이나 모레쯤 적병들이 조선인의 집을 수색하지 않으리란 보장이 없었다.

도모유키는 전장에서 만났으되 죽이거나 죽임을 당하지 않은 명외를 생각했다. 명외와 같은 하늘 아래 서 있다고 생각하자 몸속 깊은 곳에서 따뜻한 기운이 일어났다. 명외는 무사히 집에 도착했을까? 명외의 얼굴이 아득했다.

306

병졸 한 명과 역부 두 명, 상인은 조선인의 집에 남았다. 그들은 찬 바람 불고 서리 내리는 들판으로 나서려 하지 않았다. 적을 만나 죽더라도 집에 남겠다고 했다. 부장 게이넨은 망설였지만 남겠다는 자들을 두고 떠났다.

빗물 고인 웅덩이에 달이 떠 있었다. 다다오키와 도모유키는 엎드려 물을 마셨다. 할아버지는 산이나 들에 고인 물을 함부로 먹지 말라고 했다. 산에서 고인 물을 찾아내면 침을 뱉어보라고 했다. 살아 있는 물과 죽은 물을 구별하는 방법이었다. 침이 잘게 흩어지면 살아 있는 물이라고 했다. 침이 부서지지 않고 뭉쳐 떠다니면 죽은 물이라고 했다. 할아버지는 모르는 게 없었다. 도모유키는 아버지와 어머니 앞에 서서 살아 있는 물과 죽은 물을 가려내는 법을 자랑했다. 할아버지는 짐짓 모른 척했다. 어머니는 빙그레 웃었고 아버지는 세상에 그런 신기한 방법을 누구에게 배웠느냐고 물었다. 도모유키는 할아버지에게 배웠다고 떠들어댔다. 아버지가 두 팔을 벌려 어린 도모유키를 안았다. 어린 이치코가 부러운 눈빛으로 도모유키를 보았다. 어머니가 이치코를 껴안았다. 방 가운데 늘어뜨려 걸어놓은 불 그릇은 따뜻했고 아버지의 커다란 그림자는 아늑했다. 도모유키가 아홉 살 때였다.

도모유키가 뱉은 침은 흩어지지 않고 뭉쳐서 둥둥 떠다녔다.

"다다오키, 이 물은 죽은 물이다."

다다오키가 도모유키를 보았다.

"이 물은 죽은 물이야. 침이 퍼지지 않고 둥둥 떠다니고 있지 않나. 죽은 물을 마셨으니 우리는 이제 죽는다."

다다오키의 얼굴이 일그러졌다.

"하하하, 염려 마라, 다다오키. 더러운 물이지만 죽지는 않는다. 물에 생기가 없다는 말이다."

다다오키는 재미없다는 표정으로 웃었다.

바람이 멎었지만 하늘은 검고 낮았다. 한바탕 비나 진눈깨비라도 내릴 태세였다. 날씨는 밤새 더 추워졌다. 사람들의 입에서 하얀 입김이 연기처럼 흩어졌다. 움막을 걷어내는 역부들의 손놀림은 느렸다. 걷어낸 나뭇가지와 억새를 사방으로 흩뿌렸다.

낙오병들은 쉬지 않고 걸었다. 땅바닥이 움푹 팬 곳에 발이 푹 빠졌다. 앞서 걷던 자의 몸이 휘청거렸고, 뒤따르던 자 역시 휘청거렸다. 낙오병들은 다만 앞선 자의 뒤통수에 눈을 박고 걸었다.

기러기들이 하늘을 날고 있었다. 새들은 힘들이지 않고 너울너울 산을 넘어 사라졌다. 참새들이 파르르 소리 내며 나무와 나무 사이를 날았다. 숨어 있던 참새들은 갑자기 나타났다가 금세 사라졌다. 하늘은 점점 더 낮아졌고 무거워졌다.

누가 명령한 것은 아니지만 무리는 산자락을 타고 걸었다. 트인 능선과 들판은 위험했고, 막힌 산은 험했다. 산자락이 제격이었다. 적을 만나면 산으로 숨기 좋았고, 운이 좋으면 겨울 채소가 자라는 밭을 만날 수도 있었다. 조선인이 사는 집을 만나면 좋겠다고 생각했다.

쿠르르르 콰앙…… . 멀리서, 아주 먼 곳에서 대포 소리가 들렸다. 명나라군의 대포였다. 대포 소리는 두꺼운 쇠북 소리처럼 긴 여운을 남겼다. 얼마나 많은 병졸들이 본국으로 떠나지 못하고 조선 땅을 헤매는 것일까? 얼마나 많은 사람들이 살아서 본국으로 돌아갔을까? 적선의 대포에 깨지지 않고 먼바다로 나간 배들은 본국에 닿았을까? 부러움과 안타까움에 명치끝이 아렸다. 도모유키는 배가 깨지고 차가운 바다에 떨어지던 순간을 생각했다. 이제 고향은 너무나 먼 곳이 돼버렸다. 살아서 돌아갈 수 있다고 생각하지 않았다. 어머니와 아버지, 이치코와 마주 앉아 저녁 식사를 하는 날은 다시 오지 않을 것이다. 그토록 바랐던 귀국은 물거품이 돼버린 것 같았다.

점심때를 훨씬 지났지만 조선인도 적군도 만나지 않았다. 조선인이 사는 집은 보이지 않았고 논밭도 없었다. 마른 억새만 바람에 춤췄다. 어두워지기 전에 무엇이라도 먹을 수 있기를 바랐다. 멀건 죽이라도 한 그릇 먹을 수 있다면 얼마나 좋을까. 누렇게 시든 겨울 들판과 산이 끝없이 펼쳐졌다. 앞선 무사의 발에 피와 흙이 말라붙어 있었다. 맨발바닥은 터지고 갈라졌다. 도모유키의 발바닥도 감각이 없었다.

앞서 걷던 무사들이 갑자기 멈추더니 몸을 낮췄다. 따르던 자들도 걸음을 멈추고 제자리에 섰다. 멈춰 선 자들은 바로 궁둥이를 땅에 대고 앉았다. 낙오병들은 지쳐 있었다. 늙은 역부는 두 팔을 뒤로 젖혀 땅바닥을 짚은 채 먼 산을 바라보았다. 나이 어린 창병이 두 손으로 반쯤 언 제 발을 비볐다.

"무슨 일인가?"

부장 게이넨이 무릎을 세우고 앉은 무사들 쪽으로 걸어갔다.

"조선인들입니다."

한쪽 무릎을 세우고 앉은 무사가 답했다. 조선인이란 말에 널브러져 있던 낙오병들이 모두 앞으로 다가와 앉았다. 보따리를 이고 진 조선인들이었다. 피란했다가 집으로 돌아가는 길 같았다.

조선인들과 낙오병들 사이에는 넓은 들판이 강물처럼 펼쳐져 있었다. 들판을 가로지르는 일은 위험했다. 산속 어딘가에 토벌군의 척후가 숨어 있을지도 몰랐다. 뒤에서 누군가가 조선인들을 습격하자고 했다. 머리를 풀어 헤친 무사였다. 아무도 대꾸하지 않았다.

"적군을 만나 죽나, 굶어 죽나 마찬가지 아냐?"

습격을 제안한 무사가 중얼댔다. 부장 게이넨은 이번에도 대답하지 않았다.

"그냥 지나가도록 내버려둬야 합니다. 조선인들 뒤에 누가 있을지 알 수 없습니다. 게다가 낮에 벌판을 가로지르는 것은 무덤을 파는 짓입니다."

도모유키가 말했다. 배고픔을 이기지 못한 누군가가 생각 없이 나서는 것을 막고 싶었다. 누군가 앞장서면 앞뒤를 가리지 않고 따라나설 무리였다. 지난 사흘 동안 낙오병들은 그랬다. 앞선 자의 발뒤꿈치를 보며 걸었고, 앞선 자가 주저앉으면 모두 주저앉아 쉬었다. 가는 곳을 몰랐고, 지나온 길을 몰랐다. 조선인을 만나면 베었고, 냇물을 만나면 마셨다.

"군막장님의 말에 따르는 편이 좋겠습니다."

다다오키였다. 부장 게이넨은 어떤 결정도 내리지 않았다. 병졸들도 움직이지 않았다. 제자리에 퍼더버리고 앉아 멀리 걷고 있는 조선인들을 물끄러미 바라보았다. 바람이 싸늘했다. 쉬지 않고 걷느라 잊었던 냉기가 파고들었다.

"어, 춥다."

병졸들은 꿋꿋해지기 시작한 두 손을 소매 안으로 쑤셔 넣었다. 칼을 든 병졸들은 팔짱 낀 두 팔 사이에 칼을 품었다. 궁둥이를 대고 앉은 땅은 차가웠다. 역부들이 땅에 내려놓았던 궁둥이를 들어 쪼그리고 앉았다. 머리를 풀어 헤친 병졸들도 하나둘 궁둥이를 들었다.

억새가 흔들렸고 하늘은 더욱 낮아졌다. 갈바람이 검은 구름을 몰아오고 있었다.

'이런 추위라면 눈이 내릴 것이다.'

도모유키는 하늘을 보았다. 산속에서 눈을 만나면 낭패였다.

추위뿐만 아니라 흔적을 감추기도 힘들었다. 조선인들이 빨리 멀어지기를 바랐다. 빈집을 찾든, 움막을 치든 비나 눈을 피할 곳을 찾아야 했다. 추위에 오들오들 떨던 역부가 하품을 했다.

벌판 건너편 산자락을 걷던 조선인들이 갑자기 방향을 바꿨다. 벌판을 가로질러 이쪽으로 걸어오기 시작한 것이다. 앞선 몇몇이 방향을 바꾸자 사람들이 뒤따랐다. 널브러져 있던 낙오병들이 일제히 자세를 고쳐 앉았다. 병졸들이 침을 꿀꺽 삼켰다. 새 떼가 날았고 억새가 바람에 춤췄다. 벌판을 건너온 날카로운 바람이 귀와 볼을 때리고 지나갔다. 조선인들은 거침없이 걸어왔다. 거기 일본군이 있으리란 걱정은 조금도 없는 듯했다. 벌판에 앉았던 까투리가 조선인들의 발소리에 놀라 푸드득 날았다.

병졸들이 얼굴을 마주 보았다. 부장 게이넨은 이번에도 말이 없었다. 모른 척할 수도 피할 수도 없었다. 조선인들은 장터로 몰려드는 장꾼들처럼 보따리를 이고 진 채 걸어왔다.

"장군님, 결정을……."

도모유키는 부장 게이넨의 눈에서 눈을 떼지 않았다. 게이넨은 체념한 얼굴이었다. 운명대로 내버려두자는 것 같았다. 더 가까이 다가오면 베지 않을 수 없었다. 다행히 적군은 보이지 않았다. 조선인들이 점점 가까워졌고 병졸들이 하나둘 칼과 창을 고쳐 잡았다. 스무 명이 넘는 조선인들이 황천길을 서둘러 걷고 있었다.

조선인들이 얼굴을 알아볼 수 있을 만큼 가까이 다가왔다. 코

앞에 웅크린 사람들을 발견하지 못한 무심한 발걸음이었다. 씻지 못한 얼굴은 젊은이와 늙은이를 가릴 것 없이 거뭇했다.

"왜놈이다!"

맨 앞에서 걷던 조선인이 소리쳤다. 따르던 조선인들이 오던 길로 흩어져 내달렸다. 쪼그리고 앉아 있던 병졸들이 튀어 오르듯이 달려 나갔다. 도모유키와 다다오키, 마타이치도 뛰어나갔다. 역부들도 작대기를 들고 뛰었다. 손에 잡히는 대로 돌멩이를 집어든 자도 있었다.

도모유키는 달아나는 조선인들 속에서 명외를 본 듯한 착각을 느꼈다. 누더기를 걸친 조선인들은 누구나 서로 닮았다. 어쩌면 절망적인 눈으로 오빠를 바라보던 이치코의 모습이 불현듯 떠오른 것인지도 몰랐다.

'빌어먹을!'

도모유키는 잡생각을 베듯 코앞까지 따라잡은 조선인의 어깨를 내리쳤다. 어깻죽지가 잘린 조선인은 휘청했지만 쓰러지지 않았다. 휘청대는 조선인의 허리를 뒤에서 찔렀다. 눕힌 칼은 깊이 파고들었다. 반대편 갈비뼈의 느낌이 칼을 타고 전해졌다. 병졸들의 칼이 허공을 갈랐고, 조선인들은 낙엽처럼 떨어졌다. 울던 아이가 역부의 작대기에 머리를 맞아 쓰러졌다. 쓰러진 아이의 얼굴을 역부가 돌로 내리쳤다. 칼을 맞고 넘어진 자를 위에서 찔렀고, 달아나는 자의 어깨를 뒤에서 쳤다. 비명 소리가 들렸다. 어설

313

픈 걸음으로 달리던 조선 여자가 뒤를 돌아보았다. 병졸이 칼을 휘둘렀고, 여자는 이마에서부터 입까지 길게 피를 뿜으며 쓰러졌다. 절뚝거리던 노인은 도망치지 못하고 선 채로 칼을 받았다. 도망치기를 포기하고 납작 엎드려 살려달라고 빌던 자의 목이 땅바닥에 굴렀다. 목을 잃어버린 몸뚱이가 벌떡 일어섰다가 통나무처럼 곧게 넘어졌다. 살아 움직이는 조선인은 보이지 않았다. 병졸들은 자세를 낮췄다. 역부들이 병졸들을 따라 자세를 낮추고 앉았다. 아직 살아 신음하는 사람의 목을 하급 무사 마타이치가 베었다. 마타이치는 칼에 묻은 피를 마른 풀로 닦았다. 바람이 벌판을 쓸고 산마루로 기어올랐다.

병졸들은 죽어 나자빠진 조선인들의 짐을 뒤적거렸다. 주먹밥이 나왔다. 주먹밥을 밀쳐두고 옷을 벗겨 입는 자도 있었다. 조선인들은 저마다 조금씩 먹을 것을 가지고 있었다. 인심 좋은 마을을 지나온 게 틀림없었다. 병졸들은 밥을 허겁지겁 입 안으로 쑤셔 넣었다. 부장 게이넨이 천천히 걸어와 주먹밥을 집었다.

도모유키는 차갑게 식은 밥을 꼭꼭 씹었다. 거의 하루 만에 먹는 밥이었다. 밥에는 소금 간이 돼 있었다. 하루에 한 끼씩이라도 먹을 수 있다면 버틸 수 있겠다고 생각했다. 병졸들은 한 손에 주먹밥을 든 채 이리저리 뛰어다니며 죽은 조선인의 몸을 뒤적거렸다. 무엇이라도 쓸 만한 게 나오기를 기대하며 바쁘게 손을 놀렸다.

식은 밥을 씹던 도모유키의 눈이 얼굴을 땅에 처박고 죽은 여자에게 멈췄다. 도모유키는 죽어 엎어진 여자를 뚫어지게 보았다. 여자는 하얀 다리를 드러내고 있었다. 때 묻고 해진 조선 여자의 옷, 낯익은 뒷머리, 잡풀 위에 늘어진 가늘고 긴 손, 눈을 감고도 찾을 수 있을 여자의 뒷모습이었다. 도모유키는 제 눈을 의심했다. 여자의 몸뚱이에 눈을 붙박은 채 천천히 일어섰다. 틀림없이 명외였다. 도모유키는 천천히 다가갔다. 한쪽 무릎을 세우고 앉아 여자의 머리를 조심스럽게 들었다. 여자는 아직 따뜻했다. 피와 흙이 입언저리에 엉겨 붙어 있었다. 죽은 여자의 얼굴과 명외의 얼굴은 구분되지 않았다. 도모유키는 얼굴에 묻은 피와 흙을 조심스럽게 닦아냈다. 젊은 여자였고 고요한 얼굴이었다. 명외가 아니었다. 도모유키는 여자의 머리를 조심스럽게 땅바닥에 놓았다. 그리고 다시 보았다. 명외가 아니었다.

도모유키가 벌떡 일어나 죽어 엎어진 조선인들을 살폈다. 여자들의 주검을 하나씩 뒤집었다. 머리를 들어 얼굴을 확인하고 내려놓았던 얼굴을 다시 들었다. 그처럼 제 눈에 자신이 없었던 적은 없었다. 널브러진 여자들을 하나씩 확인했지만 명외는 없었다. 밥을 썹던 병졸들과 잡역부들이 도모유키를 물끄러미 바라보았다. 명외는 성을 빠져나간 후 남장을 했을지도 몰랐다. 죽어 널브러진 조선인들의 얼굴을 하나씩 다시 살폈다. 여자들을 살피고 남자들을 살폈지만 명외는 없었다.

'명외……'

그때까지 명외가 낙오한 일본군을 만났을지도 모른다는 생각을 해본 적은 없었다. 무사히 성 밖으로 도망쳤고 마땅히 집으로 돌아갔어야 할 여자였다. 지금쯤 마당의 잡풀을 뽑아내고 부엌에서 밥을 짓고 있어야 할 여자였다. 제 아비와 더불어 제 몫의 삶을 꾸려가야 할 여자였다. 꿈에서라도 명외가 죽었을지도 모른다는 생각은 하지 않았다. 도모유키는 조선인들을 하나씩 찬찬히 다시 살폈다. 명외는 없었다. 밥을 씹던 병졸들이 하나둘 일어나 죽은 조선인들의 보따리를 다시 헤집었다. 아직 조선 옷을 구하지 못한 병졸들은 죽은 자의 옷을 서둘러 벗겨냈다.

도모유키는 주위를 두리번거렸다. 병졸 서넛이 모여 앉았다가 일어난 자리에 여자가 엎어져 있었다.

"명외……."

들릴락 말락 한 소리였다. 도모유키는 천천히, 그러나 여자에게서 눈을 떼지 않고 다가섰다. 굳게 힘을 주었지만 다리는 부들부들 떨렸다. 도모유키가 무릎을 세우고 앉았다. 명외가 아니었다.

'명외, 어디에 있나? 무사히 집에 도착했나……? 아니면……. 아니면…….'

도모유키는 쪼그려 앉았다. 멍한 눈으로 조선인들이 지나온 길을 보았다. 매운 바람이 불었다.

"타타타타타탕…… 타타타타타탕……."

멀지 않은 곳에서 조총 소리가 났다. 조선과 명나라의 토벌군이었다. 조총 소리에 놀란 병졸들이 서둘러 자리를 떴다. 우왕좌왕하던 병졸들은 지금까지 그랬던 것처럼 무리가 많은 쪽으로 몰렸다. 부장 게이넨도 마타이치도 자리를 떴다. 낙오병 무리는 점점 멀어지고 있었다. 도모유키는 움직이지 않았다. 다다오키가 밥을 우물우물 씹으며 다가왔다.

"군막장님."

"……"

"가야 합니다. 적들이 옵니다."

"……"

"군막장님, 그만…… 가야 합니다."

총소리는 점점 가까워지고 있었다. 다다오키가 초조한 눈으로 멀어지는 낙오병들을 쳐다보았다. 낙오병들은 산자락 아래로 숨어들고 있었다. 멀리서 콩 볶는 듯한 조총 소리가 잇따라 터졌다.

"그만 일어나셔야 합니다. 여기를 떠나야 합니다."

"다다오키……"

도모유키는 깊은 신음을 토했다. 화살에 맞기라도 한 듯 고통스럽고 뜨거운 신음이 터졌다.

"……"

도모유키는 퀭한 눈으로 허공을 응시했다.

"가야 합니다, 군막장님. 적들이 옵니다."

다다오키가 도모유키의 어깨를 감쌌다.

"다다오키, 나는 지금까지 몰랐다."

"……"

"나는 명외가 낙오병을 만날 수 있다고는 생각하지 못했다. 여자가 마땅히 제집에 도착했을 것이라고 믿었다."

"……"

조총 소리가 또 났다. 다다오키가 소리가 난 쪽과 낙오병들이 숨어든 산자락을 번갈아 보았다.

"다다오키, 명외를 찾아야겠다. 그 여자가 살아 있다는 것을 내 눈으로 확인해야겠다."

"걱정 마십시오. 무사히 집으로 갔을 것입니다."

도모유키는 말없이 고개를 저었다. 시커먼 하늘에서 눈이 꽃잎처럼 날렸다. 하나둘 떨어진 꽃잎이 뺨에서 녹았다. 도모유키가 하늘을 보았다. 흰 눈이었다. 춥고 진저리 나는 조선의 겨울이 오고 있었다. 도모유키는 조선인들이 걸어오던 쪽으로 걸었다. 걸음이 흔들렸다. 다다오키가 도모유키의 팔을 잡았다.

"군막장님, 이러시면 안 됩니다. 산으로 숨어야 합니다."

도모유키는 뿌리쳤다. 다다오키는 병졸들이 숨어든 산자락과 도모유키를 번갈아 보았다. 조총 소리는 점점 가까워지고 있었다. 망설이던 다다오키가 도모유키를 뒤따랐다. 꽃잎처럼 날리던 눈이 점점 거세게 흩날렸다. 도모유키의 어깨 위로 함박눈이 쌓이고 있었다.

"군막장님, 이러시면 안 됩니다. 어디서 여자를 찾는다는 말씀입니까? 불가능합니다. 도처에 적군이 깔렸습니다."

"……."

"군막장님, 일단 피하셔야 합니다. 이렇게 무작정 가서는 안 됩니다."

"……."

도모유키는 대답하지 않았고 걸음을 멈추지도 않았다. 살아서 명외를 만나고 싶었다. 따뜻한 명외의 뺨을 어루만지고 싶었다. 속에 오래 담아두었던 말을 하고 싶었다. 명외가 알아들을 수 있도록 조선말로 말하고 싶었다.

17

귀향

눈 쌓인 밭둑으로 조선 병졸들이 걸어가고 있었다. 여덟 명이었다. 어깨에 메고 길게 늘어뜨린 조총이 태만해 보였다. 조선 병졸들의 느긋한 걸음걸이에 도모유키 자신의 긴장도 풀리는 것 같았다. 엎드린 도모유키는 고개를 살며시 들어 적병들을 물끄러미 바라보았다. 조선 병졸들은 일본 군사들이 모조리 도망쳤거나 숨어 다니기 바쁘다고 확신하는 것 같았다. 하기는, 낙오한 일본군이 일부러 토벌군에게 싸움을 거는 바보짓을 할 리는 없다. 그것을 아는 조선 병졸들은 터벅터벅 걸었다. 도모유키는 적들이 멀어지기를 엎드려 기다렸다.

바람은 쉬지 않았다. 논밭은 어디나 비어 있었다. 도모유키는 굶주리고 지쳤다. 눈앞은 어디나 하얀 눈밭이었다. 쌓인 눈을 씹었다. 죽은 조선인들을 발견할 때마다 얼굴을 확인했다. 명외는 없었다. 천지는 눈으로 덮였고 높낮이와 원근을 구분할 수 없었다. 설국 속에서 방향을 가늠할 수 없었다.

어디든 낯익은 곳을 찾아내기만 하면 주둔했던 산성의 위치를 짐작할 수 있을 것이다. 산성의 위치를 파악하면 명외가 사는 마을로 가는 길도 찾아낼 수 있을 것이다. 초여름에 작전을 나갔던 명외의 고향 마을을 또렷이 기억하고 있었다. 성에서 동북쪽으로 50리쯤 떨어진 마을이었다. 도모유키는 확신했다. 그러나 그는 눈 쌓인 겨울 벌판에 서 있었고, 자기 위치를 알지 못했다.

'명외, 당신은 살아 있는가? 무사히 고향 집에 도착했나? 낙오한 일본군이나 명나라 군대를 만나지는 않았는가? 나는 어디로 가고 있는가? 나는 제대로 찾아가고 있는가? 당신에게서 점점 멀어지고 있는 것은 아닌가? 우리가 함께 머물렀던 성은 어디인가? 당신의 집은 어디인가? 여기는 어디인가……?'

도모유키는 죽은 조선인의 옷을 벗겨 입었다. 해지고 시취 밴 옷이었다. 군복 위에 조선 옷을 껴입었지만 겨울바람이 뼛속까지 파고들었다. 도모유키는 걸음을 멈추지 않았다. 바람을 피할 곳도 없었고 멈추면 얼어 죽을 것 같았다. 눈 쌓인 천지는 밤에도 하얗게 빛났다.

다다오키와 헤어진 것이 이틀 전이었다. 함께 가겠다는 다다오키를 끝내 물리쳤다. 황천길이었다. 어디서 조선 군대를 만날지 몰랐다. 조선 양민을 만난다고 해도 결과는 다르지 않을 것이다. 다다오키에게 황천길에 동행해달라고 할 수는 없었다. 다다오키를 죽게 할 수는 없었다.

"다다오키, 부탁이다. 병졸들 뒤를 따라 산으로 가라."

"군막장님, 산으로 가셔야 합니다. 벌판으로 갔다가는 여자를 찾기도 전에 조선군을 만날 것입니다. 일단 산속으로 숨었다가 다시⋯⋯."

"다다오키, 여자가 살았는지 죽었는지 내 눈으로 확인해야겠다. 명외를 만나지 못한다면 나는 살아도 살아 있는 사람이 아니다. 죽더라도 명외를 만나야겠다."

"⋯⋯."

"제발 부탁이다, 너는 낙오병들과 함께 가라. 굶주리더라도, 쫓기더라도, 죽임을 당하더라도 여럿이 함께하는 편이 좋다."

도모유키는 조총 소리에 산속으로 숨어드는 병졸들을 가리키며 말했다. 멀어지는 다다오키를 보며 도모유키는 우악한 장꾼들 손에 끌려가던 이치코를 생각했다. 이치코는 낯선 곳에 홀로 버려졌다. 또다시 아끼는 사람을 홀로 둘 수 없었다.

도모유키는 진창이 된 들판을 가로질렀고, 얼음이 깨져 물이 허벅지까지 닿는 개울을 건넜다. 텅 빈 논밭을 지났다. 풍경은 바꿰었지만 겨울바람은 도모유키 곁을 떠나지 않았다. 마르고 시커먼 얼굴에서 두 눈만 빛났다. 마지막으로 음식을 먹은 것이 언제인가? 어디쯤 가고 있는가? 도모유키는 짐작할 수 없었다. 수없이 성 밖으로 작전을 다녔지만 낯익은 곳을 찾을 수 없었다. 쌓인 눈 때문이리라. 도모유키는 휘청거리며 걸었다.

'나는 죽지 않을 것이다. 명외, 당신을 만나기 전에 나는 결코 죽지 않을 것이다. 나는 길바닥에서 죽지 않을 것이다. 나는 살아서 당신을 만날 것이다. 살아서 당신의 웃는 얼굴을 볼 것이오.'

'어머니, 아버지……. 이치코야…….'

얼마나 많은 세월이 지난 것일까. 이제는 얼굴조차 까마득했다. 밥 짓는 연기가 오르던 고향 마을도, 명외의 집도 아득했다.

산속에 비집고 앉은 조선인 마을을 만났다. 마당과 지붕엔 누런 잡풀이 바람에 날렸고 연기가 오르는 집은 없었다. 마을은 비어 있었다. 남아 있는 것은 없었다. 떨어져 터진 홍시를 핥아 먹었다. 반쯤 언 홍시였다. 입 안에서 서걱거리는 흙까지도 달았다. 죽지 않을 것이다. 명외가 살아 있음을 내 두 눈으로 확인하기 전까지는 절대로 죽지 않을 것이다. 도모유키는 감나무 아래를 기어 다니면서 홍시를 찾았다.

도모유키는 땅바닥에 얼굴을 대고 잠이 들었다. 언뜻 잠에서 깼을 때 얼어 죽지 않았음을 다행으로 여겼다. 잠들면 얼어 죽는다. 잠들지 마라. 잠들지 마라! 졸음을 이기지 못하는 부하들에

323

게 쏟아내던 말을 이제 자신을 향해 퍼부었다. 임진년 첫 출병 때 추위 속에서 잠들었다가 죽은 병졸을 수없이 보았다. 흔들고 때려도 눈을 뜨지 못하던 병졸들은 그렇게 죽었다. 도모유키의 몸뚱이는 이미 추위를 느끼지 못했다. 겨울바람이 봄바람처럼 따뜻했다. 잠들면 죽는다. 도모유키는 세차게 머리를 흔들었다. 그리고 다시 잠에 빠졌다. 도모유키는 잠들고 깨기를 거듭했다. 쉬지 않고 걸었다. 조선인 마을에 닿고 떠나기를 거듭했다. 명외를 만났던 마을은 아니었다.

걸어야 했다. 멈추거나 웅크리고 앉으면 잠이 들었다. 도모유키는 달빛 아래를 걸었다. 서리 내리는 논밭을 가로질렀다. 눈꺼풀이 올라가지 않았다. 며칠을 걸었는지 기억할 수 없었다. 다다오키와 헤어진 기억은 이미 희미했다. 걸어온 길도, 걸어가야 할 길도 흐릿했다. 얼어서 굳은 손가락을 구부릴 수 없었다.

날이 밝을 무렵 도모유키는 또 다른 조선인 마을에 닿았다. 무엇이든 먹어야 했다. 조선인 마을엔 으레 감나무가 있다. 빈 마을이라면 홍시라도 있을 것이다. 사람이 산다면 쌀밥이 있을지도 모른다. 도모유키는 산자락에 비집고 앉은 집들을 향해 논밭을 가로질렀다. 반쯤 녹은 땅에 발이 빠졌다. 길이 아니었고 걸음은 비척거렸다. 논두렁이 높았다. 도모유키는 걸어서 논두렁을 오를 수 없었다. 두 팔과 다리로 논두렁을 짚고 엎드려 마을을 보았다. 날이 훤하게 밝아오고 있었다. 낯익은 마을이었다. 언제 다녀갔는지 알 수 없지만 낯익은 마을이었다. 도모유키는 정신을 가다듬었다.

'여기는 어디인가……?'

작고 가난한 마을, 명외를 만난 마을이었다. 그토록 찾아 헤매던 명외의 집이 있는 마을이었다. 도모유키는 미소를 지었다.

'명외, 내가 왔습니다. 내가 당신을 찾아왔습니다.'

도모유키는 벌떡 일어나 걸었다. 도모유키는 자신이 뛰어가고 있다고 생각했다. 그러나 앞으로 쓰러질 듯 기운 채 겨우 걸음을 옮길 뿐이었다. 앞으로 기운 몸뚱이를 붙잡느라 발걸음이 저도 모르게 바삐 움직일 뿐이었다. 도모유키는 눈을 치켜뜨고 마을의 집들에서 외따로 떨어진 집을 쳐다보았다. 지붕이 낮은 집, 그토록 찾아 헤매던 집이었다.

'명외, 내가 왔습니다. 당신을 만나러 내가 왔습니다.'

다리가 풀린 도모유키는 엎어졌다. 언 땅바닥에 얼굴을 처박았다. 찢어진 눈언저리에서 피가 흘렀다. 아픔을 느끼지 못했다. 도모유키는 일어서려고 했다. 팔다리와 허리에 힘을 모았지만 허사였다.

"하아아…… 하아아……."

도모유키는 숨을 몰아쉬었다. 명외의 집이 눈앞에 있었다. 일어서고 싶었지만 일어설 수 없었다. 도모유키는 두 팔과 무릎으로 기었다. 얼어 터진 손으로 얼어붙은 땅을 움켜쥐며 기었다. 손톱 아래에 붉은 피가 고였다. 도모유키는 멈추지 않았다. 눈이 초점을 잃어갔다. 명외가 달려오고 있었다. 멀리서 흰옷을 입은 명외가 달려오고 있었다. 명외의 얼굴은 보이다가 사라졌고, 사라졌다가 보였다. 눈앞이 흐릿했다. 도모유키는 눈을 감은 채 기었다. 굶주리고 지친 그는 눈을 뜰 수 없었다.

"명외……"

큰 소리로 불렀지만 목소리는 안으로 기어들어갔다. 도모유키는 미소 지었다. 흐릿하고 검은 하늘이 빙글빙글 돌았다. 명외가 달려왔지만 두 사람의 거리는 좀처럼 가까워지지 않았다. 도모유키는 떨어져 나간 사립문까지 기어갔다. 달려오는 명외를 보았지만 안을 수도 만질 수도 없었다. 명외를 처음 만난 마당이었다. 여자는 그날 절망적인 눈으로 도모유키를 올려다보았다.

"명외…… 명외……"

대답은 없었다. 바람이 혼자 설쳤을 뿐 집은 비어 있었다. 도모유키는 엎어지며 마당에 얼굴을 처박았다. 명외를 처음 만난 곳이었다. 힘없이 벌어진 입 안으로 흙이 들어왔다. 졸음이 밀려왔다. 눈물이 주르륵 흘렀다.

'명외, 내가 왔습니다. 당신을 만나러 왔습니다.'

'도모유키 님, 도모유키 님.'

명외가 보였다. 미소 짓는 얼굴이었다. 도모유키가 손을 뻗었지만 닿지 않았다. 명외의 따뜻한 얼굴을 만질 수 없었다. 눈앞이 점점 어두워졌다. 처음 맞이하는 지독한 어둠이었다. 바람이 일어났고, 그늘에 쌓인 눈이 날았다.

에필로그

 1598년 8월 18일 일본의 간파쿠 도요토미 히데요시가 죽었다. 일본군은 총퇴각을 결정했다. 가토 기요마사가 울산에서 퇴각하고 순천의 고니시 유키나가도 퇴각하려 했다. 이순신이 이끄는 세계 최강의 조선 수군이 바다를 막았다. 경남 사천에 주둔하던 시마즈 요시히로(島津義弘)의 함대가 고니시의 퇴각로를 열기 위해 노량(露梁)으로 들어왔다. 순천의 고니시는 때를 맞춰 먼바다로 나갔다.

 1598년 11월 18일 조선 수군과 일본 수군의 최후 해전이 노량에서 벌어졌다. 조선의 삼도수군통제사 이순신은 명나라 수사제독 진린(陳璘)과 연합해 일본 병선 200여 척을 격파했다. 조선과 명나라 수군의 병선 수십 척이 깨지고 수백 명이 죽었다. 일본군 함대는 부서지고 깨진 채 도망쳤다. 미처 도망치지 못한 일본군들은 인근 섬과 해안으로 숨어들었다. 조선 수군과 명나라 수군은 일본군이 버린 배를 불태웠다. 살아서 돌아간 일본 함대는 수십 척에 불과했다. 섬과 육지로 숨어들었던 일본 낙오병들은 산발적인 전투를 벌이며 저항했으나 대부분 토벌됐다.

작가의 말

　역사만큼 민족과 국가의 테두리에 갇힌 영역도 드뭅니다. 민족과 국가의 경계를 넘는 작품을 쓰고 싶었습니다. 한국이나 일본의 역사가 아니라 사람의 역사 말입니다. 이 작품 속 인물은 누구나 주인공입니다. 도모유키는 명외이고, 명외는 유키코입니다. 유키코는 히로시이며 그들 부부의 딸이기도 합니다. 등장인물들은 역사의 거센 파도에 가족을 잃고, 미래를 잃고, 일상을 잃었습니다. 모두를 잃었다는 점에서 그들은 동일인입니다. 조선의 전쟁 영웅 이순신 역시 다르지 않습니다.

　이 작품엔 실제 사건과 배경, 실존 인물이 종종 등장합니다. 그러나 세세한 내용은 개연성을 바탕으로 한 작가의 상상일 뿐입니다.

다급한 문체로 이곳이 전장임을 말하고 싶었습니다. 품사로서 형용사와 부사뿐만 아니라 형용사나 부사 구실에 머무는 문장과 단락은 버리려 애썼습니다. 형용사와 부사는 전장에 어울리지 않았습니다.

당선 소식에 아버지는 웃었습니다. 1년에 한 번쯤 웃을까 말까 한 분입니다. 아버지의 웃음은 멋있습니다. 아버지와 어머니를 웃게 해드려 기쁩니다.

나무와 풀 이름을 익히려고 애씁니다. 식물도감에 밑줄을 긋고, 낯선 나무와 풀을 휴대폰 카메라에 담습니다. 아들의 손을 잡고 걸으며 나무와 풀을 이야기하고 싶습니다. "이름이 뭐야?" 하고 묻는 어린 자식에게 '이것도 나무, 저것도 나무, 이건 큰 나무, 저건 작은 나무, 저건 보랏빛 꽃, 저건 빨간 꽃……'이라고 말하는 아버지가 되고 싶지 않습니다.

여러 번 낙선했습니다. 눈에 차지 않았을 글을 높이 평가해주신 심사 위원님들께 감사드립니다.

2005년 7월

조두진

331

개정판 작가의 말

2005년《도모유키》초판을 출간하고 18년 만에 개정판을 냅니다. 책이 출간되고 나면 아쉬움이 남을 때가 많습니다. 수정 과정에서 반복해 읽어도 눈에 들어오지 않던 흠이 책이 나온 뒤에야 비로소 눈에 띄는 경우가 있기 때문입니다. 새롭게 수정할 수 있는 기회를 주신 한겨레출판과 개정판을 내느라 고생하신 편집부원들께 감사드립니다.

낯선 그림이 있습니다. 채색 없이 선으로만 단순하게 그린 그림입니다. 오래전이라 어디서 보았는지, 그림 제목이 무엇이었는지 확실하지 않습니다만, '조명 연합군 왜군 토벌전도'였다고 기억합니다. 인터넷 포털 사이트에 그 그림 사본이 올라와 있는지 살펴보았지만 찾을 수 없었습니다.

그림 속 산 위에는 일본군이, 산 아래에는 조선군과 명나라군이 포진해 있습니다. 조명 연합군은 총은 물론이고 대포까지 갖추었습니다. 단순한 배치에 사람이 많이 등장하는 그림은 아니었지만, 대부대가 싸우고 있음을 보여주는 그림이었습니다.

그 그림이 임진왜란이 한창이던 때 어느 대회전(大會戰)이 끝난 후 이어진 토벌전을 그린 것인지, 임진왜란이 끝난 뒤의 토벌전이었는지 정확하지는 않지만 아마도 후자였던 것으로 기억합니다.

당시만 해도 내게 임진왜란의 끝은 이순신 장군이 노량해전에서 일본군을 무찌르고 전사한 날로 각인돼 있었습니다. 우리나라 사람 대부분이 그렇게 인식하리라 짐작합니다.

토벌전도를 보면서 그때껏 생각하지 않았던 문제를 떠올리게 됐습니다. 대부분의 조선인들에게 임진왜란은 노량해전을 끝으로 막을 내렸지만, 누군가에게는 노량해전이 전쟁의 시작이었을지도 모른다는 생각을 했습니다. 조명 연합군이 대포까지 동원해 토벌전을 치러야 할 만큼 낙오병들이 많았다면 말입니다.

어느 전쟁에서나 낙오병은 대체로 잔혹합니다. 도망자 신세고, 여러 부대가 섞여 계통이 정연하지 않으니 설령 지휘관이 있어도 통제가 어렵습니다. 부대 규모가 작으니 언제 어디에서 나타날지도 모릅니다. 그러니 전쟁이 끝났다며 피란을 마치고 고향으로 돌아왔다가 진짜 전쟁을 맞이한 사람들도 적지 않았을 것입니다. 국가의 전쟁은 끝이 났지만, 나의 전쟁은 이제 시작된 것입니다. 소설 속에 노량해전에서 살아남은 일본군 낙오병들이 육지로 올라와 조선인 민간인들을 해치는 장면을 담은 것은 그런 점을 보여주기 위해서였습니다.

전쟁은 국가 간에 벌어지지만, 목숨을 걸어야 하는 이는 결국 개인입니다. 그럼에도 우리는 그 사실을 자주 간과합니다. 마찬가지로, 전쟁을 직접 겪지 않은 우리는 '승리한 전쟁'의 처참함에 대해 깊이 생각하지 않는 경향이 있습니다. 패한 전투의 처참함을 오래 기억하는 것과 사뭇 다른 모습입니다. 또 타국의 공격을 받은 전쟁에 대해서는 분노하지만, 타국을 침공한 전쟁에 대해서는 '강한 국력' '빛나는 역사' 정도로 기억하는 경향도 있습니다. 그래서 광개토대왕의 대륙 정벌에서는 희생자가 별로 없었을 것이라는 착각, 광개토대왕 시절 고구려는 태평성대였을 것이라는 오해를 합니다. 그 시대를 자랑스러운 역사로 기억하는 사람들도 많습니다.

방어 전쟁과 침략 전쟁은 다릅니다. 그럼에도 우리가 광개토대왕의 장정(長征)에 열광하는 것은 우리의 시선이 방어와 침략이 아니라 승리와 패배에 닿아 있기 때문입니다. '군대를 동원해 영토를 늘린 광개토대왕은 죄가 많다'는 의견에 우리나라 사람들이 얼마나 동의하겠습니까.

일본 사람인들 다르지 않을 것입니다. 전쟁에서 부모, 형제, 자식을 잃은 직접 피해자가 아니라면 침공한 전쟁, 승리한 전쟁을 처참한 역사로 기억하지 않을 가능성이 높습니다. 태평양 전쟁 패전 이후에는 반전과 평화 분위기가 주를 이루었지만, 일본이 승승장구하던 시기에는 전쟁 자체를 비판적으로 보는 일본인들이 많지 않았습니다. 반전 의사를 표현하는 사람들은 반국가 인물로 낙인찍혀 집단 공격을 받기도 했습니다. 하물며 지금도 군국주의 시절의 영광을 그리워하는 사람들이 있으니까요. 그러니 평화를 외친다고 평화가 오는 것도, 전쟁은 나쁘다고 외친다고 전쟁이 없어지는 것도 아닙니다. 일본인이든 한국인이든, 그 누구든 상황에 따라 기회주의로 행동할 것입니다.

그나마 우리를 도울 수 있는 것은 시선의 이동입니다.
자식과 남편이 전장에 나가 사람을 죽여 나라의 땅을 넓히고, 장렬히 전사하기를 바랄 부모와 아내가 어디에 있겠습니까. 고구려의 부모가, 일본의 아내가 자식과 남편이 전장에 나가 공을 세우고 죽기를 바랐겠습니까.

　국가와 민족이 아니라 인간의 관점에서 전쟁을 바라볼 필요가
있습니다. 우리가 가해자로 규정하는 일본인이 내가 쓴 소설에서
는 흔히 피해자로 등장하는 까닭입니다. 나는 그런 이야기를 하
고 싶었습니다.

2023년 2월

조두진

추천의 말

정유재란 당시 순천 인근 산성에 주둔한 일본군의 행적을 따라 일본군 하급 지휘관의 시선으로 정유재란을 재구성한 특이한 작품이다. 전쟁이라는 치열한 상황을 전달하기 위해 형용사와 부사 배격하기, 동작만을 부각시키기, 과감한 생략법 등 밀도감 있는 문체로 일관했다는 점이 읽는 이를 빠져들게 한다.

— 김윤식(문학평론가)

조선 수군에 퇴로를 차단당한 극한 상황 속 왜군 병사의 처지를 냉혹하리만큼 간결하고 명징한 문체와 분방한 상상력으로 곡진히 그려낸 이 역작을 통해 작가는 무엇을 말하고자 했을까. 주인공 도모유키의 활인검 행각을 통해 살육지변(殺戮之變)이 인간 본성의 발로이듯 활인적덕(活人積德) 또한 인간 본성의 주요 징표임을 밝힘으로써 역사 문제로 긴장이 끊일 새 없는 한일 양국을 향해 뭔가 메시지를 전하기 위함일지도 모른다. — 윤흥길(소설가)

소설이라는 것을 새롭게 쓰기도 어렵고, 특이하게 쓰기도 어렵다. 그런데 이 소설은 그 두 가지를 함께 이루어내고 있다. 왜군의 입장에서 임진왜란을 바라보게 함으로써 새로운 시점을 확보했고, 시종일관 짧은 문장으로 긴장감과 속도감을 조성해 문체의 특이성을 확보했다. 신선함을 맛보고자 하는 독자들을 결코 실망시키지 않을 것이다. — 조정래(소설가)

도모유키

제10회 한겨레문학상 수상작
ⓒ 조두진 2023

초판 1쇄 발행 2005년 7월 25일
초판 7쇄 발행 2019년 5월 22일
개정 1판 1쇄 인쇄 2023년 2월 1일
개정 1판 1쇄 발행 2023년 2월 10일

지은이 조두진
펴낸이 이상훈
편집인 김수영
본부장 정진항
문학팀 최해경 김다인 하상민
마케팅 김한성 조재성 박신영 김효진 김애린 오민정
사업지원 정혜진 엄세영

펴낸곳 (주)한겨레엔 www.hanibook.co.kr
등록 2006년 1월 4일 제313-2006-00003호
주소 서울시 마포구 창전로 70(신수동) 화수목빌딩 5층
전화 02)6383-1602~3   **팩스** 02)6383-1610
대표메일 munhak@hanien.co.kr

ISBN 979-11-6040-940-6 03810